KB140838

애들아, 우리 집으로 와

엮은이 _ 메건 데이 Megan Day

이십 년간 과학 저술가로 활동했다. 미국에 살다 아일랜드로 이주한 후 리오 호가티
와 친구가 되었다. 이웃 아이들을 내 아이처럼 돌보며 평생 활기차게 살아온 리오의
이야기를 재미있고 구성지게 엮어냈다.

옮긴이 _ 공경희

영미문학 전문 번역가. 1965년 서울에서 태어나 서울대학교 영어영문학과를 졸업
했다. 성균관대학교 번역대학원 겸임교수를 역임했으며, 서울여자대학교 영어영문
학과 대학원에서 강의했다. 옮긴 책으로 시드니 셸던《시간의 모래밭》을 시작으로
《호밀밭의 파수꾼》《모리와 함께한 화요일》《메디슨 카운티의 다리》《파이 이야기》
《천국에서 만난 다섯 사람》《행복한 사람, 타샤 튜터》《우연한 여행자》《포그 매직》
《꿈꾸는 아이》《스톨른 차일드》《데미지》《벨 자》《좀비-어느 살인자의 이야기》《대
디 러브》《이블 아이》《봄에 나는 없었다》《딸은 딸이다》《장미와 주목》《인생의 양
식》등 다수가 있다. 쓴 책으로는 감성적인 번역 후기를 담은 북 에세이《아직도 거
기, 머물다》가 있다.

A HEART SO BIG
Original English language edition first published by Penguin Books Ltd, London
Text Copyright © Rio Hogarty, 2013
The author and illustrator have/has asserted his/her/their moral rights
All rights reserved
Korean translation copyright © 2015 by Yeamoonsa Publisher Co.
Korean translation right arranged with Penguin Books Ltd.,
through EYA(Eric Yang Agency)

이 책의 한국어판 저작권은 EYA(에릭양 에이전시)를 통해
Penguin Books Ltd.사와 독점계약한 도서출판 예문사에 있습니다.
신 저작권법에 의해 한국 내에서 보호를 받는 저작물이므로 무단 전재와 무단 복제를 금합니다.

아이 140명을 가정위탁한 할머니의 유쾌한 감동 실화

얘들아,
우리 집으로 와

리오 호가티 지음 · 공경희 옮김

예문사

인생이 늘 그렇지 뭐.

평범하거나 예사로운 일이 하나도 없잖아?

네가 무슨 일을 하든 늘 모험이지.

남 탓하지 말고 너 자신을 탓하셔.

으이그, 다음엔 또 무슨 일이 터지려나?

조건 없이 주려는
마음으로 출발해야

송순향 · 위탁부모

"아들! 일어나 빨리! 학교 갈 시간 늦었다고!"

등교 시간. 여느 집처럼 우리 집도 전쟁처럼 하루를 시작한다. 열세 살 초등학교 6학년 아들은 사춘기를 온몸으로 받아들이는 중이다. 여리고 수줍은 미소를 머금고 다니던 아이가 요즘은 제법 사내 티가 난다. 이성에 대한 관심이 부쩍 늘고 외모에 신경을 쓰는가 하면 코밑도 거뭇거뭇해졌다. 걸핏하면 툴툴거리기도 한다.

"엄마, 이젠 저도 간섭받고 싶지 않아요. 저 하고 싶은 대로 하게 내버려 두세요."

몇 달 전 베란다 텃밭에 고추와 상추 모종을 심었다. 지지대를 세우고 물과 거름을 주었더니 제법 튼실한 고추가 주렁주렁 열렸다. 나는 나무를 가리키며 아들에게 이런 말을 했다.

"아들! 저 고추나무를 봐. 가꾸고 지지대를 세워 주고 거름을 줬더니 저렇게 좋은 열매를 맺었잖니. 사람도 똑같단다. 너는 간섭이라지만 그것이 지지대고 영양분이 아니겠니?"

아이가 우리 품으로 와서 이만큼 성장하기까지 우여곡절이 많았다. 그러나 힘겹고 고달팠던 기억은 어느덧 아슴푸레 흐려지고 그 자리에는 살가운 추억이 들어앉았다. 지금 아들이 겪는 사춘기도 마찬가지일 터다. 다행히도 아들은 사고방식이 긍정적이고 자존심이 강하다. 아들이 머잖아 훌륭한 청년으로 자라날 것을 생각하면 마음이 뿌듯하다.

벌써 십이 년 전이다. 나는 남편과 함께 영국행 비행기를 탔다. 비행기에는 해외 입양을 떠나는 아이들이 있었다. 장거리 비행에 지친 아이들이 하나둘 울기 시작했다. 주위 승객들이 불편해하는 기색이 역력했다. 아이를 안은 파란 눈의 양부모들과 승무원들이 갖은 애를 써도 아이들의 울음은 쉽사리 그치지 않았다. 나는 옆자리 아이를 달래 보겠다고 양해를 구한 뒤 아이를 안고 통로로 나와 등을 토닥이며 작은 소리로 노래를 불러 주었다. 우리 아이들도 어렸을 때 그렇게 달랬기에 어려운 일은 아니었다. 얼마쯤 지났을까? 아이는 내 얼굴을 빤히 쳐다보다가 이내 잠이 들었다. 세월이 흐른 지금도 그 아이 눈빛을 잊을 수 없다. 내 가슴에 안겨 살포시 잠들던 자그마한 몸의 체온과 숨결도 …….

남편과 나는 여행 내내 그 아이들 이야기를 했고, 해외 입양이라는 슬픈 일이 사라져야 한다는 데 생각이 일치했다. 여행에서 돌아오자마자 그 생각을 실행에 옮기기로 했다. 우리는 입양 기관을 알아보았다. 당시 내가 살던 대전에는 정식 입양 기관이 없었다. 대신에 '가정위탁지원센터'라는 곳을 알게 되었다. 가정위탁보호제도는 부모의 학대, 방임, 질병, 빈곤, 장애나 기타 사정으로 친가정에서 아동을 양육할 수 없을 때 아동에게 일정 기간 위탁가정을 제공하여 보호하고 양육하는 아동복지 서비스다. 우리 부부는 애초에 입양을 생각했던 터라 망설였다. 키우다 한껏 정이 든 뒤에 헤어지는 고통을 감당하기가 힘들 것 같았다. 하지만 위탁 부모 교육을 받으면서, 가정위탁보호제도가 한 가정을 돕고 한 생명을 건사하는 훌륭한 제도라는 확신이 들었다.

교육을 마친 후 '친해지기 프로그램'을 통해 지금의 아들을 만났다. 처음 본 순간부터 내 마음은 아이에게 흠뻑 빠졌다. 당시 내가 낳은 아이들은 고등학교 3학년과 1학년에 다니고 있었다. 주변 사람들은 그 아이들이 대학에나 들어간 뒤에 아이를 맡아 기르라고 입을 모았지만, 나는 미룰 생각이 없었다. 가족들도 흔쾌히 찬성했다. 지금도 그때를 생각하면 그 상황을 이해해 준 두 아이에게 고마울 따름이다. 당시 입시 스트레스에 시달리던 첫째 아이도 집에 오면 막냇동생부터 찾았다. 그렇게 온 집안이 막둥이 재롱으로 웃음꽃을 피웠다. 오히려 전화위복이 된 것이다. 지금 두 아이는 모두 출가해 우리 막내의 든든한 형, 누나이자 후원자가 되었다.

아이를 키우다 보면 어찌 좋은 일만 있으랴! 처음 왔을 때 돌이 갓 지났던 아이는 무척 산만하고, 토할 때까지 젖병을 입에서 떼지 못할 정도로 끊임없이 먹어 댔다. 하루에 수십 개의 기저귀를 갈아야만 했다. 모두 심리적 정서 불안 때문에 나타난 행동이었다. 아이의 마음을 안정시키기 위해 가정위탁지원센터 상담원들과 의논하며 끊임없이 연구하고 노력해야 했다.

두 아이를 키운 경험으로 보아 아이와 애착을 형성하는 데는 스킨십이 최고였다. 나는 하루에도 몇 번씩 옷을 벗고 욕조에 들어가 아이를 가슴에 안고 쓰다듬으며 동요를 불러 주곤 했다. 처음엔 버둥거리던 아이도 나중엔 목욕하는 것을 좋아하게 되었다. 덕분에 심했던 아토피 증세도 사라지고 정서도 서서히 안정을 찾아 갔다. 제시간에 우유를 먹으면서 과체중이던 몸무게도 나이에 맞게 성장하기 시작했다.

정말 힘들 때는 포기하고 싶은 적도 있었지만 아이가 재롱을 떠는 모습, 천진난만하게 잠든 모습을 볼 때면 아이가 그저 사랑스럽고 누가 이 행복을 빼앗아 갈까 봐 두렵기까지 했다. 먼저 낳은 두 아이는 지금도 말한다. 부모님이 주신 가장 큰 선물은 동생을 만들어 준 것이라고. 서로 다독거리고 예뻐하는 걸 보면 마음이 뿌듯하다.

막내는 처음 초등학교에 입학해서는 학교생활에 적응하지 못해 선생님에게 자주 불려 다녔다. 유치원 다닐 때도 워낙 산만하여 학교 가기 전에 미술치료를 받았었다. 아이는 한없이 착하고 정 많고 집에서는 둘도 없는 귀염둥이 막내인데 학교만 가면 달라지는 것이었다. 더 큰 사랑으로 가족과 함께하는 시간을 늘려 나갔다. 운영하던 편의점을 접고 아이와 더 많은 시간을 보냈다. 그랬더니 2학년 때부터 조금씩 달라졌다. 아이는 나와 약속한 것을 지키려고 했다. 글쓰기를 좋아하는 아이는 교내 글쓰기 대회 상을 휩쓸었고 발표대회, 독서대회에서도 재능을 드러냈으며 과학 영재로도 선정되었다.

음악영재학교를 다니는 아이는 초등학교 3학년 때부터 시작한 첼로를 꾸준히 하고 있다. 또 서울시립교향악단 소속 '우리동네 오케스트라' 단원으로 첼리스트의 꿈을 키워 가고 있다. 음악을 하면서 아이는 정서적으로 안정을 찾아 갔다. 학년이 바뀔 때마다 선생님들을 찾아가 아이의 모든 것을 상세히 이야기하고 아이의 특성을 키워 줄 수 있도록 상의했다. 선생님들의 배려와 관심이 아이를 바로 세우는 데 많은 역할을 했다. 아이 하나를 올바르게 양육하려면 어느 한쪽의 힘만으로는 힘들다는 걸 새삼 깨달았다. 가족과 학교와 교육 정책이 삼위일체가 되어야 하는 것이다. 진짜 양육은 지금부터라고 생각한다. 막 사춘기에 들어선 아이를 보며 어떻게 같이 걸음을 맞춰야 할까? 방법은 오직 하나, 아이를 믿어 주고 기다려 주고 변치 않는 엄마의 사랑으로 그저 베푸는 것뿐이다.

영유아 시기에 아동을 가정에서 보호하는 것이 매우 중요하기에, 위탁부모들은 아이들을 양육하는 데 자부심이 크다. 우리 아이처럼 영유아 시기에 정서적 결핍으로 인한 심리적 문제가 발생했을 경우 가족의 사랑으로 하루빨리 치유하지 않으면 아이가 자라면서 심리적 문제를 해결하기는 더욱 힘들어진다. 주변의 위탁부모들을 보면 아이가 나이를 먹어 갈수록 문제 행동이 치유되지 않아 힘들어하는 경우가 많다. 그만큼 아이를 양육하는 데 환경은 매우 중요하다. 아이들은 가족의 관심과 사랑을 받으며 규율과 배려, 협동을 자연스럽게 알게 되고, 타인에게 사랑을 베푸는 법을 배우게 된다. 또한 가정의 소중함도 몸으로 배운다.

이 책에서 리오 호가티 여사의 생생한 실화를 읽으며 존경심이 절로 우러나왔다. 어려운 환경 속에서 백사십 명 넘게 아이들을 사랑으로 보살펴 온 여사의 헌신이 실에 꿰인

보석처럼 보인다.

"아이를 돕고 싶다는 마음으로 시작해야 한다."

호가티 여사의 이 말에 전적으로 동감한다. 아이에게서 사랑받고 싶은 마음이 아니라 아이에게 조건 없이 주려는 마음으로 출발해야 한다.

이 책을 읽으면서 부러운 것은 우리나라에 없는 위탁가정휴식제도다. 나 역시 위탁부모로 십이 년 동안 아이를 키우면서 기쁘고 행복한 일들이 수없이 많았지만, 급한 일이나 계획을 아이 양육 때문에 포기한 적도 있다. 우리나라에도 위탁부모를 위한 휴식제도가 있다면 조금이나마 도움이 될 것 같다. 물론 가정위탁보호제도부터 보완되어야 하겠지만 말이다.

이 책은 나에게 소망을 심어 준다. 여러 사정으로 부모의 돌봄을 받지 못하는 우리 이웃의 아이들에게 사랑을 나누어 주는 마음이 널리 퍼져 나가길 바라는 소망이다. 《얘들아, 우리 집으로 와》가 던지는 메시지는 우리에게 소중한 깨달음과 행동의 씨앗을 안겨 줄 것이다.

사람이 사람을 애틋하게 여기는 것

정필현 · 중앙가정위탁지원센터 관장

《얘들아, 우리 집으로 와》는 우리가 아동들을 어떻게 대하고 어떻게 양육해야 하는지를 단적으로 보여준다.

리오 호가티의 생애를 통하여 나타난 생활 속의 경험을 토대로 한 아동을 바라보는 관점은 매우 특별하게 다가왔다.

개인주의, 이기주의, 배타주의 …… 자신만을 생각하는 사고가 만연한 사회에서 내가 아닌 다른 사람을 걱정하는 마음과 그 마음을 실행으로 옮기는 실천력, 특히 아동들을 위해 큰 품을 내준 그녀의 삶은 우리 시대와 우리 사회를 돌아보게 하는 거울이라고 할 수 있다.

"아동의 프라이버시를 존중해야 한다."

이는 누구나 알고 있는 사실이다. 하지만 실생활에 적용해 실천하기는 결코 쉬운 일이 아니다. 아동을 미완성 존재로만 인식하고 아동과 관련된 일은 어른이 제일 잘 안다고 생각하는 시각은 아동의 생각을 깊이 고려하지 않고 어른의 입장에서 양육 스타일을 정하게 되어 결국 일방통행식 양육을 하게 만든다.

양육의 자세는 상호존중감에서 시작된다고 해도 과언이 아닐 것이다. 그런 의미에서 저자가 보여준 삶은 매우 특별한 것처럼 보인다. 아직까지 우리 사회의 가정위탁은 내 아이, 이웃 아이를 함께 양육하는 특별함으로 여겨지고 있다. 《애들아, 우리 집으로 와》를 통하여 그 특별함이 얼마나 보편성으로 성숙해질 수 있는가를 깨닫게 된다.

가정위탁은 아동이 친가정에서 보호자의 양육을 받으며 생활하기에 어려운 상황에 처했을 때 일정 기간 연고자의 가정, 또는 연고자가 없을 경우 무연고자의 가정에서 양육을 받고 성장하다가 친가정의 양육 환경이 회복되면 다시 친가정으로 복귀하여 양육을 이어 가는 것이다. 가정위탁은 선의를 기반으로 하는 돌봄과 양육을 통하여 우리의 미래인 아동들에게 특별한 경험과 보편적인 기회를 제공하는 것이라 할 수 있다.

아동에게 관심을 갖는 것은 결코 특별한 일이 될 수 없다. 특별함 속의 보편성, 보편성 속의 특별함. 아동을 포함한 우리 모두는 특별한 존재이며 동시에 보편적인 존재이기도 한 것이다.

아동의 입장에서 아동을 관찰하고 아동의 소리에 귀를 기울이는 일이야말로 이 책을 통하여 느낄 수 있는 매우 중요한 포인트라 하겠다. 저자를 통하여 보게 되는 부모의 상과 그에 따른 교훈은 시사하는 바가 크다.

아동을 위하여 할 수 있는 최선의 노력들을 찾아서 실천하는 모습 속에서 유엔아동권리협약이나 우리나라 아동복지법에 명시되어 있는 아동 최상의 이익을 위해 우리가 해야 할 역할과 책임을 다시 한 번 느끼게 된다.

이 책을 접하는 독자들도 리오 호가티처럼 내 이웃을 돌아보고 아동의 관점에서 내 아이, 이웃 아이에게 보다 많은 관심을 기울이길 바란다.

차례

열한 살 소녀, 메리의 진짜 속마음

열한 살이던 어느 날이었다. 학교가 끝난 후, 메리에게 우리 집으로 가서 간식을 먹자고 했다. 그날부터 메리는 삼 주 동안 우리 집에서 지냈다.

메리는 늘 조용했지만, 담담한 표정 이면에 많은 사연이 감춰져 있다는 것을 누구라도 알 수 있었다. 말수는 적어도 상상력이 풍부하고 책 읽기와 라디오 듣기를 좋아했다. 메리는 속 깊은 아이였다. 사람들은 메리가 차분하고 웅숭깊은 사람의 본보기라고 말했다.

메리의 집안 사정이 별로 좋지 않다는 것은 다들 알고 있었다. 메리의 아빠는 노동자였는데 일이 있을 때보다 없을 때가 더 많았다. 메리의 엄마는 독실한 가톨릭 신자였다. 이 말은 메리의 엄마가 거의 해를 거르지 않고 메리의 동생을 출산한다는 뜻이었다. 여름방학이 끝나기 직전에 여덟 번째 동생이 태어났다.

메리는 개학을 무척 기다렸다. 그것 역시 메리의 남다른 면모였다. 그 아이는 정말로 학교를 좋아했다. 하지만 여름이 지나면서 메리에게 변화가 생겼다. 메리는 평소보다 더 힘들게 지내는 것 같았다. 차림새가 어수선하고 가끔 긁히거나 멍든 상처도 보였다. 동생들과 싸우다가 그랬다는 것이 메리의 설명이었다.

하긴 살면서 상처가 안 생길 수는 없다. 내가 아는 사람 중 남자아이들을 포함해 긁히고 멍든 상처가 나보다 많은 사람은 없었다. 그 상처들은 영광스러운 훈장이며, 뻐겨도 될 만한 자긍심의 원천이라고 생각했다. 가장 자랑스러운 상처는, 못 박힌 널빤지 위에 넘어져서 생긴 왼쪽 무릎의 흉터였다. 기억난다. 자빠졌다가 일어났는데 못에 찔려 다리에서 피가 철철 흘러내렸고, 케이티 피니가 비명을 질러 댔다. 내게는 그 사건이 그해 여름 최고의 정점이었다.

그러나 메리의 사정은 달랐다. 어떤 날은 등이 아픈 것처럼 흐느적흐느적 걸었다. 같이 블랙베리를 따러 갔을 때는 옷소매를 걷어 올린 손목 바로 위쪽으로 온통 빨갛게 벗겨진 상처가 보였다. 메리는 내가 상처를 바라보는 것을 의식하고는 아무렇지도 않은 표정으로 소매를 도로 내렸다. 나는 사정을 눈치챘고 아무것도 묻지 않았다.

개학하고 두 주쯤 지났을 때, 메리는 눈 밑에 난 자국을 머리카락으로 가리려고 애썼다. 도시락을 가져오지 않은 것만도 벌써 사흘째였다. 점심시간이 되면 학생들은 강당 구석에 둘러앉아 식사를 했다. 백 명은 족히 되는 아이들이 떠들어 대는 통에 강당이 떠나갈 것 같았다. 나는 집에서 싸 온 샌드위치의 반을 잘라 메리에게 건넸다.

우리 집보다 형편이 어려운 사람이 많다는 사실은 나도 모르지 않았다. 엄마는 나와 동생들에게 그런 이야기를 많이 해 주었다. 내가 자라면서 알게 된 현실이었다. 어느 정도인지는 자세히 몰랐지만, 주위의 여러 가족이 돈 때문에 늘 쩔쩔맸다. 그 시절 우리가 가난에 얼마나 찌들어 지냈는지 요즘 사람들에게 설명하기는 어렵다. 궁핍은 자연스러운 요소였고, 비처럼 피할 수 없는 일이었다. 우리 중 누구도 가진 게 많지 않았고, 많은 이들이 벼랑 끝에 매달려 있었다.

메리는 샌드위치 반쪽을 야금야금 먹었다. 천천히 먹으면서 오랫동안 씹으려고 애쓰는 것 같았다. 오늘 하루 동안 뭔가 씹어 먹은 유일한 음식이 될지도 모르니까 그랬을 것이다. 메리가 샌드위치를 다 먹기 전에 나는 사과를 내밀었다.

메리가 눈썹을 추어올렸다.

"오늘은 사과를 두 개 가져왔어."

거짓말이었다.

메리는 사과를 베어 물고는 고개를 끄덕였다. 친구는 내가 거짓말한다는 것을 알았다. 그 이유도 알았다. 메리는 호들갑 떨지 않고 그냥 묵묵히 사과를 먹었다. 그 일은 그렇게 넘어갔다.

방과 후에 메리는 우리 집에 왔고, 우리는 내 동생들과 어울려 놀았다. 늦은 오후가 되었지만 메리는 집에 돌아갈 생각을 안 했다.

"메리, 좀 더 있다가 간식을 먹고 가겠니?"

엄마가 물었고, 메리는 그대로 남아 있었다.

간식을 먹고 나서는 숙제를 했다. 나는 아기 동생과 함께 자동차를 갖고 바닥에서 뒹굴며 놀았다. 메리는 공책에 깔끔하고 꼼꼼하게 글씨를 썼다. 또 필통을 어찌나 잘 정리해 놓았는지 필요할 때마다 연필과 자를 척척 찾았다. 사실, 나는 좀 주눅이 들었다.

저녁이 깊어 가면서 메리는 이따금 겁먹은 눈빛으로 부엌 시계를 흘끔거렸다. 시간이 흐르는 게 끔찍하다는 표정이었다. 메리가 입 밖으로 내어 말한 것은 아니지만 친구가 뭔가 겁낸다는 것을 느꼈다. 그 애는 우리 집을 떠나는 것을 두려워했다. 집에 돌아가는 것을 겁내는 거였다.

나는 엄마에게 불쑥 물었다.

"메리가 우리 집에서 자고 가도 돼요? 아침에 나랑 같이 학교에 가면 되잖아요."

그전에는 학교 가는 날에 친구를 데려와 재운 적이 없었다. 엄마가 얼굴을 살짝 찌푸렸다. 하지만 메리가 보는 앞에서 야박해 보이고 싶지는 않았던 모양이다.

엄마가 물었다.

"네 어머니가 괜찮다고 하실까, 메리?"

메리는 힘차게 고개를 끄덕였다.

그래서 그렇게 되었다. 그날 이후 며칠 동안 우리는 메리가 집에 돌아가지 않아도 될 구실을 더 많이 만들어 냈다.

엄마가 약간 부루퉁하면서 화를 삭이고 있다는 것은 알았다. 하지만 자존심이 강한 엄마는 메리를 내쫓을 수가 없었다. 메리가 화장실에 갔을 때, 도대체 무슨 일이냐고 물은 사람은 아빠였다.

나는 아빠에게 아는 대로 몇 가지 사실을 털어놓았다.

"내가 좀 알아봐야겠구나."

아빠가 한 말은 그게 다였다.

나는 세월이 한참 흐른 뒤에야 그때 무슨 일이 벌어졌는지 알게 되었다. 활동 반경은 서로 달랐지만 아빠는 메리의 아버지 페렐리 씨가 어떤 사람인지 알고 있었다.

아빠, 삼촌, 그리고 이웃집 아저씨 한 명은 그가 어디서 술을 마시는지 꿰고 있었다. 어느 날 밤 메리의 아버지가 가진 돈을 술집에서 몽땅 써 버리고 나왔을 때 세 사람은 그를 기다렸다. 잠시 페렐리 씨를 뒤쫓다가 외진 골목길에서 그를 구석으로 몰아붙였다. 그날 무슨 일이 있었는지 아빠는 내게 자세히 말하지는 않았다. 다만, 생활비를 술값으로 탕진하고 아내와 자식에게 손찌검하는 사내를 어떻게 생각하는지 페렐레 씨에게 '설명'해 줬다고 했다. 갈비뼈에 금이 가고 코가 주저앉고 이빨 몇 개가 흔들리도록 두들겨 패서 못된 행실의 결과를 깨우쳐 주었다. 그리고 끝에는 앞으로 어떻게 하는지 지켜보겠다고 단단히 일렀다. 페렐리 씨의 행실이 조금 나아지긴 했다. 다행스럽게도 페렐리 부인 역시 결단을 내렸다. 마침내 기운을 내서 아이들을 데리고 '자매의 집'으로 들어간 것이다. 메리의 인생에서 아버지는 영원히 사라졌다.

두어 해 동안 나는 학교가 끝나면 가끔 메리를 집에 데려와 함께 간식을 먹었다. 그러고 나면 메리는 곧장 집으로 향하곤 했다.

마법 같은
사랑스러운 시절이
있었기에

⅄ ⅹ ⅹ ⅹ ⅹ ⅄ ⅹ ⅹ

내 어린 시절은 모든 게 특별했다. 돌아보면 그렇다. 마법, 모험, 사랑, 안정 …… 삶에서 그런 것을 갖지 못한 아이들을 보면 가슴이 찡하다. 모든 아이는 그런 것을 누릴 자격이 있다. 상대가 학교 친구 메리든, 친구 재닛의 딸 로즈든, 그런 믿음으로 손을 내밀었다.

내게로 온
친구 딸 로즈

내가 스물다섯 살 되던 해는 아기들의 해 같았다. 1962년, 나는 내가 꾸민 가정에 잘 적응하고 있었다. 남편은 정육점에서 일하고, 나는 조그만 옷가게를 운영했다. 딸 그웬은 아장아장 걸음마를 하고, 아들 패트릭은 갓난아기였다. 그러던 어느 날 친구 재닛이 우리 집 문간에 나타났다.

재닛과 나는 줄곧 학교를 같이 다녔다. 그녀는 번듯한 직장인 '아노트 백화점'에서 일하며 부모님과 살았다. 재닛은 우리가 아는 동네 총각들에게 큰 관심을 보인 적이 없었다. 부모님이 딸이 시집을 못 갈까 봐 걱정할 무렵, 재닛은 잘생긴 영국 남자를 데려와 부모님을 기쁘게 했다. 마권 판매소에서 일하는 남자로, 이름은 나이절이었다.

나는 나이절이 통 마음에 들지 않았다. 하지만 재닛에게 그런 말을 할 생각은 없었다. 재닛은 그 남자에게 홀딱 빠졌고, 그것이 재닛에게는 첫 번째 진지한 사랑이어서 나는 그냥 내버려 두었다. 어찌 됐든 순리대로 흘러갈 거라고 생각했다.

"나 임신했어."

식탁을 가운데 두고 앉아 재닛은 커피 잔을 빤히 들여다보며 말했다. 나는 안경 너머로 그녀를 날카롭게 쳐다보았지만, 재닛은 영리해서 고개를 들지 않아야 된다는 것을 알았다.

"그럼 결혼식 청첩장을 골라야 하나?"

그녀가 어깨를 으쓱했다.

"그렇겠지. 그 사람이 아직 말은 없지만."

"아무 말도 없다고?"

"어젯밤에 나이절에게 임신했다고 말했는데 나이절은 …… 음 …… 좋아하지 않더라고."

"뭐라고? 이런, 망할. 설마 널 때리거나 그런 건 아니지?"

만약 재닛한테 손 하나라도 까딱했다면 나는 빗자루로 그를 흠씬 패 줄 생각이었다.

"아니, 아니야. 나이절은 그런 사람이 아니야. 그냥 말이 없었을 뿐이야. 앞으로 어떡하면 좋겠냐고 했더니, 생각해 봐야겠다고 하더라고."

"생각하고 자시고 할 게 뭐가 있어?"

"영국에 있는 가족 때문일 거야. 나도 모르겠어."

"오늘 밤 나이절을 만나면 네가 원하는 걸 꼭 말해. 지금까지는 소꿉장난이었다 해도 이젠 진지해져야지."

"그래, 그이도 알아. 계획한 일이 아니어서 놀랐을 뿐이야."

나는 친구 손을 잡았다.

"그래, 물론 그렇지. 하지만 계획은 바뀔 수 있고 그렇게 풀릴 수도 있어."

재닛이 빙그레 웃었다.

이튿날 그녀가 다시 찾아왔다. 나는 예비 신부가 들떠서 우리 집 계단을 통통 뛰어 올라올 거라고 기대했다. 하지만 그녀는 어깨가 축 처지고 눈이 부어 있었다.

나는 그녀 앞에 커피 잔을 내려놓았다.

"어떻게 된 거야?"

재닛이 훌쩍거렸다.

"어떡해, 리오. 나이절이 전화를 안 받아. 집으로도 전화하고 직장으로도 전화했는데."

"망할 놈. 우리가 집으로 찾아가 덮치자."

재닛의 눈에서 눈물이 줄줄 흘렀다.

"아까 오후에 거기 가 봤어. 그런데 나이절이 …… 나이절이 안 보여……."

나는 친구를 부둥켜안고 다독였다.

"일을 어떻게 할지 생각하려고 하루 이틀 떠났는지도 몰라. 사내들이 원래 그렇잖아. 하고 싶은 대로 실컷 하고는 결과를 감당해야 할 때가 오면 나 몰라라 한다니까."

재닛이 고개를 저었다.

"아니, 그게 아니야. 사람들이 그러는데 나이절이 이사를 갔대. 집 주인한테 …… 집에 돌아간다고 말했대."

이 말 끝에 눈물이 새로 펑펑 쏟아졌다.

"집이라니, 어디? 영국? 그 망할 자식이 영국으로 돌아갔다고?"

재닛은 말없이 고개를 끄덕였다.

미치고 팔짝 뛸 지경이었다. 나는 친구 옆에 앉아서 두 손을 맞잡았다.

"나 좀 봐."

재닛은 눈물을 참으며 고개를 들었다. 입술이 파르르 떨렸다.

"하고 싶은 게 뭐야? 나한테 말해 봐."

"난 …… 결혼해서 아기를 낳고 싶어."

나는 고개를 끄덕였다.

"좋아. 결혼 외에 나머지는 우리가 다 할 수 있어."

"뭐?"

"우리가 나이절을 돌아오게 만들 순 없어. 나중에 자기 의지로 돌아올지는 모르지. 하지만 나이절이 있건 없건 넌

이 일을 스스로 감당해야 해. 아기를 낳고 싶다면 그렇게 하자."

"어떻게 ……?"

"만약 부모님께 말씀드리면 뭐라고 하실까?"

"말도 안 돼, 리오. 속이 울렁거려."

나는 그녀의 등을 토닥였다.

"기운 내서 부딪쳐 나가야지, 어쩌겠어. 우리가 이 일을 제대로 되게 만들자."

재닛은 침을 꿀꺽 삼켰다.

"부모님은 날 죽이려 들 거야! 그런 다음 아기를 지우자고 할걸? 난 알아."

그녀가 죽는다면 낙태할 필요도 없을 것이다. 그러나 지금 그런 걸 따지고 싶지는 않았다.

"좋아, 그러니까 그분들 모르게 하는 거지."

재닛은 내가 본드라도 흡입한 것처럼 나를 빤히 보았다.

"도대체 어떻게? 어떻게 하면 부모님이 모르게 할 수 있지? 배가 산처럼 부풀어도 모른단 말이야?"

나는 머릿속으로 여러 시나리오를 떠올렸다. 어떤 것은 내가 생각하기에도 미친 짓이었다. 하지만 무릎을 탁 치게 할 만한 아이디어가 하나 있었다. 그러면 될 것 같았다.

나는 다시 재닛의 손을 잡았다.

"이제 됐어. 우리 이렇게 하는 거야."

〈리오의 한 부모 출산 계획〉

첫째, 헐렁한 옷을 입는다. 뜬금없어 보이지 않도록 지금부터 헐렁한 옷을 입기 시작해 계속 입는다. 배가 부른 것을 아무도 알아채지 못하도록 넉넉하고 풍성한 옷을 선택한다. 누가 물으면 편안하게 옷을 입는 게 좋다고만 말하고, 그다음에는 심한 생리통에 대해 시시콜콜 이야기한다. 이것은 남자들이 쓸데없이 끼어들 가능성을 차단하는 효과가 있고, 여자들에게는 관심을 불러일으키는 역할을 한다.

둘째, 내일 일은 모르겠다는 듯이 먹기 시작한다. 부모님과 친구들이 볼 때마다 살찌는 음식을 입에 꾸역꾸역 넣는다. 비스킷, 초콜릿, 감자 칩을 늘 손에 달고 살 것.

셋째, 왜 그렇게 많이 먹느냐는 질문을 받으면, 훌쩍이면서 뭔가 푸념을 늘어놓는다. '우울감'은 과식의 적절한 이유로 간주되니까.

재닛은 모범 학생이었다. 그녀의 부모님은 아무런 의심도 하지 않았다. 그녀는 체중이 늘어도 임신부 몸매로 바뀌지 않는 행운아 중 한 명이었다. 그래서 헐렁한 옷이 톡톡한 효과를 발휘했다. 다른 친구 두어 명과 나 역시 헐렁한 점퍼를 입기 시작했다. 재닛의 부모님은 이런 옷이 요즘 유행하는 패션인가 보다고 받아들였다. 또 몇 달이 지나면서 재닛은 뒤뚱거리는 임신부 걸음걸이도 그럭저럭 감추었다.

마지막 몇 주 동안 재닛은 가방을 싸서 침대 밑에 숨겨 두었다. 진통이 시작된 아침, 그녀는 가방을 들고 부모님에게 두 주 동안 휴가를 다녀오겠다고 말했다.

재닛이 병원에 갈 때 나도 동행했다. 그녀는 앙증맞고 건강한 여자 아기를 낳았다. 재닛은 아기 이름을 로즈라고 지었다.

모두 함께 우리 집으로 왔다. 재닛은 휴가 핑계를 댄 두 주일 내내 로즈 곁에 머물다가 집으로 돌아갔다. 그녀의 부모님은 딸이 폭식증을 극복하고 다시 몸에 잘 맞는 옷을 입기 시작하자 기뻐했다. 휴가가 재닛에게 좋은 영향을 주었다고 생각했을 것이다.

그 후 재닛은 거의 매일 우리 집에 찾아와 로즈와 함께 지냈다. 하지만 나이절과는 다시 연락하지 않았다. 자기가 벌인 일을 챙기려는 노력은 하지 않은 채 아무 일도 없었다는 듯이 돌아다니는 사람을 보면 입이 떡 벌어진다.

로즈는 나를 엄마로 알고 자랐다. 세월이 흘러 로즈가 고등학교를 마치고 대학에 입학할 즈음, 우리는 나란히 앉아 재닛 '이모'가 실은 진짜 엄마라고 설명했다. 이 말 때문에 아이가 크나큰 충격을 받았을 거라고 짐작할 것이다. 하지만 로즈가 어떤 가정에서 성장했는지 알 필요가 있다. 우리 집은 위탁아동, 이웃 아이들, 친구의 아이들, 거리에서 데려온 아이들이 끊이지 않고 드나드는 곳이었다. 로즈가 전혀 놀라지 않았다고는 말할 수 없지만, 그 아이는 내가 그런 상황을 처리하는 방식에 익숙했다. 또 친엄마가 달리 방법이 없었다는 것도 이해할 만한 나이였다.

무엇보다도 로즈는 재닛이 언제나 자기를 사랑했으며 언제나 곁에 있었음을 알았다.

결국 아이들은 진짜 중요한 게 뭔지 안다.

어린 시절 모험은
언제나 즐거워

지금 나는 일흔여섯 살이고, 내가 낳은 두 아이와 백사십 명이 넘는 아이들을 키웠다. 그 많은 아이들 중 어떤 아이들은 고작 몇 주일 머물다 갔지만, 어떤 아이들은 어린 시절 대부분을 같이 살았다. 한때는 나도 아이였다는 것을 나조차도 잊어버릴 때가 있다. 하지만 되돌아보건대, 내가 기막히게 행복한 유년기를 누린 것은 믿기 어려운 행운이었다. 그 덕분에 나는 모든 아이가 똑같이 행복을 누릴 자격이 있다고 믿게 되었다. 상대가 학교 친구 메리든, 친구 재닛의 딸 로즈든, 그런 믿음으로 손을 내밀었다.

내 행복한 유년기의 재미난 점은, 세상에 나온 바로 첫날부터 사람들의 기대를 저버렸다는 점이다. 나는 아빠가 원했던 맏아들이 아니었다. 또 무릎이 까지도록 격하게 놀았으니 엄마가 원했던 숙녀 같은 여자아이도 아니었다.

아직 기대를 버리지 않은 부모님은 내게 사랑스럽고 서정적인 이름을 지어 주었다. 리타 메리 오릴리. 하지만 그마저도 계획대로 되지 않았다. 얼마 지나지 않아 아빠는 나를 '리친'이라고 불렀다. 그 이름을 하도 듣다 보니 리친이 적절한 이름처럼 느껴졌다. 학교에 입학한 첫날 시끌벅적한 친구들은 내 이름을 어떻게 부르는지 알고 싶어 했다. 나는 다섯 살 아이들이 '리친'이라는 발음을 어려워한다는 것을 알고 놀랐다.

"리키?"

"그게 아니지."

"리치?"

"아니, 리친이라니까."

"그 이름 이상해." 새 친구 메리가 웃더니 덧붙여 말했다. "난 리오가 더 좋아."

아마 나도 그랬던 것 같다. 그 후 내 이름이 '리오'가 된 걸 보면. 물론 아빠에게 나는 언제나 리친이었다.

이름 두 개를 갖는 것은 내 기질에도 맞았다. 아빠한테는 '기운 넘치는' 리친, 엄마한테는 '난감한' 리오. 내 마음속에서 그 이름은 내가 여자애 취급을 받지 않아도 되고 여자애답게 행동하지 않아도 된다는 의미였다. 나무 타기, 맨발로 들판 뛰어다니기, 담장에 기어올라 뛰어내리기 …… 무엇이

든 다 되었다. 엄마는 치마를 입은 여자애는 그런 짓을 하지 않을 거라고 생각했지만, 그 생각은 틀렸다.

그것 때문에 두 분 사이에는 신경전이 있었던 것 같다. 아빠는 사내아이 같은 내 면모를 좋아했고, 엄마는 그런 점에 절망했다. 하지만 지금에 와서야 그랬을 거라고 깨달을 뿐, 당시에는 내 삶에서 가장 중요한 두 사람에게 사랑받는다고 느꼈다. 한 사람은 완전히 받아들이고, 다른 한 사람은 아쉬워하고. 하지만 두 분은 나를 있는 그대로 사랑했다. 그 반석 같은 사랑은 내가 그 위에서 차례로 모험을 해 나가는 토대가 되었다. 목줄에 묶여 본 적이 없는 강아지처럼 나는 마음과 호기심이 이끄는 곳이라면 어디로든 향했다.

할아버지는 우리 집 뒤뜰에 숨겨진 마법의 세계를 알려 주었다. 할아버지 말씀인즉슨, 푸른 나무들 속에 요정이 살고 있다는 거였다. 나는 요정들의 왕국과 영토, 그들의 음악, 전해 내려오는 축제, 인간들을 홀리는 주문들에 대해 알게 되었다.

정말이지 얼마나 나도 홀리고 싶었던지.

우리는 작은 요정들의 흔적을 찾아 몇 시간이고 정원을 탐험했다. 땅에 귀를 대고 요정들이 떠들썩하게 잔치를 벌이는 소리가 나는지 듣기도 했다. 비 갠 이른 아침이면, 정원에 둥글게 자라난 버섯이 있는지 찾으러 나갔다. 그것은 요정들이 우리 정원을 마음에 들어 한다는 신호였다.

나는 요정들이 거기 산다는 것을 털끝만큼도 의심하지 않았다. 지금도 그렇다. 여러 가지 요소로 보건대, 요정들은 틀림없이 거기 살고 있다.

자연이라면 아무것도 겁나거나 두렵지 않았다. 용감해서가 아니라, 내가 영원히 살 거라는 고집스러운 믿음 때문이었다.

어느 겨울 유난히 춥던 날, 어머니는 내게 예쁜 새 코트와 모자, 장갑을 사 주었다. 나는 여자애처럼 보인다는 게 싫지 않았다. 자랑스럽게 새 옷가지를 차려입었고 기분이 제법 흐뭇했다. 하지만 나, 재닛, 메리 셋이서 우리의 놀이터인 목사관 마당을 지날 때 얼어붙은 연못이 마음을 끌어당기는 것을 뿌리칠 수가 없었다.

평소에는 흐릿한 수면이 출렁이면서 그 밑으로 금붕어가 획획 지나갔지만, 지금 보이는 것은 눈에 덮인 딱딱하고 평편한 얼음판이었다.

"어머나, 물고기가 얼어 죽었을 거야!"

재닛은 겁나는 마음과 나쁜 것에 매료되는 기분의 중간쯤 되는 듯했다.

"얼음 밑에서 금붕어가 살 수 있을까? 저 아래서 몸을 따뜻하게 하고 먹이를 찾을 수 있으려나?"

언제나 더 현실적인 메리의 목소리였다.

"가서 보자."

이 말을 한 사람은 물론 나였다. 나는 이론 따위는 잘 몰랐다.

우리는 얼어붙은 풀밭과 물가에 쓸쓸하게 솟은 뻣뻣한 갈대를 헤치며 연못 가장자리까지 걸어갔다. 얼음장 안에 자갈처럼 박힌 금붕어를 보리라는 기대감에 부풀어 아래를 들여다보았지만 아무것도 보이지 않았다.

나는 장화 뒤축으로 빙판을 찍었다.

"진짜 단단한데?"

뭘 아는 것처럼 중얼댔다.

메리가 좋은 작전을 말했다.

"연못 위를 주르르 달려가면 어떨까?"

이제 놀라운 가능성이 생겼다. 연못 위를 주르르 달려간다는! 빙판 위에서 쭉쭉 미끄러진다는 생각에 발이 간질간질했다. 여름에 빵 부스러기를 던지면 배부른 금붕어들이 몰려들어 득달같이 먹어 치우던 바로 그 연못이었다.

"그래, 우리 할 수 있을 것 같아!"

"좋아, 그럼 나 먼저 간다."

재닛이 출발했다. 큼직한 코트와 부츠 차림의 여덟 살 여자애가 낼 수 있는 최대 속력으로 삼십 미터 폭 연못을 가로질렀다. 재닛은 맞은편에 도착해서 몸을 돌리고 팔짝팔짝 뛰었다.

"어서 와! 어서!"

그러자 메리가 정신없이 달렸다. 맞은편에 도착하기 직전에 얼음판이 갈라지는 무서운 소리가 났지만, 메리는 재닛 옆에서 빙그레 웃으며 함께 뛰었다.

"어서 와! 어서!"

이제 두 사람이 고함을 질러 댔다.

나는 달리면서 쭉 미끄러졌다. 연못 가운데쯤에 이르자 문득 물고기가 어떻게 됐을까, 라는 문제가 아직 풀리지 않았다는 생각이 스쳤다. 나는 멈춰 서서 아래를 내려다보았다. 그런데 얼음 빛깔이 달랐다. 내가 서 있는 곳은 하얗고 그 아래쪽 더 진한 부분은 …… 물이었다.

내가 소리쳤다.

"얘들아! 저 아래 물이 있어! 틀림없이 얼음 밑에서 금붕어가 헤엄치고 있을 거야!"

나는 몸을 숙여, 발밑의 빙판 안쪽을 눈으로 훑으면서 비늘 덮인 금빛 친구들의 자취를 찾았다.

또다시 얼음판에 쩍쩍 금이 갔다.

"저건 뭐지?"

메리가 목사관 쪽을 돌아보았다. 솔직히 말하면 우리는 전에 빙판에 서 본 적이 없었다. 우리는 갈라진다는 게 무슨 뜻인지, 어디서부터 그렇게 되는지 전혀 몰랐다.

그때 빙판에 생긴 자국들이 눈에 들어왔다. 꼭 유리 조각들로 만든 거미집 가운데 있는 것 같았다. 그 순간 발밑의 단단한 부분이 흔들렸다.

내가 무슨 소리를 냈는지 기억이 없다. 재닛과 메리는 내가 공습경보처럼 비명을 질러 댔다고 주장하지만, 내가 아니라 그 애들이 그랬을 것이다. 두 사람은 내가 돌멩이처럼 빙판 아래로 빠져 연못 바닥에 가라앉는 것을 지켜봤다.

나는 추위 때문에 충격을 받았어야 마땅하지만, 내가 기억하는 것은 그게 아니다. 그것은 떨어지는 것 …… 발이 끈적거리는 바닥에 닿을 때까지 아래로 아래로 떨어지는 것이었다. 본능적으로 수면 위로 몸을 밀고 올라갔다.

연못 깊이는 내 머리가 살짝 잠길 정도였다. 내가 식식거리며 수면으로 올라왔을 때 재닛과 메리는 연못 속 금붕어들처럼 눈을 휘둥그레 뜨고 쳐다보았다. 사방의 빙판이 산산조각으로 갈라졌고, 나는 겨우 수심이 얕은 곳으로 갈 수 있었다.

발이 바닥에 확실히 닿고 머리가 수면 위로 올라오자 나는 연못에서 걸어 나와 친구들 옆에서 물을 뚝뚝 흘렸다.

갑자기 사방이 조용해졌다. 그제야 나는 메리와 재닛이 이 순간까지 소리를 질러 댔다는 것을 깨달았다.

"거기서 나와, 리오!"

"죽으면 안 돼!"

"이쪽으로 와!"

"너, 엄마한테 죽었다!"

두 사람은 물 한 방울도 묻히지 않은 채 멀쩡했고, 나는 초록빛의 끈적이는 것을 몸에 붙인 채 물을 뚝뚝 흘리며 서 있었다. 마지막 말에 정신이 번쩍 들었지만, 그래도 어쩔 수가 없었다. 우리는 키득거리다가 삼십 초쯤 지나 마구 웃어 댔다.

집으로 가는 길 내내 이를 딱딱 부딪치면서도 우리는 웃음을 참지 못한 채 모험을 되새겼다. 그 일은 되풀이해 말하는 과정에서 대서사시가 되었다. 꽁꽁 언 음모와 배신으로 가득한 북극 툰드라 지방의 모험담이 되었다.

집에 도착하자 나는 엄마한테 얼른 그 모험담을 말해 주고 싶어서 달려갔다.

"엄마! 엄마! 무슨 일이 있었냐면 …….."

그런데 이럴 수가. 엄마의 냉랭한 반응은 얼어붙은 연못에 빠졌을 때보다도 더 오싹했다.

나는 그저 짜릿한 모험, 신나는 기분, 놀라움밖에 생각하지 못했다. 그런데 엄마 눈에 비친 것은 물에 젖어 미끈거리는 새 코트였다.

엄마는 얼어붙은 옷을 싹 벗기고 뜨거운 목욕물을 받았다. 새 코트와 모자와 장갑은 세탁해서 말리려고 치웠다. 그것들은 다시 말짱해졌을 것이다. 하지만 어찌 된 일인지 그 후로는 그 코트를 보지 못했다. 다음에 외출할 때는 예전에 입던 낡은 코트를 입어야 했다.

연못 빙판 사건 이후 엄마는 나한테 천방지축 머슴애 같은 시기는 이제 끝내겠다는 약속을 받아 냈다. 다른 엄마들이 그렇듯, 내가 새 코트를 빼앗기면 속상해할 거라고 엄마는 생각했던 것 같다. 이것이 내가 달라지는 신호일 거라고 짐작한 것이다.

이후 두어 주 동안은 약속을 지켰다. 정원을 돌아서 갈 수만 있으면 담장을 타 넘고 싶은 욕망을 억눌렀다. 숨바꼭질을 할 때 최고의 숨을 곳으로 갈 수 있다는 것을 알면서도 진흙탕에 배를 대고 기는 짓은 삼갔다. 만년필 튜브를 얼마나 세게 눌러야 펜촉이 아닌 양쪽으로 잉크가 뿜어져 나오는지 알아보는 것도 참았다.

하지만 '나무 타기'에 관해서는 아무것도 참지 않았다. 아무도 나무에 대해서는 '안 돼'라고 말할 수 없었다.

성령회 교회와 사제관이 있는 '킴마지 마녀'의 정문 안쪽에, 하느님과 나이가 같을 것 같은 거대한 참나무 한 그루가 서 있었다. 밑동이 자동차 한 대만큼이나 크고, 키는 교회 첨

탑 높이만 했다. 나뭇가지들이 굵직하고 맨 아래쪽 가지들은 땅바닥 가까이 늘어져 있다는 점이 좋았다. 이파리가 무성한 가지들은 사다리와 계단의 중간쯤 되는 모양으로 뻗어서 나무를 타고 싶은 마음이 물씬 솟았다. 또 뒤엉킨 가지에 손잡이 같은 옹이들이 있어서 나무 타는 사람들에게는 꿈의 나무였다.

물론 얼마나 높이 올라갈 수 있느냐가 관건이었다. 최근에 도미닉이라는 남자아이가 최고 기록을 세웠다. 그 아이는 교회 문 위쪽에 있는 스테인드글라스 창문의 맨 꼭대기까지 올라갔다. 몇몇 아이들은 이 기록이 절대 깨지지 않을 거라고 떠들었다.

문제는 신부님들이었다. 신부님들은 우리가 나무를 타고 싶은 유혹을 억누르지 못한다는 것을 알고 나무 타기를 엄격하게 금했다. 우리는 신부님들이 보지 않을 때 그 참나무를 타고 올라갈 방법을 궁리했다.

우리 몇 명이 책가방을 가지고 나무 아래 풀밭에 앉아, 공부하는 것처럼 손에 책을 들고 있자는 꾀를 냈다. 책을 든 아이들이 감시원들이었다. 한 아이가 용감하게 나무를 타고 오르면, 책을 든 아이들은 신부님이 나타났을 때 고함을 질러 신호를 보내는 일을 맡았다. 망보는 아이들이 '여기 봐!' 하고 소리를 지르며 책의 어떤 부분을 손짓하면, 나무에 올라간 아이는 행동을 멈추었다. 그러다 신부님이 지나가면 해제를 알리는 소리를 냈고 나무 타기가 계속되었다.

'큰 나무 오르기 대회'는 미리 계획된 게 아니었다. 인생의 많은 중요한 순간이 그렇듯, 순전히 우발적으로 일어났다. 늦겨울 유난히 온화한 어느 날, 우리 패거리가 나무 앞을 지나가다 그 일에 도전하게 되었다. 그것은 어쩌면 축복, 어쩌면 저주였지만 나는 나무 타기 선수였다. 나는 걷기라도 하듯이 힘들이지 않고 나뭇가지 사이를 건너다닐 수 있었다. 그런 나를 재닛은 원숭이 같다고 쏘아붙였다. 장점이든 아니든 그 정도 나무 타는 솜씨는 재능이었다. 그리고 브라이언 오도넬 리가 도미닉보다 더 높이 올라갈 아이는 없다고 말했을 때, 나는 도저히 그냥 있을 수가 없었다. 내 자존심 때문이 아니라 그 말이 사실이 아니었기 때문이다. 나는 그 나무의 꼭대기까지 너끈히 올라갈 수 있을 것 같았다. 그래서 망보는 아이들에게 책을 들고 있게 한 다음 나무를 타기 시작했다.

첫 구간은 유일하게 혼자 힘으로 올라갈 수 없는 곳이었다. 가장 낮은 나뭇가지도 내 손이 닿지 않는 높이여서 브라이언과 메리가 책가방 더미 위에 서서 내가 큰 가지로 올라갈 수 있게 받쳐 주었다.

이 손 저 손 옮겨 짚으며 한 번에 한쪽 다리를 들어 나뭇가지 위로 폴짝 뛰어오르기를 반복하면서 나는 잘 해내고 있었다. 유난히 크고 널찍한 가지에 막 도착했을 때다. 항상 첫 번째로 멈추는 곳이었는데, 거기에 섰을 때 경고 소리가 들렸다. 나는 나무줄기에 몸을 바싹 붙이고 숨을 멈추었다.

긴장감 속에 취한 휴식은 짧게 끝났다. 신부님이 서둘러 지나가고 나는 다시 나무를 타기 시작했다.

나는 높은 곳이 두렵지 않았다. 하지만 아래를 내려다보면 현기증이 난다는 것을 알기에, 고개를 똑바로 들고 계속 올랐다. 간간이 응원의 함성이 위까지 울려 퍼졌고, 내 기세를 꺾을 요량인지 야유하는 소리도 몇 차례 들렸다. 분명히 도미닉이 와서 자기 기록이 유지되기를 바라는 마음으로 야유를 퍼부었을 것이다.

두어 번 아슬아슬한 상황을 겪었다. 무릎이 까지고, 팔꿈치가 긁히고, 낭창낭창한 가지에 이마가 부딪혔지만 꿋꿋이 나아갔다. 위쪽만 보면서 다음에 손을 걸칠 곳을 찾았다.

유난히 옹이가 큰 가지로 몸을 쑥 들이미는 순간, 아래쪽이 소란스러워졌다. 평소의 경고와 달랐다.

"너 있는 자리를 잘 봐!"

메리가 말했다.

다른 목소리도 들렸다.

"창문이야! 거기 창문이라고!"

나는 교회당 건물을 바라보았다. 스테인드글라스 창과 같은 높이에 내가 있었다. 도미닉이 올라갔던 가장 높은 지점과 거의 같았다.

친구들에게 손을 흔들려고
잠깐 아래를 내려다보았다.

우와!

눈이 휘둥그레진 작은 얼굴들이
시야에 들어오자 몸이 휘청거렸다. 다
시 고개를 들어 스테인드글라스를 보았다.
차라리 그러는 편이 나았다.

약간 떨렸지만 여전히 굳은 각오로 위쪽 중간 크기 가지
에 팔을 뻗었다. 그 가지를 살짝 흔들면 내가 서 있는 가지
보다 오른쪽에 있는 약간 더 높고 큰 가지로 올라갈 수 있을
것 같았다. 내가 막 몸을 움직일 때 밑에서 경고 소리가 들
렸다.

신부님이 종종걸음으로 정문을 지나는 광경을 떠올리면
서 상황이 종료되기를 기다렸다. 아이들은 책을 거꾸로 든
줄도 모르고 안절부절못하고 있을 터였다. 신부님이 저만치
멀어져 가면 신호가 올 것이다.

그래서 기다렸다.

그런데 도무지 해제 신호가 없었다. 이제 팔다리가 떨려
왔다. 저 아래서 무슨 일이 생긴 거지?

나는 가까스로 한 손을 왼쪽에 있는 더 굵직한 가지로 옮
겨 붙잡고, 아까 올라섰던 튼튼한 가지로 돌아가려고 했다.
그 순간 다리가 미끄러지면서 잡고 있던 작은 가지를 놓쳤

다. 몸의 균형이 흔들렸다. 한쪽 다리를 큰 가지 위에 두고 한 손은 여전히 더 큰 가지를 붙잡은 채, 나뭇잎 사이에서 퍼덕거리며 거꾸로 매달린 자세가 되었다. 헐거운 잔가지가 후드득 떨어졌다.

나는 숨을 몰아쉬면서 저 아래 흔들리는 땅을 보았다. 신부님이 못마땅하다는 눈길로 날 노려볼 거라고 생각했다.

그러나 신부님은 없었다. 그건 다행이었다. 그런데 신부님만 없는 게 아니었다. 아이들도 없었다. 한 명도 빠짐없이 모두 가 버렸다. 책가방 하나도 보이지 않았다.

미쳐, 정말.

그때 오른쪽에서 스테인드글라스 창의 빛깔이 눈에 들어왔다. 창문이 아주 가까운 곳에 있었다. 머리 위로 창문 꼭대기까지 계단처럼 멋진 가지들이 뻗어 있는 것이 보였다.

갈 데까지 가 보자고 작정했다. 적어도 소리를 낼까 봐 걱정할 필요는 없었다. 몸을 위쪽으로 흔들어 다음 가지들 쪽으로 몸을 밀어 올리는 것으로 시작했다. 나무껍질 사이의 오래된 틈새와 오목한 곳이 만든 튀어나온 부분을 쑤셨다. 머리카락이 몇 가닥 가지에 걸려 뽑혔다. 아래를 내려다보지 않고 스타킹 무르팍에 난 구멍도 아랑곳없이 계속 나무를 탔다.

갑자기 주변 공기가 잠잠해지면서 가지들이 삐걱대는 소리만 들려왔다. 그때 나는 위쪽에 딛고 올라갈 만한 큰 가지가 더 이상 없다는 것을 알았다. 머리 위 이 미터쯤에는 말라붙은 나뭇잎들이 가느다란 가지에 다닥다닥 붙어 있었다.

올라갈 수 있을 만큼 올라가 꼭대기에 도달한 것이다. 주위를 둘러보았다. 종이 매달린 교회 첨탑이 보였다. 태어난 뒤로 죽 그 종소리를 들으며 자랐다. 주일, 축일, 결혼식, 장례식, 세례식 때마다 종소리를 들었지만, 종을 직접 본 것은 이번이 처음이었다. 종 표면에 새똥이 말라붙어 있었다.

내 나무 타기 이력의 정점에서 나를 봐 줄 사람이 아무도 없다는 생각이 퍼뜩 들었다. 내가 꼭대기까지 올라왔다는 것을 아무도 믿지 않을 터였다.

나는 몸을 지탱해 줄 마지막 가지에 걸터앉아, 코트 주머니를 뒤졌다. 다 쓴 버스표와 사탕 포장지 틈에서 병뚜껑을 찾아냈다. 병뚜껑의 날카로운 모서리로 나무껍질에 'R'과 'O'를 새겼다. 리오 오레일리(Rio O'Reilly)가 여기 왔다 가노라 ······.

손가락에 침을 묻혀 글자들을 문질렀다. 이제 됐다. 나무 꼭대기에서 아래를 내려다보았다.

우와, 이걸 어쩌지?

순간 머리가 띵해서 몇 초 동안 눈을 감고 나무껍질을 꽉 붙잡고 있어야 했다. 숨을 한 번 크게 쉬고 조심조심 내려가기 시작했다. 내려가는 데 걸린 시간은 올라오는 데 걸린 시간과 거의 맞먹었다. 나는 너무 서두르거나 요란하게 소리를 내지 않으려고 조심했다.

마침내 가장 아래쪽에 있는 가지에 도착했다. 주변에 악동은 한 명도 없었다. 이제 나는 춥고 배고프고 힘이 빠졌다. 혼자서 내려갈 길을 찾아야 했다. 방금 이룬 성과로 볼 때 혼자서 땅에 내려가는 것이 터무니없는 도전은 아니었다.

모험을 해 보기로 결심하고 양손으로 매달린 채 가지에서 미끄러져, 디딜 곳을 찾을 때까지 발로 여기저기 더듬었다. 이제 손으로 잡을 만한 작은 가지나 큰 옹이가 있는지 알아봐야 했다.

"거기서 뭐 하는 게냐?"

나는 하마터면 뛰어내릴 뻔했다.

소리는 내 뒤쪽에서 났다. 오다우드 신부님이 분명했다.

"내가 삼십 분 전에 아이들을 다 보냈는데. 이제 그 나무에서 내려오너라."

나는 신부님 머리보다 약간 높은 곳에 매달려 있었다. 내가 그 높이를 어떻게 감당할 거라고 생각하는지 알 수 없었다. 혹시 내 몸에서 날개가 돋아 천사같이 구름에 휩싸여 살포시 내려앉을 거라고 생각한 걸까? 나는 허둥대며 두 손으로 나무 몸통을 꽉 붙잡고 그 틈새로 발끝을 밀어 넣었다.

결국, 나뭇가지에 턱을 부딪치며 아래로 떨어져 오다우드 신부님 발치에 나뒹구는 신세가 되었다. 나는 쌕쌕대며 숨을 몰아쉬었다.

신부님이 팔을 뻗어 나를 일으켰다. 턱에서 목덜미까지 침이 흘러내린 나는 옷소매로 침을 닦았다.

"괜찮니?"

오다우드 신부님이 나를 쳐다보는 눈빛에 그렇다고 대답할 수밖에 없었다. 입에서 무슨 말이 나올지 자신이 없어 고개만 끄덕였다. 비명이 혓바닥에 웅크리고 앉아 뛰쳐나갈 기회를 호시탐탐 노리는 것 같았다. 그러면 안 되는데.

나는 아무 말도 하지 않고 냅다 뛰었다. 오다우드 신부님과 내 이름 머리글자를 남겨 놓고서.

오랜 시간이 흐른 후 킴마지 마녀가 재개발되면서 그 나무가 베일 때까지 그 일은 묻혔다. 그제야 나는 친구들에게 꼭대기에 올라갔었다는 것을 확실히 증명할 수 있게 되었다. 물론 그 무렵에는 그 일에 신경 쓸 만한 사람이 주위에 하나도 없었다.

하지만 엄마는 내가 나무에 올라갔다는 것, 아니, 일을 저질렀다는 것을 눈치챘다. 찢어진 스타킹, 까진 무릎, 얼굴의 긁힌 자국, 엉망이 된 구두는 그 증거가 되고도 남았다. 평소 나는 변명을 둘러댔지만, 턱에 난 상처에 대해서는 그럴듯한 구실이 없었다.

뿔난 아이들의 반격

내가 어릴 때 동네 사람들은 모두 성령회 신부들의 농장에
가서 일을 거들었다. 내 할아버지도 일주일에 며칠씩 아침
에 가서 일했고, 여름 내내 아이들도 일손을 도왔다. 할 일이
많았다. 한때 신부님들과 수사들은 완전히 자급자족했다. 밀
농사를 짓고 젖소와 육우를 키우고 닭, 돼지, 오리, 양도 쳤
다. 널찍한 밭과 허브 농장도 있었다. 하지만 수사들 대부분
은 가르치는 일에 관심을 더 기울였고, 신부님들은 기금 마
련에 힘을 쏟았다. 그래서 교구 신도들이 농장 일을 떠맡게
되었다. 할아버지가 교회 농장으로 가면 나도 기꺼이 따라
나섰다.

　나무 타기 일당인 도미닉과 브라이언도 농장에 자주 왔
다. 가끔은 부모님을 따라 왔지만, 툭하면 학교에서 잘못을

저질러 그 벌로 농장의 잔심부름을 떠맡았다. 어른들은 우리가 들판에서 힘든 노동을 하면 못된 장난을 치는 마음이 없어질 줄 알았나 보다. 하지만 실상은 전혀 그렇지 않았다.

농장은 천국 같은 놀이터였다. 수북이 쌓인 건초 더미, 구석진 곳이 많은 대형 헛간, 탁 트인 너른 들판, 별별 신기하고 흥미로운 물건이 들어찬 작은 창고들. 우리는 건초 뭉치를 쌓아 요새와 성채를 만들고, 사다리를 타고 올라가고, 밧줄에 매달려 내려오면서 신나는 시간을 보냈다. 벌로 떠맡은 허드렛일은 뒷전이었다.

어느 날 오후 나는 할아버지가 암양과 숫양을 갈라놓는 일을 거들며 건초 더미 속에서 놀고 있었다. 도미닉은 놀란 수사가 아끼는 암탉들이 있는 닭장을 청소하기로 되어 있다. 그 녀석은 닭똥을 치우려고 손에 삽을 들긴 했지만, 그 삽으로 건초 뭉치들을 배열해 계단을 만들도록 도와주었다. 나는 사다리 대신 건초 더미로 만든 계단을 이용해 다락으로 올라가고 싶은 마음이 굴뚝같았다.

우리가 낑낑대며 건초 뭉치를 밀고 있을 때 놀란 수사가 들어왔다.

"도미닉!"

그가 큰 소리로 불렀다.

도미닉은 수사 쪽으로 몸을 돌리다가 삽을 떨어뜨렸다.

놀란 수사는 아무 일 없을 때도 표정이 약간 불안해 보이

는 사람이었다. 그날따라 눈알이 눈깔사탕처럼 튀어나왔고, 정수리에는 파란 핏줄이 툭 불거져 있었다.

도미닉은 주섬주섬 삽을 다시 집었다.

"죄송해요, 수사님. 저는 그냥 …… 리오를 돕고 있었어요."

놀란 수사는 그 말은 귓등으로 흘린 채 도미닉의 귀를 잡아 비틀었다.

"당장 닭장으로 돌아가 일을 마무리하지 못해!"

그 말과 함께 도미닉은 마당으로 떠밀렸다. 도미닉은 한 손으로 삽을 질질 끌고, 다른 손으로는 귀를 감싸 쥔 채 비척비척 걸어갔다.

놀란 수사는 내게 눈길도 주지 않고는 몸을 획 돌려 쿵쾅대며 나갔다. 무슨 까닭인지 모르겠지만, 나는 퇴비 한 덩어리를 집어 걸어가는 놀란 수사의 등에 냅다 던졌다.

그런데 그게 그렇게 정통으로 맞을 줄은 몰랐다. 정말 재수 옴 붙은 날이었다. 놀란 수사의 제복에 퇴비가 우수수 쏟아져 까만 옷이 엉망이 되었다. 그는 무시무시한 속도로 획 돌아섰다. 나는 땅에 떨어진 송사리처럼 얼빠진 얼굴로 그를 보았다.

"썩 이리 오지 못하겠니!"

나는 입술을 빨며 주위를 둘러보았다. 그러고는 몸을 돌려 건초 더미를 밟고 펄쩍 뛰어오르며 튀어나온 다락으로 올라갔다. 뒤에서 수사가 쫓아오는 소리가 났다. 다락에 들어선 나는 통과 자루, 쌓아 둔 짐짝 사이를 요리조리 누비며 출구 쪽으로 향했다. 사다리를 타고 내려갈 생각은 아니었다. 놀란 수사가 나를 쫓아 내려올 테고, 그럼 나는 덩치 큰 그에게 잡히고 말 것이다. 그는 내 귀를 마구 당길 거고.

다행히 빠져나갈 다른 방도가 있었다. 바로 건초 더미를 내려 보내는 통로로, 놀란 수사보다는 나한테 더 유리해 보였다. 이 통로는 가축 막사와 연결되는데, 지금 그 막사에는 건초 더미와 물컹한 소똥밖에는 없을 터였다. 쭉 내려가기만 하면 부드럽게 땅바닥으로 떨어지겠지. 나는 통로 입구로 갔다. 너비가 딱 내 어깨만 했다. 나는 통로로 미끄러져, 건초와 소똥이 뒤섞인 질척한 곳에 엉덩방아를 찧었다.

위쪽에서 날카로운 고함 소리가 들렸다. 놀란 수사가 내가 어디로 사라졌는지 알아차리고 지르는 소리였다. 쿵 소리가 한 번 나더니 더는 아무 소리도 들리지 않았다. 그러다가 비명 소리가 났다.

이런, 놀란 수사의 두 발이 내 머리 위 공중에서 버둥거리고 있었다. 그 바람에 건초와 흙덩이가 후드득 떨어졌다. 그가 소리를 질러 댔지만 통로 안에서 웅웅 울리는 통에 뭐라고 하는지 알아들을 수가 없었다.

나는 일어나서 농장 안마당으로 나갔다. 도미닉과 브라이언이 보였다. 둘은 암탉들을 모아 놓은 우리 안에 있었다. 삽으로 닭똥을 퍼서 수레에 담는 중이었다.

"나 여기 잠깐만 숨어 있을게."

내가 헉헉대며 말하자 브라이언이 빙그레 웃었다.

"누구한테서?"

"놀란 수사님. 지금 건초 통로에 처박혀 있어."

두 남자애는 그 말을 듣고 웃음을 터뜨렸지만, 곧 도미닉의 얼굴에 먹구름이 드리워졌다.

"수사님이 거기서 나오면 성질을 더 부리겠다."

"누가 수사님한테 성질 좀 죽이라고 해야 하는데. 사람을 괴롭혀도 너무 괴롭혀서 말이야."

내가 말했다.

"하지만 아무도 그런 말을 해 주지 않을걸? 수사님들이 우리를 어떻게 대하는지 아무도 신경 안 쓴다니까."

"누군가 신경 써야 되는데."

우리는 한동안 서로 쳐다보았다. 조용한 와중에 닭장에 갇힌 암탉들이 꼬꼬 우는 소리가 들렸다.

내가 말했다.

"얘들아, 좋은 생각이 났어."

놀란 수사는 평범한 품종의 닭들 말고도 애지중지하는

닭 네 마리를 키우고 있었다. 도라, 플로라, 카르멘, 비비엔. 이 닭들은 프랑스산 우당^{Houdan} 종이었다. 흰 깃털에 검은색과 흰색 점이 있고, 머리 꼭대기에는 멋지게 주름진 볏이 돋아 있었다. 사실 닭들은 무척 예뻤다.

놀란 수사에게 경고하는 뜻으로 이 닭들을 며칠간 볼모로 잡는다는 게 내가 떠올린 작전이었다. 지금까지는 모든 것이 술술 풀렸다. 우리 네 사람 즉 브라이언, 도미닉, 도미닉의 여동생 테스, 그리고 나는 닭 네 마리가 든 자루를 안고 농장 뒤 숲으로 들어갔다. 우리는 닭의 다리에 줄을 묶고는 다른 쪽 끝은 나무에 맸다. 나는 주머니에서 옥수수 알갱이를 한 움큼 꺼내 땅바닥에 흩뿌렸다. 닭들이 쪼아 먹기 시작했고, 간간이 줄에 묶인 다리를 흔들었다. 네 마리 모두 묶인 나무나 옥수수에서 얼마나 멀리까지 갈 수 있는지 알아보는 데는 무관심한 듯했다.

"닭들이 행복해 보여. 그렇지?"

테스가 땅바닥을 쪼는 닭을 보며 말했다. 아까 남자애들

이 닭 네 마리가 든 불룩한 자루를 주었을 때 테스는 손을 부들부들 떨었다. 하지만 닭발에 긁히고 부리에 쪼여도 테스는 오빠를 돕고 싶었다.

브라이언은 자루에서 작은 깡통 그릇과 물병을 꺼냈다. 나는 무릎을 굽히고 앉아 그릇을 놓을 만한 자리를 평편하게 골랐다. 닭들이 목을 축이러 오면서 발에 묶인 줄로 물그릇을 건드려 엎지 않기를 바랐다. 하지만 닭들은 워낙 아둔한 짐승이니 사고를 칠 게 뻔했다. 우리는 자주 여기 와서 그릇에 물이 가득 담겨 있는지 확인해야 될 터였다.

작전의 다음 단계는 닭을 담아 온 사료 자루를 원래 있던 자리에 갖다 두는 일이었다. 나는 그 부분에 대해 미리 생각해 두었다. 자루가 없어지면, 농장에 있는 사람들 모두 '내부자 소행'이라는 것을 알아챌 것이다. 놀란 수사가 도미닉과 남자애들에게 한 가혹한 처사를 제대로 응징하려면, 짓궂은 아이들 장난 이상의 공포를 맛보아야만 했다. 바로 하느님의 손길을 두려워해야 했다.

우리는 농장 마당 끄트머리에 도착해 가시가 많은 생울타리 뒤에 숨었다. 나뭇잎 사이로 내다보면서 사람이 없는지 확인했다. 해거름이 되어 어둑해지며, 사방이 조용해졌다. 마당 맞은편 헛간에서 돼지들과 젖소들이 다리를 끌며 쿵쿵대는 소리만 들렸다. 누군가 용기를 내어 숨은 곳에서 뛰쳐나가 임무를 완수해야 했다. 브라이언이 자원하고 나섰다. 우리는 브라이언이 자루들을 헛간에 던지고 뛰어나올 때까지 숨을 멈추고 기다렸다.

내가 말문을 열었다.

"집에 갈 때 멀리 돌아서 가야 해. 그래야 우리가 여기서 나가는 걸 아무도 못 볼 거야. 우리가 오늘 닭 근처에 얼씬댔다는 걸 아무도 모를걸."

숲을 지나 집으로 가는 길에, 테스는 남의 소중한 닭을 훔친 것이 죽음을 면할 길 없는 죄인지, 그냥 나쁜 죄인지 물었다. 나는 우리가 진짜로 훔친 게 아니라, 놀란 수사를 혼쭐내려고 '빌린 것'일 뿐이라고 설명했다.

그때 갑자기 어디선가 불빛이 나타나 우리 얼굴에 쏟아졌다. 우리는 얼어붙었다.

"너희 아니냐? 이런 늦은 시간에 여기서 뭘 하는 게냐?"

오다우드 신부님이었다. 우리는 고개를 들어 그를 쳐다보았다. 죄책감으로 꿈틀대는 침묵이 우리를 휘감았다.

"응? 아이들이 이 시간에 왜 이쪽에서 오냐고."

평소 혀가 잘 돌아가던 나도 입 안에서 혀가 굳어 버렸다. 꿀 먹은 벙어리가 따로 없었다.

놀랍게도 입을 연 사람은 테스였다. 꼬마 테스가 듬성듬성 난 속눈썹 끝에 눈물방울이 맺힌 채 떨리는 목소리로 말했다.

"저기요, 신부님 …… 저희는 예배소에 갔다 왔어요."

머리통이 떨어지는 줄 알았다. 똑똑해. 왜 진작 그 생각을 못 했을까?

"예배소? 도대체 무슨 일이 있어서 너희 넷이 이런 시간에 예배소에 갔단 말이냐?"

그럴듯한 핑계로 보드라운 입술을 달싹거리는 대신, 테스는 죄책감에 짓눌려 히스테리에 가까운 흐느낌을 터뜨리고 말았다.

"아, 신부님! 저희가 무서운 일을 저질렀어요."

잠시 침묵이 이어졌다.

"그 무서운 일이 뭔데?"

오다우드 신부님 말투에는 한 성깔 하는 사람들의 목소리에서 느껴지는 분위기 같은 게 있었다.

내 혀는 다시 한 번 얼어붙는 것 같았다.

다시 입을 연 사람도 테스였다.

"저희 모두 이번 주에 고백성사를 하지 않았거든요. 저희

는 속죄하는 뜻에서 먼 길을 걸어 집에 가는 거예요."

손전등 불빛이 우리 얼굴 위로 떨어졌다. 틀림없이 오다우드 신부님 눈에는 생전 처음 보는 눈물겨운 죄지은 어린 양들이었으리라.

"그래, 알았다. 시간이 늦었으니 부모님들께서 걱정하실 게다. 어서 가거라."

그것은 기적이었다.

다음 날 아침, 놀란 수사는 닭들이 없어진 사실을 교구 전체에 알렸다. 그의 히스테리는 무시무시했고 …… 우리는 그의 반응에 무척 만족스러웠다.

우리는 농장 부근 지역을 샅샅이 뒤지는 일을 성실히 거들었다. 놀란 수사는 우리가 먼 숲 속까지 찾아보겠다고 하자 감동하는 것 같았다. 물론 우리는 그에게 아무것도 못 찾았다고 보고했다.

사방을 수색해도 소중한 닭들의 행방이 묘연하자 놀란 수사는 상심이 컸는지 성질을 부렸다. 그러니 닭들이 사라지고 이틀이 지난 아침, 그가 평소처럼 닭장에서 달걀을 모으다가 귀에 익은 꼬꼬 소리를 듣고 심장이 쿵하고 떨어진 것은 당연한 일이었다. 닭장 안에서는 도라, 플로라, 카르멘,

비비엔이 거만하게 눈을 반짝이며 거닐고 있었다.

어떻게 된 일인지 아무도 그럴듯한 설명을 내놓지 못했다. 이 사건은 미스터리로 남았다. 하지만 바람직한 효과를 거두었다. 놀란 수사의 성격이 변했다. 아마도 하느님이 온전히 흡족하시지 않아 깃털이 나지 않은 무리와의 관계를 점검하라는 뜻에서 이 시련을 주셨다고 생각한 모양이다. 놀란 수사는 좀 더 친절한 사람이 되었다.

모든 흥분이 가라앉고 며칠 후, 나는 할아버지와 농장으로 가고 있었다. 할아버지가 말했다.

"아무도 그 일에 대해 말하지 않았지만, 나는 사료 자루 안에 닭털 몇 개가 들어 있는 것을 모른 체할 수 없었단다. 검은 점이 있는 흰 깃털이었지."

나는 아무 대답도 하지 않고 고개를 돌렸다. 뭔가 아는 표정을 지을까 봐 걱정스러웠다. 할아버지와 나, 둘 다 말없이 걸어갔다.

할아버지는 두 번 다시 그 얘기를 꺼내지 않았다. 하지만 닭장에서 걸어 다니는 그 예쁘고 거만한 닭들을 볼 때마다 할아버지는 빙그레 미소를 지었다.

자식을 사랑하는
부모 마음이란

여름이 끝나 간다는 것은 블랙베리를 의미했다. 우리 패거리는 바구니와 베갯잇을 챙겨들고 나서곤 했다. 들판에 있는 덤불에서 먹을 만한 것이라면 뭐든 따 모을 작정이었다. 우리가 사는 곳은 도시였지만, 주변에는 야생에 가까운 들판이 한창때가 끝나 가는 것을 알고 잠자는 고양이처럼 웅크리고 있었다.

　어느 날 평소 어울리는 아이들과 블랙베리를 따러 갔다. 나는 열 살이 되어서 일행 중 거의 큰언니였기 때문에 다른 아이들을 보살펴야 했다. 데렉이라는 아이는 잘 익은 것과 설익은 것을 구별하는 데 아직 애를 먹었다. 데렉은 열매의 색깔이 중요한 결정 요소라는 생각을 하지 못했다. 그 아이 생각에는 손이 닿기만 하면 따야 될 열매였고, 먹을 수 있는 것이었다. 애벌레가 붙은 블랙베리를 먹은 적도 있었다. 비명을 질렀지만 입 안에 든 것을 뱉어 낼 수가 없었다. 데렉은 건장한 남자로 성장했다. 그 애벌레를 먹은 덕분이 아니었나 싶다.

꼬마 테스는 걸핏하면 블랙베리 가시에 걸렸다. 머리카락이 걸리면 비명을 지르고 옷이 걸리면 울어 댔다. 테스가 가시에 긁힐 때마다 그런 난리가 없을 소동이 벌어졌다. 내가 테스의 상처를 보살피는 사이 블랙베리를 따는 일은 중단되어야 했다.

메리, 재닛, 그리고 테스의 언니이자 내 친구인 낸은 파이를 만들 만큼 넉넉하게 블랙베리를 따 오라는 엄마들의 지시를 받았다. 그런데 블랙베리를 얼마만큼 따야 파이를 만들 수 있는지 아는 사람이 없었다. 재닛은 블랙베리 하나를 따먹을 때마다 정확히 두 개씩 바구니에 담으면 된다고 생각했다. 아침나절이 지나자 그 정도로는 안 되겠다고 생각했는지 일 대 삼의 비율을 적용했다.

그날은 온화한 정도였지 더운 날씨는 아니었기에, 우비를 입은 남자가 다가오는 것을 보고도 미심쩍어하지 않았다. 우리 일행 모두 그 남자를 의식했다. 그는 들판 저쪽 끄트머리의 산울타리를 따라 우리 쪽으로 다가왔다. 나는 그를 안다고 말할 수는 없었지만 어딘지 낯이 익었다. 내가 아는 사람과 닮은 것 같았다.

처음 그가 이상하다고 느낀 이유는 우리보다 훨씬 나이가 많다는 점이었다. 블랙베리를 따는 것은 아이들이나 하는 짓이었고, 게다가 그는 바구니도 들고 있지 않았다. 내가 이런 점을 지적했더니 메리는 우비 주머니만으로도 충분할 거라고 말했다. 그렇다면 그가 파이를 구울 계획은 아닌 것이 분명했다.

우리는 계속 블랙베리를 땄다. 테스가 쐐기풀에 걸렸다. 테스는 어찌나 겁을 먹었는지 비명조차 지르지 못했다. 쐐기풀에 걸린 테스의 발목을 빼내려면 조심스럽게 움직여야 했다. 내가 테스를 가시덤불에서 빼낼 즈음, 내 왼손이 쐐기풀에 찔려 화끈거리고 눈 바로 아래쪽이 찔레에 긁혔다.

테스는 가시덤불에서 벗어나 울먹였고 데렉은 푸른색이 도는 블랙베리를 계속 따고 있었다. 다른 여자애들은 큼직한 파이를 만들 만한 분량의 베리를 모았고, 나는 쐐기풀에 찔려 후끈거리는 부위를 풀잎으로 문질렀다. 그때 우리 바로 뒤쪽에서 발소리가 났다.

똑똑한 메리의 얼굴에 의심스러운 표정이 떠오르는 것이

보였다. 몸을 돌렸더니 우비를 입은 그 남자가 서 있었다. 그 순간 나는 그가 늙었다고 생각했다. 적어도 스물두 살은 되어 보였다. 내 마음속에서는 스물두 살이나 여든두 살이나 매한가지였다. 아무튼 그는 우리 같은 아이가 아니었고, 내가 아는 사람도 아니었다. 나는 겁먹었다기보다 궁금해졌다.

우리를 찾아온 사내는 이제 뭘 해야 할지 난감한 눈치였다. 그는 양손을 우비 주머니에 넣은 채 더듬거렸다. 끈을 매지 않은 부츠의 목과 헐렁한 우비 밑단 사이로 털이 숭숭 난 다리가 눈에 띄었다.

맨다리로 블랙베리를 따러 가면 안 된다는 것도 모르나? 나는 그가 쐐기 덤불 사이를 걸어가다 테스처럼 비명을 지르는 모습을 떠올렸다. 나는 사내의 옷차림을 지적하려 했지만, 묘하게 조심스런 그의 눈길이 신경에 거슬렸다. 옷차림에 대한 따끔한 충고는 대화 속에서 하는 것이 효과를 발휘할 거라고 생각했다. 그래서 나는 "저기요. 안녕하세요?"로 말을 시작했다.

평소 어디에서든 이런 식의 인사는 잘 통했다. 그런데 이 사람은 계속 주머니 속을 더듬으면서 우리를 빤히 쳐다보기만 했다. 눈도 깜빡이지 않는 불손한 눈길이었다.

아무튼 나름의 방식으로 어색한 분위기를 깬 장본인은 바로 그 남자였다. 그는 우리에게 한마디 말도 하지 않고, 우비의 앞자락을 벌렸다. 태어날 때와 똑같은 알몸이었다. 그러니까 부츠만 빼고.

나는 남자 어른의 인체 구조에 대해 많이 알지는 못했지만, 남동생의 기저귀를 한두 번 갈아 준 적이 있었다. 그래서 우리 눈에 들어온 것에 대해 기본적으로 알고 있었다. 그런데 그것은 남동생 것과 달리 크기와 성난 정도가 엄청나고 무시무시했다. 이유는 잘 몰랐지만 끔찍하게 잘못된 상황이라는 것은 느껴졌다.

아이들 모두 비명을 질렀다. 바구니와 베갯잇이 떨어졌다. 그 사내는 위협적으로 한 발짝 앞으로 다가왔다. 그 순간 내가 느꼈던 궁금증이 풀렸다. 나는 양팔을 벌리고 아이들 앞을 막아섰다.

"우리한테서 떨어져!"

내가 그렇게 크게 소리를 지른 적은 평생 없었을 것이다. 젖 먹던 힘까지 길어 올려 털이 숭숭 난 사내의 다리를 멀찌감치 떨어뜨려 놓고 싶었다.

사내는 움직이지 않고 그대로 서 있었지만 약간 동요하는 눈치였다. 그리고 눈을 깜빡거렸다.

때맞춰 나머지 우리 일당이 소리를 지르면서 내 등 뒤에 달라붙었다.

"당장 우리한테서 떨어져!"

내 고함과 아이들 외침이 어우러져 그를 움츠러들게 한 모양이다. 그는 우비 앞자락을 여미고 뒷걸음질 쳤다. 우리가 그치지 않고 고래고래 소리를 지르자, 그는 발을 질질 끌며 뒤로 물러났고, 마침내 몸을 휙 돌려 울퉁불퉁한 들판을 비틀거리며 뛰어갔다. 산울타리를 도는 모습을 마지막으로 사내는 자취를 감추었다.

아이들이 작은 손으로 내 손목을 잡았다. 흐느끼느라 덜덜 떠는 테스의 손길이 느껴졌다. 나이가 더 많은 여자애들은 하얗게 질리고 혼란스러운 얼굴이었다.

"그게 뭐야?" 데렉이 물었다.

나는 어떻게 대답해야 할지 몰랐다.

그날 저녁 엄마 아빠에게 아무 말도 하지 않았다. 왜 그랬는지 모르겠지만, 그 일이 개인적인 사건처럼 여겨졌고 사내가 달아났으니까 취해야 할 조치도 없을 것 같았다. 하지만 재닛, 테스, 데렉은 각자의 엄마 아빠에게 말했고, 곧 우리 엄마 아빠가 나를 식탁에 앉히고 걱정스럽게 바라보는 상황이 발생했다.

"블랙베리를 따러 간 날, 우비를 입은 사내를 만났다는 얘기를 들었다. 네가 그 사내를 쫓아 버린 게 사실이니?"

나는 어떻게 된 일인지 자세히 이야기했다. 다 듣고 난 아빠가 고개를 끄덕이더니 엄마를 보며 말했다.

"분명히 오하라의 아들일 거야."

엄마는 가쁘게 숨을 내쉬며 손으로 입을 막았다. 아는 사람이 그런 짓을 저질렀다는 말을 들으면 충격일 것이다.

아빠가 나를 바라보았다.

"좀 모자란 사람이란다. 그 집 사람들이 그가 해를 끼치지 않을 거라고 생각하고 돌아다니게 내버려 뒀나 보다."

"저기, 그 사람은 아무도 해치지 않았어요. 정말이에요."

어쩌다가 가여운 청년을 변호하는 것으로 끝났는지 모르겠지만, 진심으로 그런 것은 아니었음을 인정해야겠다. 세월이 흐른 뒤에야 그날 무슨 일이 벌어졌는지 이해했다. 그러나 나는 보이지 않는 경계선을 넘었다는 것을 알았다. 순진함과 순진함의 상실 사이에 있는 아슬아슬한 선을.

나로서는 오하라 부부의 장애아 자식에 대한 사랑이 더 쉽게 이해되었다. 시간이 더 흘러 자기 자식을 사랑하지 않는 것 같은 어른들을 많이 만났는데, 그 사람들이 더 이해되지 않았다. 좀 별나지만 행복하고 안정된 유년기를 보낸 나는, 사랑받지도 못하고 보살핌을 받지도 못하는 그런 상황과 대면할 준비가 전혀 되어 있지 않았다. 그런 상황이 내

앞에서 떡 하니 벌어져도, 특별한 사정 때문에 벌어진 일시
적인 실수일 거라고 믿었다.

지금도 웬만하면 그렇게 믿으려고 애쓴다.

쏜살같이 지나간
젊은 시절

어린 시절도 즐거웠지만 점점 자라나는 것 또한 두 자매와 나에게는 재미있는 일이었다. 어릴 때는 선머슴 같았을지 몰라도 나 역시 옷 입기, 립스틱, 스타킹과 하이힐, 파티, 무도회를 비롯해 당연히 남자들을 좋아했다.

부모님한테는 얼마나 악몽 같았을까! 호르몬 분비기를 다채롭게 거치는 딸 셋을 키워야 했으니. 아버지는 우리가 지켜야 할 엄한 규칙들을 정했다. 우리는 밤 열두 시 정각까지는 귀가해야 했다. '혹시', '하지만' 따위의 변명은 허용되지 않았다. 울면서 사정을 늘어놓아도 소용없었다. 만약 통행금지 시간을 어기면 그야말로 지옥을 경험해야 했다. 시계가 자정을 알렸을 때 신데렐라가 겪은 운명 따위는 견줄 바가 못 되었다. 이런 규칙은 우리의 못된 짓을 막는 장치를 의미했다. 그러나 나는 귀가 시간 엄수를 오히려 도전할 만한 목표로 받아들였다.

내게는 공범이 있었다. 어린 시절부터 친하게 지낸 도리스였다. 도리스는 춤이면 춤, 노래면 노래, 못하는 게 없었으며 늘 웃음이 떠나지 않았다. 그 시절 춤은 우리의 주요 오락이었고, 남자들을 만날 최고의 기회이기도 했다. 당시 우리의 단골 무도장은 도시 남쪽에 있는 '올림피아'였다. 토요일 밤이면 도리스와 나는 스타킹을 신고 립스틱을 바르고 올림피아로 향했다.

도리스는 금발 미인인 데다 미소가 편안해서 주위에 남자들이 몰려들었다. 나는 머리색이 더 짙고 푸근한 타입이었으며, 누구에게든 말 거는 것을 두려워하지 않았다. 맥주 한두 잔 가지고는 취하지도 않았고 밤새도록 춤출 수도 있었다. 도리스와 나는 각자의 방식으로 매력을 발산했다.

내가 처음으로 거둔 승리 중 하나는 토미 퍼거슨이라는 잘생긴 청년이었다. 그는 열아홉 살로, 키가 크고 호리호리했다. 갈색 곱슬머리에다 미소를 지으면 보조개가 파였다. 토미는 발놀림이 가벼워 올림피아에서 최고의 춤꾼 중 하나였다. 또 다른 뛰어난 춤꾼은 그와 똑같이 생긴 쌍둥이 동생 티미였다.

그랬다. 토미와 티미. 이 쌍둥이 형제는 얼마나 대단했던가! 마치 콘 하나에 가장 좋아하는 아이스크림 두 덩이를 담은 것 같았다. 그리고 나는 디저트를 거절하는 일이 없는 아가씨였다.

먼저 토미가 내게 데이트 신청을 했다. 우리는 금요일 저녁에 영화를 보러 갔고, 그 후 커피를 마시러 갔다. 나는 열두 시까지 집에 들어갔고 귀가 시간을 지켜 부모님을 흐뭇하게 했다. 그런 다음 사방이 조용해지면 일 층 침실 창문 밖으로 빠져나와, 다시 토미와 댄스홀로 가서 새벽까지 춤을 추었다.

나는 토미가 무척 마음에 들었지만 애인으로 삼을 생각은 전혀 없었다. 남자 친구를 하나만 사귀는 것은 싫었다. 어느 토요일에 올림피아에 갔더니 토미는 없지만 티미가 있었다. 그다음엔 말 안 해도 아시겠지? 티미가 다음 목요일에 데이트를 하자는 게 아닌가! 좋지.

그래서 우리는 영화를 보러 갔다. 그다음에는 커피를 마셨고, 나는 통행금지 시간에 맞춰 집에 도착했다. 그다음에는 …… 흠, 다시 창문을 넘어 티미와 다른 곳으로 춤추러 갔다.

나는 두 사람과 각각 멋진 시간을 보냈다. 도리스가 누가 더 마음에 드는지 물었다. 내가 한 사람을 선택해야 된다는 뜻 같았다. 내가 보기에 한 사람을 고르는 것은 몹시 불공평한 일 같았다. 두 사람 다 마음에 드는데, 두 사람 다 차지하면 어디 덧나나? 나는 서커스 단원도 울고 갈 만한 저글링

(여러 개의 공을 교대로 공중으로 던지고 받는 놀이 _ 옮긴이)을 하기 시작했다. 토미가 수요일에 만나자고 데이트 신청을 하면, 티미가 목요일에 데이트 신청을 하는 식이었다. 나는 데이트하는 날이면 다른 한쪽이 어디 있는지 알아내 멀리 떨어진 지역으로 가려고 애썼다.

작전이 뒤엉킬 때도 있었다. 티미랑 화요일에 만나기로 했던가, 아니면 토미랑 목요일에 만나기로 했던가? 어느 토요일, 나는 도리스와 함께 올림피아에서 친구들과 어울리기로 했다. 그런데 토미한테서 전화가 왔다. 같이 극장에 가자는 것이었다. 나는 아기를 돌봐야 한다고 둘러댔다. 그러자 토미는 친구들과 카드 게임을 하겠다고 말했다. 조금 지나니 티미한테서 전화가 와서 음악을 들으러 가자고 했다. 나는 감기에 걸렸다며 사양했고, 티미는 혼자 가서 친구들과 만나겠다고 했다.

나는 립스틱을 바르고 댄스홀에서 도리스와 만났다. 젊은이들이 북적이는 속에 흥겨운 음악이 울려퍼졌다. 크럼린에서 온 근사한 청년과 댄스 플로어에서 멋지게 회전을 하는 순간, 누군가 내 어깨를 두드렸다. 깜짝이야. 거기 토미가 서 있었다. 아니, 티미인가?

"안녕, 달링."

그가 빙그레 웃었다. 나는 토미라고 확신했다. 그가 말을 이었다.

"아기를 돌봐야 한다며? 나한테 전화하지 그랬어!"

이걸 어째. 쌍둥이 중 누구한테 그 핑계를 댔더라?

"갑자기 취소가 됐거든."

나는 또 둘러댔다. 토미의 어깨 너머를 보니, 크럼린에서 온 근사한 청년은 내게 묘한 표정을 짓고는 저만치 걸어가 다른 아가씨에게 말을 걸고 있었다. 이런 젠장.

나는 '날 좀 빼내 줘'라는 신호를 보낼 수 있을까 해서 도리스를 찾느라 두리번거렸다. 그러나 아무리 둘러봐도 도리스는 보이지 않았다.

토미가 양손으로 내 허리를 잡았다.

"우리 둘 다 여기 왔으니까 나가서 신나게 놀자고."

"어…… 그래. 그런데 잠깐만. 숨 좀 돌리고."

나는 사람들 속을 훑으며 도리스를 찾았다.

그때 누군가 어깨를 톡 쳤다. 드디어 구원의 손길이구나! 도리스일 거라고 짐작하고 몸을 돌렸는데, 아니…… 이게 누구야?

"어, 여기 있네? 두 사람 뭐야?"

티미였다. 아니 어쩌면 토미일지도…….

이제 토미가 말할 차례였다.

"뭐긴 뭐? 나랑 리오랑 춤을 추려는 거지."

"그래?"

티미 또는 토미가 내 팔을 잡으며 말을 이었다.

"감기 걸려서 오늘밤 꼼짝 못 한다며? 아파서 나랑은 데이트 못 한다더니 춤추러 나올 수는 있었나 보지?"

토미 또는 티미가 다른 팔을 끌어당겼다.

"무슨 헛소리야? 리오가 너랑 데이트를 한다고?"

"그래, 우리 둘이 어디 좀 가려고 했거든. 형이랑 무슨 상관인데?"

대화가 점점 시끌벅적해지며 내 머리 위를 오갔다. 마치나는 거기에 없는 사람인 것 같았다. 거기에 없는 것도 좋은생각인 듯했다. 나는 몸을 비틀어 빠져나가려 했다. 티미는팔을 놓아 주었고, 토미는 더 꽉 붙들었다. 아니면 그 반대였던가?

"리오는 오늘 밤 아기를 봐야 했어. 그 일이 아니었다면나랑 데이트했을 거야!"

"뭐야? 순 헛소리!"

"아니, 너야말로 뻥쟁이지."

상황이 점점 곤란해졌다. 나는 팔을 비틀어 빼고 뒤로 물러났다. 그게 두 사람이 기다린 신호였던 모양이다. 이제 그들은 주먹을 휘두르기 시작했다. 나는 한동안 꼼짝 않고 서있었다. 두 남자가 나를 두고 싸운다는 사실이 조금은 기분좋았다. 어찌나 흥미진진하던지! 그때 누군가 내 어깨를 건드렸다. 이번에는 정말로 도리스였다.

"리오, 여기서 벗어나는 게 좋겠다."

그녀가 나를 무대 쪽으로 끌고 나갔고, 우리는 계단에 앉아 소동이 가라앉기를 기다렸다. 도리스가 담배에 불을 붙이고 내 얼굴을 뜯어보았다.

"남자들 마음을 갖고 장난친 게 너 아니야?"

"아, 뭐 이런 일이. 그럴 의도는 없었는데 말이야. 기분이 엉망이네. 이제 쌍둥이는 다시 안 만날 거야. 그럴 가치가 없다고."

도리스는 담배 연기를 길게 내뿜더니, 연기가 퍼져 올라가는 것을 지켜보았다.

"글쎄, 모르지. 둘 다 제법 귀엽잖아."

"농담 집어치워."

그녀는 어깨를 으쓱하며 웃었다. 아니, 그녀는 농담을 하는 게 아니었다. 그것 참!

희희낙락하는 젊은 시절은 누구한테나 쏜살같이 지나간다. 도리스는 퍼거슨 쌍둥이 형제에게 진지한 감정을 갖지 않았지만, 데이미언이라는 남자가 계속 그녀를 쫓아다녔다. 데이미언은 도리스보다 몇 살 많고 직장이 있었다. 그 시절에는 직업이 있다는 것만으로도 슈퍼스타가 되기에 충분했다. 더구나 데이미언의 직장은 꽤 괜찮았다. 사료와 비료를 농민에게 파는 일로, 출장이 잦았다. 내가 보기에 도리스는 평소처럼 분별력을 발휘해 연애에 빠져들었고, 번갯불에 콩 볶아 먹듯이 결혼식을 올렸다. 그들은 루칸에 있는 작은 집에 신혼살림을 차렸고, 뭐가 어떻게 돌아가는지 알아차리기도 전에 임신했다. 그것도 쌍둥이를!

그 후로는 전염병이라도 도는 것 같았다. 우리가 아는 사람 모두가, 퍼거슨 쌍둥이 형제를 포함해 모두가 결혼을 했다. 토요일 밤의 댄스 파트너들이 점점 줄어들었다. 그러던 어느 날 밤 올림피아에서 나는 빨간 곱슬머리 남자를 만났다. 산뜻한 옷차림을 한 그는 여느 사람들과는 달라 보였다. 훨씬 더 진지했지만 그러면서도 즐겁게 지내는 것을 좋아했다. 그는 시내에 있는 큰 정육점에서 일했다. 좋은 일자리였다. 그는 곧 내게 반했다. 그의 이름은 휴이 호가티였다.

우리는 댄스 파트너로 친해졌고 그러다가 주중에 만나 영화를 보러 가거나 연주를 들으러 갔다. 그는 노래를 잘 불렀으며 나랑 공통점이 많아서 같은 관심사와 오락거리를 즐길 수 있었다. 한 가지 일은 다른 일로 이어지는 법이다. 정신을 차려 보니 도리스와 수많은 다른 친구들의 마음을 빼앗았던 바로 그것에 걸려든 상태였다.

휴이에게는 베티라는 누이가 있는데 솜씨 좋은 재봉사였다. 베티가 내 웨딩드레스를 만들어 주었다. 나는 스물두 살 나이에 결혼식장에 들어섰고 아버지가 내 손을 신랑에게 넘

겨주었다. 아버지와 나, 두 사람 중 누가 더 많이 울었는지
모르겠다.

그렇게 되어 버렸다. 레이스와 꽃 더미에 휩싸인 나는 우
리를 앞으로 떠미는 물살에 항복하고 말았다. 우리는 훤히
아는 더 젊은 자신의 해안을 떠나 미지의 영역, 기반이 덜
확실한 영역으로 들어섰다. 딱지투성이 무르팍과 겁 모르는
심장을 가진 소녀, 그리고 속없이 웃고 까불까불하는 십 대
청소년, 둘 다 스르르 사라져 버렸다.

이제 나는 리오 호가티였다.

휴이는 계속 정육점에서 일했고, 나는 휴이의 누이인 베
티와 '미셸'이라는 의상실을 열었다. 나는 학교를 졸업한 후
쇼윈도 장식가 교육을 받았던 터라 디스플레이 감각이 있었
고, 베티는 바느질 솜씨가 뛰어나 우리는 일을 잘해 나갔다.
그리고 자연의 이치가 그렇듯 오래 지나지 않아 나는 딸을
낳았다. 엄마가 되었지만 일을 줄이지는 않았다.

도리스는 아들 쌍둥이를 키우느라 정신없었다. 그녀의 남
편 데이미언은 늘 집을 비우는 것 같았다. 도리스는 여러 주
동안 생활비가 쪼들렸다. 나는 도리스에게 짬이 날 때마다
의상실에 나와서 일을 거들어 달라고 부탁했다. 도리스는

승합차를 운전하거나 선반 정리를 했다.

의상실 수입은 괜찮았지만 대단한 액수는 아니었고, 우리는 돈을 아껴 쓰려고 애썼다. 얼마 지나지 않아 토요일과 일요일 아침에 댄들라이언 시장에 가는 게 습관이 되었다. 광장에는 노점과 테이블이 들어차고, 일부 사람들은 자동차 트렁크 또는 승합차나 트럭의 짐칸에 물건을 쌓아 놓고 팔곤 했다. 흔하게 볼 수 있는 것부터 꿈도 꾸지 못했던 것까지 온갖 물건이 나와 있었다. 우리는 물건 더미와 상자 사이를 느릿느릿 지나며, 세탁비누와 두루마리 휴지 같은 생활용품을 가장 싸게 파는 곳을 즐겨 찾아다녔다. 장사꾼들을 비롯해 단골손님도 여럿 알게 되었고, 쇼핑만큼이나 그들과 어울려 정감 어린 농담을 주고받는 게 즐거웠다.

도리스는 남편이 좋은 직장에서 일하는데도 늘 돈 때문에 쩔쩔매는 것이 이해되지 않았다. 나는 딸만 하나인 반면 도리스는 아이 둘을 키우니 생활비가 더 많이 든다는 것은 안다. 하지만 데이미언은 일부러 '밖으로 나돌며' 힘든 도리스를 방치하는 것 같았다. 그가 출장으로 집을 비우는 기간이 점점 더 길어졌다. 다행히 도리스는 친정어머니가 가까이 살아 육아를 도와주었지만, 그렇다 해도 생활이 점점 더 버거워지는 기색은 역력했다.

그러던 어느 날 데이미언이 일하러 나간 후 돌아오지 않았다. 아무런 연락도 없었다. 도리스는 기다렸다. 어느덧 일주일이 흘렀고, 곧 서너 주일이 지나갔다. 그녀는 남편의 직장으로 전화했지만, 여러 사람이 그가 지방으로 갔으며 통화는 안 돼도 걱정할 것 없다고, 틀림없이 잘 있을 거라고 거짓말을 했다.

하지만 생활비가 들어오지 않았다.

데이미언이 종적을 감추고 육 주가 지난 어느 아침, 내가 의상실에 있는데 문이 열리더니 도리스가 성큼 들어섰다. 그녀 손에 신문이 들려 있었다.

"이런 멍청하고 엿 같은 거짓말쟁이 사기꾼!"

도리스가 신문을 흔들며 소리치더니, 카운터에 내던졌다. 다행히 그 시간에 손님은 없었다. 뒷방 커튼이 살짝 젖혀지며 베티의 겁먹은 표정이 빼꼼히 드러났다. 그녀는 도리스를 알아보고 커튼을 도로 내려놓았다.

"도리스, 무슨 일이야? 누구 하나 잡아먹을 기세야."

그녀는 손으로 신문을 탁 치면서 말했다.

"이걸 보라고! 사회면이야. 그냥 보란 말이야."

그녀는 팔짱을 끼고 가게 안을 왔다 갔다 했다.

나는 안경을 고쳐 쓰고 신문을 펼쳤다. 세인트 스테판 그린 근처의 돌로 지은 멋진 교회 사진이 있었다. 말쑥하게 차려입은 가족이 계단을 내려오는데, 어떤 남자가 주일 미사를 마치고 사제와 악수를 나누는 장면이었다. 그 남자의 아내와 어린 딸과 아들도 있었다. 아내의 모자나 딸의 드레스는 우리 의상실에서 만든 게 아니었다. 얼른 나머지 기사를 훑어보았지만 도리스가 특별히 관심을 가질 만한 내용은 보이지 않았다.

"알겠어? 그 뺀질이가 무슨 짓을 했는지 알겠냐고?"

그녀가 손가락으로 신문을 찔러 댔다.

"도리스, 뭘 갖고 이러는지 감도 못 잡겠어."

"맙소사, 사진을 보라고! 저게 누군지 모르겠어? 데이미언 그놈이잖아!"

"뭐?"

나는 다시 신문을 보았다. 이럴 수가, 그러고 보니 정말 데이미언처럼 생긴 사람이었다.

"데이미언 플래너리 씨와 부인, 그들의 두 자녀 마거릿과 로버트가 일요 미사를 마치고 ……."

나는 신문을 멀뚱멀뚱 쳐다보기만 했다.

"알겠어?"

도리스가 다시 신문을 찌르며 말을 이었다.

"망할 놈의 플래너리 씨와 '부인', '그들'의 두 자녀라잖아! 이런 망할, 그럼 '우리' 애들은 어쩌고?"

"맙소사, 결혼한 지 몇 년 된 모습인데?"

"알아!"

흥분해서 왔다 갔다 하던 도리스는 진열대 가장자리에 걸터앉았다. 그녀가 덧붙여 말했다.

"출장 갔다고 생각했던 내내 데이미언은 사실 '그들'과
함께 있었던 거야."

나는 도리스를 보며 말했다.

"세상에, 이제 어떡하지? 우리가 고소하면 그놈을 체포할
수 있을까?"

그녀의 입술이 떨렸다.

"몰라. 그게 무슨 도움이 될까? 그러면 두 집안의 아버지
가 감옥에 들어갈 텐데."

도리스는 힘없이 어깨를 으쓱하며 덧붙였다.

"어떻게 해야 좋을지 모르겠어."

우리 둘 다 한참 동안 신문을 들여다보았다. 친구에게 무
슨 말을 해야 할지 난감했다. 모든 게 미쳐 돌아가는 것 같
았다.

결국 도리스는 홀로 두 아이를 키웠다. 데이미언은 다시
는 도리스의 가족과 접촉하지 않았고, 그녀와 아들들에게
땡전 한 푼 보내지 않았다.

트럭을 운전하는
여자들

둘째 아이를 출산하던 날, 나는 진통을 뚜렷이 느끼면서 일
찍 잠이 깼다. 의상실에 가서 모든 것이 제대로 되어 있는지
확인해야 한다는 생각이 들었다.

첫 아이를 낳을 때는 산통이 종일 지속되면서도 마지막
두어 시간까지 아무런 기미가 나타나지 않았다. 종일 누워
서 기다리는 것은 지독한 시간 낭비 같았다. 아이를 낳으면
며칠간 집에서 몸조리를 해야 하므로 그 전에 정리해 두어
야 할 일이 있었다.

그래서 발이 묵직한 것 외에는 그다지 나쁘지 않은 기분
으로 의상실에 들렀다. 진열장의 디스플레이를 새로 바꾸고
싶었다. 첫 영성체 기간이 다가오니, 우리가 파는 드레스와
베일을 눈에 잘 띄게 진열하고 싶었다. 다른 직원들이 출근

하려면 한두 시간은 남았기에 혼자 일을 했다. 마네킹들을 옮기고, 자질구레한 것들을 배치하고, 상자 몇 개를 정리했다. 간간이 뱃속에서 꼬챙이로 찌르는 듯한 통증이 일어나면 움직임을 잠시 멈추고 심호흡을 했다. 낮은 사다리에 올라가 유리창 꼭대기에서부터 천을 늘어뜨리는 일도 마쳤다. 그 천이 전체적인 디스플레이를 멋지게 마무리했기에 애쓴 가치가 있었다.

카운터 뒤쪽에 상자 몇 개를 정리하던 중, 몸이 반으로 찢어질 것 같은 날카로운 통증이 엄습했다. 이번 진통은 달랐다. 출산의 고통을 처음부터 끝까지 경험했던 사람으로서, 앞으로 어떻게 진행될지 안다고 생각했다. 하지만 이번 출산은 내가 기억하는 것과 전혀 달랐다. 이것은 상황이 전개되고 있다는, 그것도 급속히 벌어지고 있다는 조짐이 분명했다. 다행히 진열창은 아주 멋들어졌다.

나는 도리스에게 전화를 걸었다.

"나야. 이제 곧 병원으로 가려고."

"병원?"

도리스의 목소리에서 졸음이 배어 나왔다.

"응, 아기가 나오려고 해."

"뭐? 아기? 아이고!"

잠에 취한 기미가 싹 사라지고 그녀가 부산하게 움직이는 소리가 들렸다.

"여기 진열창은 마무리됐고 현금이랑 영수증도 다 제대로 준비됐어. 너 운전할 때 도와줄 사람은 있겠지?"

"응. 근데 병원엔 어떻게 갈 거야? 내가 데리러 갈까?"

"아니야."

나는 몸을 숙여 핸드백을 들었다. 그때 전혀 예상치 못한 통증이 밀려왔고, 나는 수화기에 대고 채신없이 앓는 소리를 냈다.

"리오, 괜찮아?"

"응, 그래."

나는 잠시 카운터에 몸을 기대야 했다. 내가 말을 이었다.

"어쨌거나 지난번 출산 때처럼 할 거야. 직접 차를 몰고 병원에 가려고."

도리스가 키득키득 웃었다.

"공평하겠네. 휴이는 네가 병원에 가는 걸 알아?"

"병원에 도착해서 전화할 거야. 아야!"

맙소사. 또 채신없는 신음소리.

"리오, 안 괜찮은 것 같아. 내가 얼른 가서 병원에 데려갈게."

"아니야, 됐어."

나는 최선을 다해 카디건의 단추를 잠그고 다시 핸드백을 움켜쥐었다. 그러고 나서 말했다.

"난 이제 나갈 거고 아주 잘해 낼 거야. 이따가 저녁 때 병원으로 와서 만나. 그때쯤엔 모든 게 끝났을 거야."

도리스가 뭐라고 하기 전에 전화를 끊고 문으로 향했다. 밖으로 나가 문을 잠갔다. 차를 향해 걸음을 옮기는데 다리가 후들거렸다.

첫 아이를 낳을 때는 처음 진통이 시작되자마자 짐을 챙겨 병원으로 갔다. 당시 너무 오랫동안 아무 기미도 보이지 않아서 지긋지긋하게 짜증스러웠다. 그래서 이번에는 출산 과정이 제법 많이 진행될 때까지 병원 근처에 얼씬도 않겠다고 마음먹은 터였다. 그런데 이번에는 모든 게 달음질치듯 서둘러 진행되는 것 같았다.

오 분 간격으로 몸을 구부리고 소리를 지르는 상황이니 운전대를 잡으면 안 된다는 생각이 머리를 스쳤다. 나는 몸을 똑바로 펴고 보도를 향해 걸었다. 교통량이 많아졌고, 얼마 지나지 않아 겨우 택시를 세울 수 있었다. 뒤뚱뒤뚱 걸어가서 뒷문을 여니 택시 기사의 눈이 휘둥그레졌다. 나는 어색하게 뒷좌석에 올라 문을 닫았다.

"마운트 카멜 병원으로 가 주세요. 아얏!"

망할 진통이 다시 왔다.

"당장 가죠. 정말 때가 된 것 같네요, 부인."

나는 대화하는 것도 성가셨다.

"네 …… 앗! 서둘러야 해요."

그러다가 다시 비명을 질렀다.

"알았습니다, 손님."

몇 분간 차가 순조롭게 달리자 기분이 약간 나아졌다. 몸을 펴고 앉아 창밖을 내다보았다.

"아, 여기서 좌회전해야 될 것 같아요. 교통 체증에 걸리고 싶지 않거든요."

기사는 백미러로 나를 흘끔거렸다.

"이제 아주 가까운걸요. 몇 분이면 도착할 겁니다."

나는 편안히 앉아 눈을 감았다. 다시 눈을 뜨면 병원에 도착해 있을 거라고 생각했다. 집중력을 쏟아 밀려오는 진통을 견뎠다.

차의 속도가 느려졌다. 나는 눈을 감은 채 생각했다. 그래, 다 왔구나. 이만하면 잘했어. 차가 멈춰 서자 나는 눈을 떴다. 택시 기사가 운전석 문을 열고 내렸다. 시동은 켜 둔 채였다.

나한테 문을 열어 주려는 모양이군. 이 친절한 사람에게 따뜻한 감정이 샘솟았고 이어서 진통이 왔다. '아얏!' 소리가 절로 나왔다.

그런데 운전석 문을 닫은 기사가 뒷문을 열어 주러 오는 게 아니라 저쪽으로 걸어가는 게 아닌가? 주변을 둘러보니 병원 앞이 아니라 어떤 가게 앞이었다. 나는 차문을 열고 운전수의 등에 대고 고함을 질렀다.

"도대체 뭐 하는 짓이에요?"

택시 기사는 가게 문 쪽으로 걸어가며 고개를 돌렸다.

"담배 한 갑 사려고요. 얼마 안 걸려요."

"정신 나갔어요? 난 당장 가야 된다고요!"

그는 고개도 돌리지 않고 어깨 너머로 소리쳤다.

"걱정 마요. 일 분도 안 걸리니까."

그리고 그는 가게 안으로 들어갔다. 도무지 믿기지 않는 상황이었다. 하느님 맙소사, 병원까지는 아직 십 분은 더 가야 되는데. 이제 이 분 간격으로 진통이 일어났다.

또다시 진통. 차는 시동이 걸려 있고 운전사는 나올 낌새가 보이지 않았다. 나는 버둥거리며 뒷좌석에서 내려 운전석에 앉았다. 사이드미러를 살피며 기어를 넣었다.

나는 편안한 상황에서도 가끔 성미 급한 운전자가 되기도 한다. 그런데 지금은 결코 편안한 상황이 아니었다. 나는 차량들 사이를 누비며 타이밍벨트가 느슨한 택시에 욕설을 퍼부었고, 비가 부슬부슬 내리는 날씨를 저주했다. 어떻게 해야 앞창 와이퍼가 작동하는지 찾을 수도 없었다. 극심한 진통 때문에 눈에 눈물이 고이기 시작했다.

무릎을 흐물흐물한 살덩이처럼 느끼며 병원 주차장으로 들어가 입구 근처에 차를 세웠다. 불법 정차였다. 급히 핸드브레이크를 당기고 열쇠를 뺐다. 문을 열고 차에서 내려 똑바로 서는데 몸이 다시 구부러졌다.

몇 번 심호흡을 하면서 간신히 안내 데스크로 갈 수 있었다. 거기 있던 여자가 나를 보자마자 직원에게 휠체어를 가져오라고 소리쳤다. 나는 감지덕지한 마음으로 휠체어에 앉았다. 직원이 내 휠체어를 밀고 산부인과 병동으로 향했다. 나는 그에게 멈추라고 손을 흔들고는 안내 데스크 직원을 손짓으로 불렀다. 그녀가 내게 달려왔다.

"그래요, 내가 뭘 해 줄까요?"

나는 택시 열쇠를 그녀에게 주었다.

"어떤 사람이 이 열쇠를 찾으러 올 거예요."

그녀는 손 안에 든 것을 빤히 보다가 내 얼굴을 보았다. 나는 직원에게 계속 휠체어를 밀라고 손을 흔들었다.

사십오 분 후 건강하고 볼이 처진 통통한 사내아이가 태어났다. 우리는 아이 이름을 패트릭으로 지었다.

이튿날 나는, 사라진 택시를 찾아 병원으로 나를 만나러 온 경찰관과 흥미로운 대화를 나누었다······.

애들아, 우리 집으로 와

그렇게 나는 아이가 둘인 엄마가 되었다. 도리스는 남편에게 버림받았고, 운이라는 게 알 수 없듯이 내 남편 휴이는 정육점 일자리를 잃었다.

이제 도리스와 나, 둘 다 돈이 아주 절박한 문제였다. 나는 의상실에서 도리스에게 맡길 일거리가 별로 없었다. 도리스는 최대한 돈을 아끼고 가족의 도움을 일부 받았지만, 생활이 어려우리라는 것은 더 말할 나위도 없었다. 우리는 자식들이 딸린 기혼녀였고, 입에 풀칠하기가 점점 힘들어지는 상황에 놓였다. 우리의 첫 번째 전략은, 그 누구보다도 알뜰하고 빈틈없는 구매자가 되는 것이었다. 우리는 노천 시장의 단골이 되었다. 값싼 물건을 구입하는 것은 이제 재미가 아니라 꼭 필요한 생존의 방편이었다.

어느 토요일, 우리는 평소처럼 좋아하는 댄들라이언 시장에 갔다. 나는 거기서 예전의 이웃을 보고 깜짝 놀랐다. 그녀는 물건을 사러 온 게 아니라 승합차 뒤쪽에 상자들을 쌓아놓고 통조림을 팔고 있었다. 내 친구이자 테스의 언니인 낸이었다.

나는 도리스를 끌고 낸에게 다가갔다. 낸이 한참 전에 결혼해서 건강이 좋지 않은 아들이 있다는 것은 알고 있었다. 도리스가 물건을 둘러보는 사이 나는 낸과 수다를 떨었다.

낸의 남편이 근처에 있을 줄 알았는데 아니었다. 도리스처럼 낸도 혼자 남겨졌고 장애인 아들을 키워야 했다.

살림을 어떻게 꾸려 나가느냐고 묻자, 낸은 테스와 함께 승합차를 몰고 다니며 여기저기 공장과 상점에서 흠이 있거나 폐기 처분할 자질구레한 물건을 사들인다고 말했다. 그렇게 헐값으로 물품을 사서 댄들라이언 시장을 비롯해 더블린과 인근 시장에서 제법 쏠쏠한 이윤을 붙여 팔았다.

'이윤'이라는 말에 도리스가 귀를 기울였다.

"어느 정도의 이윤을 말하는 건데?"

낸은 주위를 살피더니 몸을 숙이고, 매주 어느 정도의 수익을 올리는지 말해 주었다.

"어쩜!"

도리스가 눈을 동그랗게 뜨고 낸을 쳐다보았다.

"잘하고 있네. 최저 생활 임금은 되는데?"

내가 낸의 팔을 토닥이며 말했다.

낸은 싱긋 웃기만 했는데, 곧 다른 손님들을 상대하느라 분주해졌기에 도리스와 나는 그곳을 빠져나왔다.

"기막혀, 리오! 이 노점 장사로 상당한 돈벌이를 할 수 있네. 그런 줄 누가 알겠어?"

"정말 그래. 하지만 품이 많이 들잖아. 차를 몰고 다니며 도매상한테서 물건을 떼어야 하니까."

도리스는 걸음을 멈추고 내 팔꿈치를 움켜잡았다.

"나는 가진 게 시간밖에 없지."

"그래서?"

"너는 승합차를 가졌고."

그건 맞는 말이었다. 내게는 의상실에서 쓰는 고물 승합차가 있었다.

나는 빙그레 웃었다.

"맙소사! 우리가 노점 장사에 뛰어들게 생겼네!"

나는 의상실을 계속 운영했지만, 도리스와 함께라면 운전을 교대로 할 수 있어서 분주하게 시장 장사를 시작했다. 댄들라이언 시장은 우리가 단골로 가는 곳이었는데, 더블린 북쪽의 핑글라스에도 시장들이 섰다. 또 코크, 리머릭, 골웨이에도 시장이 있어서 주중에 매일 가서 물건을 팔 만한 곳이 있었다. 한 사람이었다면 엄두도 못 냈을 테지만, 우리는 두 사람인지라 한 사람이 운전하거나 장사를 하는 동안 다른 사람이 두 집 애들을 챙길 수 있었다. 의상실에서 물건 파는 일도 신이 났지만, 시장에서 수완을 발휘하는 것은 백만 배는 더 재미났다. 도리스도 나도 집안 살림에 젬병이라는 사실은 다들 알았다.

한동안 우리는 흡족하게 일했다. 하지만 우리 노점상들에게 물건을 대량 판매하는 트럭 운전사들이 있다는 점을 의식하지 않을 수 없었다. 우리 직감으로는 이런 도매야말로 진짜 돈을 벌 수 있는 분야였다. 우리는 그 일을 직접 하고 싶어서 안달이 났다. 트럭을 몰고 다니는 도매상이 되고 싶었다. 알고 보니 도매상은 큰 이문을 냈고 물건의 회전도 빨랐다. 문제는 딱 하나였다. 여자들은 트럭 운전사가 될 수 없다는 것!

우리가 들은 바로는 그랬다. 아일랜드 공화국은 여자에게 대형 트럭 면허 시험은 고사하고 운전 교육조차 허용하지 않으려 했다.

나는 수화기를 들고 트럭 운전이나 면허 취득에 대해 알 만한 사람들 모두와 통화를 했고, 덕분에 뛰어난 아이디어를 떠올렸다. 우리가 북아일랜드에서 면허를 따면 될 것이었다(아일랜드는 영국의 일부인 북아일랜드와 아일랜드 공화국으로 분리되었다_옮긴이). 알고 보니 북아일랜드에는 대형 트럭을 운전하는 여자들이 있었다. 그곳은 이미 장벽이 무너진 상태였다.

우리는 동네 트럭 운전사들에게 두어 달 교습을 받고, 북아일랜드에 가서 면허 시험을 봤다. 결국 도리스와 나는 우리 지역에서 트럭을 운전하는 최초의 여자 운전자들이 되었다. 나는 의상실을 그만두고 장사에 온 힘을 쏟았다. 도리스와 나는 규칙적으로 일했다. 한 사람이 트럭을 몰고 나가면, 다른 사람은 집에 남아 아이들을 보살폈다. 아이들이 점점 크면서 한두 명은 데리고 일하러 가기도 했다.

우리는 그렇게 트럭을 운전하는 엄마가 되었다. 이제 토요일과 일요일에 승합차에 물건을 싣고 이 시장에서 저 시장으로 옮겨 다니는 장돌뱅이 신세가 아니었다. 우리는 아일랜드 전역을 누비고 때로는 아일랜드를 벗어나면서 거래하고, 판매하고, 흥정하고, 교환했다. 천국이 따로 없었다.

쉴 곳 잃은 아이들은 언제나 내 품으로

✕ ✕ ✕ ✕ ✕ ✕ ✕ ✕ ✕

위탁부모가 되고자 할 때는 오로지 아이를 돕고 싶은 마음에서 출발해야 한다. 그 아이가 당신을 엄마 아빠로 여기지 않을지도 모른다. 당신을 사랑하지 않을지도 모른다. 그래도 아이를 위해 최선을 다해야 한다. 아무런 목적이 없는 일, 위탁부모가 된다는 게 바로 그런 일이다.

굶주린 어린 형제

대형 트럭의 바퀴가 지나가자 아스팔트 도로가 흔들리며 왼손으로 잡은 기어 레버가 덜덜 떨렸다. 하늘은 얼룩덜룩한 파란색이고 운전 환경은 좋다. 이제 몇 킬로미터만 가면 내가 좋아하는 카페가 나온다. 나는 이 시간이 좋았다. 바쁜 일은 다 마쳤다. 이제 길이가 육 미터인 트럭을 끌고 집으로 가기만 하면 된다. 잠깐 카페에 들러 요기를 하고, 진한 커피를 마시고, 아델과 수다를 떨고, 그런 다음 곧장 프랑스 북부 항구 도시 르아브르로 직행해 페리에 승선해 집으로 향할 것이다.

　나는 작은 교차로에서 속도를 늦추고 기어를 내리며 굽이를 돌아 오른쪽 도로로 진입했다. 작은 개의 목줄을 쥐고 겨드랑이에 신문을 끼고 걷던 프랑스 중년 남자가 트럭이 부르릉 엔진 소리를 내며 옆을 지나자 고개를 들었다. 곱슬 머리를 드리운 채 운전석에서 미소 짓는 내 얼굴을 보자 딱한 사내는 개 목줄도, 신문도 놓칠 뻔했고, 하마터면 턱이 빠질 뻔했다.

나는 이를 드러내고 웃으며 그에게 목례를 했다. 대형 트럭 운전석에 앉은 여자를 보고 아연실색하는 사내의 반응이 고소했다. 하지만 작은 승리감을 맛보는 순간은 짧았다. 저 앞 카페 줄무늬 차양 아래 서 있는 아델이 눈에 들어왔다. 그녀는 그릇들을 치우며, 누군가와 말을 나누고 있었다.

트럭을 마을 주유소 옆에 세우고 길을 건너는데, 테이블 상판 위로 솟은 덥수룩한 갈색 머리가 보였다. 아델이 몸을 굽히고 그 머리의 주인에게 숟가락을 건넸다. 나는 차양 그늘로 들어가 그녀에게 다가갔다.

"말썽꾸러기들이 또 왔나 보네요. 그렇죠?"

아델이 몸을 돌렸다.

"네. 아이들이 배고프대요."

나는 의자를 끌어내 앉아서, 테이블 너머를 보았다. 남자 아이 둘이 땅바닥에 책상다리를 하고 앉아 그릇을 무릎에 내려놓고 숟가락을 들고 있었다. 세상에! 아이들 꼴이 말이 아니었다. 그렇게 지저분한 몰골은 평생 처음 보았다.

아델은 손을 앞치마에 닦고, 후루룩 소리 내며 수프를 먹는 아이들에게 빵 바구니를 밀었다.

그녀가 말했다.

"이번엔 아주 말이 아니네요. 애들은 돈이 아니라 먹을 걸 달라고 왔어요. 엄마가 어디 있는지 모른대요."

나는 바구니에서 롤빵을 두 개 집어 아이들에게 주었다. 빵을 받는 몸짓이 어찌나 날쌘지 마치 상어들이 먹이를 낚아채는 것 같았다. 나는 두 아이 중 형에게 몸을 굽혔다. 아이 이름을 들었지만 발음하기 힘들어서 그냥 재키라고 불렀다.

"그럼 어떻게 지내니?"

아이는 멍하니 나를 보며 계속 빵을 씹었다. 재키의 얼굴은 땟국물로 번들거렸고 꾀죄죄한 티셔츠에서는 악취까지 풍겼다.

재키의 동생이 나를 힐끗 보는데, 눈에 눈곱이 잔뜩 낀 것이 보기만 해도 끈적끈적하고 버석거렸다. 아이는 나를 보다가 기침을 했다. 얕은 기침 소리는 먼지투성이 항아리에 자갈이 떨어지는 소리 같았다. 기침을 시원하게 할 힘조차 없어 보였다. 열에 들뜨고 힘없이 주눅 든 아이를 보자 나는 겁이 났다.

아델 역시 그런 기분을 느꼈나 보다.

"작은아이가 아파요. 심할지도 모른다는 생각이 드네요."

나는 롤빵을 두 개 더 집어 재키에게 주었다. 아이는 머뭇거리지 않고 하나를 제 입에 쏙 넣고 나머지 하나를 얼른 동생에게 주었다. 빙그레 웃음이 나왔다. 나는 두 아이의 그런

면이 좋았다.

때때로 형제는 악동이 되어 카페 주변을 얼쩡대며 잔돈을 구걸했다. 손님 핸드백이나 주머니에 태연하게 손을 대기도 했다. 하지만 푼돈만 얻으려 할 뿐 진짜 도둑질을 하려들지는 않았다.

아이들 엄마는 술에 취해 집에서 빈둥거리며 아이들에게 동냥질을 시켰고, 그들은 그렇게 했다. 일곱 살 나이에 보살필 동생까지 있는 재키로서는 엄마가 시키는 대로 할 수밖에 없었을 것이다. 재키는 잔돈을 챙겨 집으로 가져갔고, 할 수 있는 한 동생을 먹이고 안전하게 지켰다. 그러나 아이들 상황은 점점 더 나빠졌을 것이다.

"저 애들이 얼마 동안이나 이렇게 지냈어요?"

아델이 앞치마에 손을 닦으며 대답했다.

"확실히 모르겠어요. 아마 일주일쯤? 아이들이 잘 곳이 없다는 것을 이틀 전에 알았어요. 어젯밤엔 내가 헛간에서 재웠죠."

나는 프랑스어를 잘 못했지만 조금 더 알아보고 싶었다. 재키에게 몸을 굽히며 물었다.

"Ou ist la maman?(어머니는 어디 계시니?)"

재키는 빵과 함께 형편없는 내 프랑스어를 곱씹느라 생각에 잠겨 있더니 어깨를 으쓱하고 경멸적으로 손을 젓고는, 다시 수프에 관심을 돌렸다.

다른 손님은 저쪽 테이블에 앉은 두 사람뿐이었다. 그들은 앞에 빈 커피 잔을 두고, 대화에 열중했다. 얼핏 듣기로는 '사랑'과 '돈' 얘기였다. 돈과 사랑, 언제나 안 어울리는 조합이었다.

아델이 내 옆에 앉아 말했다.

"사람들 말로는, 아이들 엄마는 집에 없고 문이 닫혔다네요. 애들이 집에 들어갈 수가 없어요."

"문이 잠겨 못 들어가는 거예요?"

아델은 어떻게 설명해야 하나 궁리하다가 대꾸했다.

"그게 아닐 거예요. 모든 게 없어졌어요."

"애들 엄마가 몽땅 챙겨서 떠난 걸까요?"

"어쩌면. 집주인이 다 가져갔다는 생각도 들어요. 영어로는 그걸 뭐라고 말하는지 모르겠네요."

나는 재키의 지저분하고 덥수룩한 머리를 찬찬히 바라보았다.

"가족이 쫓겨났다는 소리로 들리네요."

"아, 그래요."

"그리고 애들 엄마가 못돼 먹은 여자라서 어디 가는지 아이들에게 말도 안 하고 도망친 것 같다고 할 수 있겠네요."

"다른 친척은요? 할머니나 이모, 삼촌이라도 없어요?"

아델이 빵 바구니를 챙기며 대답했다.

"내가 물어봤어요. 아는 사람이 없대요."

나는 빵 바구니를 도로 받아 재키에게 내밀었다.

"아이들이 얼마 동안이나 당신이랑 지낼 수 있죠?"

"오래 있어도 돼요. 하지만 헛간에서 자는 게 애들한테 안 좋잖아요, 안 그래요?"

나는 그녀를 가만히 바라보았다. 아델은 심기가 불편해진 것 같았다.

"그게 당신이 할 수 있는 최선인가요? 아이들을 헛간에서 재우는 게?"

"나로서는 최선을 다하는 거예요."

아델은 빵 바구니를 낚아채며 쏘아붙이고 주방으로 돌아갔다.

나는 아이들 머리를 물끄러미 바라보았다. 형제는 마지막 남은 빵으로 수프 그릇의 밑바닥을 훑고 있었다.

"자 …… 애들아, 나랑 같이 가서 한동안 우리 집에서 지내면 어떻겠니?"

재키가 나를 올려다보았다. 아이는 아까 내가 빵을 더 먹게 해 준 것을 고마워하는 것 같았다. 재키가 나를 보며 빙그레 웃었다.

나는 생각했다. 그래, 저 미소를 '좋아요'라는 대답으로 받아들이자.

두 아이는 트럭 안쪽에 설치된 침대를 보더니 반가워했다. 도리스와 나는 운전석 뒤쪽에 침대를 설치하고 경첩 달린 문으로 가려 놓았다.

한 시간 반 후 트럭은 르아브르의 페리 선착장에 줄을 섰다. 차를 몰고 들어가 배표와 서류를 건네자, 담당 직원이 앞좌석을 힐끗 보았다. 침대를 가린 경첩 달린 문은 닫혀 있고, 아이들은 쥐 죽은 듯 조용했다. 직원이 서류를 돌려주며 배 안으로 들어가라고 손짓하자, 나는 비로소 숨을 내쉬었다.

어린 승객 둘을 데리고 있는 것을 누가 신경 쓰겠냐만, 나는 들키고 싶지 않았다.

고비를 넘긴 다음 뒤쪽 문을 열었더니 기대감에 부푼 재키의 얼굴이 보였다. 재키의 동생은 약간 졸린 기색이었다. 그리고 아직도 눈에 눈곱이 달라붙어 있었다.

"둘 다 나와라! 다리 좀 펴자꾸나!"

언어를 몰라도 억양과 손짓으로 통하는 걸 보면 놀랍다. 두 아이는 침대에서 뛰어내려 나를 따라 계단을 올라가 객실 갑판으로 향했다.

두 아이는 대형 전망 창을 지나다가 언어맞기라도 한 것처럼 멈추었다. 한동안 말없이 서 있더니, 동생이 형의 팔을 잡고 말을 퍼부었다. 재키는 고개를 저으며 말을 쏟아 냈다.

재키가 내게 몸을 돌리는 순간, 작은 아이가 신경질적인 말투로 뭐라고 말했다. 재키가 눈을 휘둥그레 떴다.

내 프랑스어 실력으로 들어 볼 때 '어디야?'라고 묻는 것 같았다. 아니면 '우리가 어디에 있어?'라거나.

동생 얼굴에 눈물이 주르르 흘러 눈곱과 콧물로 뒤범벅이 되었다.

두 아이는 어둡고 우중충하게 펼쳐진 바다를 보며, 공포로 아연실색한 것 같았다.

흠, 이거 흥미롭겠는걸.

이유는 모르겠지만 내가 아이들 문제를 수월하게 해결할 거라는 예감이 들었다. 도리스는 이게 내 전형적인 스타일이라고 말할 것이다. 먼저 일부터 저지르고 나중에 생각하는 것! 하지만 내가 그 아이들을 집으로 돌려보내 가족과 재회하기까지는 거의 이 년이란 시간이 걸렸다.

우리 지역 교구 사제인 니어리 신부가 구세주였다. 그는 프랑스어를 상당히 잘했을 뿐 아니라, 내가 구세군과 여러 가지 일을 도모하도록 도와주었다. 덕분에 우리는 아이들의 이모와 할머니를 찾을 수 있었다. 딱하게도 그 친척들은 아이들을 찾으려고 사방팔방으로 수소문하던 참이었다. 할머니는 어찌어찌해서 아이들의 엄마가 달아났다는 것을 알자, 손자들을 데려와 함께 살려고 사람을 보냈다. 그런데 상황이 약간 이상하게 돌아갔다.

나는 프랑스어가 서툴러 아델의 통역에 의존했는데, 그녀는 말을 '자르고' 전하는 경향이 있었다. 말을 자른다는 것은 중요한 정보를 많이 빼먹는다는 뜻이다. 예를 들어 아델은 아이들에게 한동안 내 집에서 지낼 거라고 말했지만, 내 집이 아일랜드에 있다는 말은 전하지 않았다. 나라면 그 대목이 매우 중요하다고 생각했을 텐데 말이다.

할머니를 대신해 경찰이 아이들을 데리러 마을에 오자 가여운 아델은 겁에 질렸다. 나는 누군가 아이들을 찾으러 올 것에 대비해 모든 연락처를 그녀에게 주었다. 하지만 아델은 경찰 제복을 보는 순간, 다른 나라에 사는 잘 모르는 사람에게 아이들을 딸려 보낸 것이 죄가 아닌가 싶었다. 그녀는 어떤 입장을 취해야 할지 확신이 서지 않아 안전한 쪽을 택했다. 경찰에게 아무 말도 하지 않은 것이다. 그녀는 아는 게 전혀 없는 것처럼 행동했고, 경찰은 가 버렸다.

아델의 그런 처신을 비난할 수는 없을 것이다. 하지만 안타깝게도 아델은 나에게 연락해서 누군가 아이들을 찾으러 왔다는 소식도 알려 주지 않았다. 이야기가 해피엔딩으로 끝나긴 했지만, 아델이 연락을 했다면 아이들 가족을 찾으려고 그렇게 많은 시간을 들이지 않아도 됐을 것이다. 하지만 두 아이는 나와 사는 동안 대체로 즐거운 시간을 보냈다. 학교에 다니고, 영어를 배웠으며(완전히 더블린 억양으로), 친구들을 사귀었다.

나는 모든 일을 제대로 처리하려고 애썼다. 니어리 신부와 지역 경찰서에 아이들이 나와 같이 지낸다고 알렸다. 형제를 보살필 책임감 있는 가족이 나타날 때까지만 내가 그들을 데리고 있을 거라는 점도 명확히 해 두었다. 마침내 두 아이는 바다 건너 포르투갈에 사는 친척에게 갔다. 내가 아이들을 데려다주었다. 초여름의 여행길은 시원섭섭했다. 아이들의 할머니와 이모를 만나 이야기를 나누니, 아이들을 잘 보살펴 줄 사람들로 보였다. 아일랜드로 돌아올 때는 세상의 모든 것이 제대로 돌아가는 것 같았다.

애들아, 우리 집으로 와

아이에게
가장 큰 아픔은

도리스와 내가 길 위에서 보내는 시간이 많아지면서, 트럭을 편안하게 개조하는 건 당연한 일 같았다. 우리는 쉬는 공간의 앞쪽에 작은 침대를 들여놓았는데, 이 공간은 차를 세우고 잠깐 낮잠을 잘 때 아주 편리했다. 장거리 운행을 할 때면 모텔이나 호텔에 묵기보다 트럭에서 지냈다. 매트와 슬리핑백, 프로판가스를 주입하는 가스풍로, 식료품이 가득 든 아이스박스까지 구비한 트럭은 여러 모로 유용한 임시 숙소였다.

두 여자가 숙식 장비를 갖춘 트럭을 몰고 시골길을 어슬렁댄다는 소문이 퍼졌다. 처음에 다른 운전사들은 우리를 피하거나 전염병이라도 걸린 사람처럼 대했다. 하지만 시간이 흐르자 그들의 호기심이 커졌고, 어느덧 우리는 트럭 뒤쪽에서 동료 운전사나 행상인과 차를 나눠 마시게 되었다. 특히 핑글라스 시장에서 장사하는 사람 중 로비라는 이름을 가진 곰같이 생긴 남자가 아주 가까운 친구가 되었다. 그곳에서 우리가 환영받는다고 처음으로 느끼게 해 준 사람이 로비였다. 또 새벽 시장 노점에서 주위를 떠도는 어린 부랑아 몇 명에게는 우리 트럭이 천국이 되리라는 것을 맨 먼저 깨달은 사람도 로비였다.

처음에 그는 십 대 아이 한 명을 데려왔다. 소년은 이전에 사과나 치즈를 슬쩍하다가, 이제 주전자나 라디오 등 팔 만한 물건에 손을 대던 참이었다. 로비는 아이의 귀를 잡아 쫓아내려고 했지만 아이가 집이 없고 근처 골목에서 잔다는 것을 알게 되었다. 로비는 덩치가 크고 생김새는 곰 같을지 몰라도 마음이 여렸다. 그는 내가 핑글라스 시장에 갈 때마다 소년을 데려왔고, 나는 아이가 트럭 안쪽에서 자게 해 주었다. 그곳에서 아이는 이슬에 젖지 않고 안전하게 잠을 잤고, 깨어나면 내가 준 차와 베이컨 샌드위치를 먹었다. 결국 그 아이는 로비의 도움으로 일자리를 구했고, 예전에 물건

을 훔쳤던 가게에서 일하게 되었다. 요즘 눈으로 보면 미친 짓이겠지만 당시에는 납득이 되는 일이었다. 그 아이는 범죄자가 아니라 환경이 나빴을 뿐이다. 그래서 새로운 환경에 익숙해지자 듬직하고 열심히 일하는 청년이 되었다. 그는 도움을 준 사람들의 은혜를 잊지 않았다.

그 아이를 돕는 것이 내게는 어렵지 않은 일이었고, 그렇게 할 수 있어서 다행이었다. 그래서 어느 날 아침 로비가 어린 소년 둘을 데리고 나타났을 때도 그다지 놀라지 않았다. 그는 아이들이 잠을 제대로 못 자고 지낸다며 내 트럭에서 낮잠을 자도 될지 물었다. 두 아이는 열 살과 열두 살짜리 형제였다. 그렇게 어린 아이들이 한동안 잠도 제대로 못 잤다니 어안이 벙벙했다.

이름이 지미와 테드인 두 아이를 먹이고 잠자리를 봐주었다. 두 아이가 너무 졸려 먹을 수 없는 건지, 아니면 너무 배가 고파 잠들 수 없는 건지 가늠하기 힘들었다. 내가 우유와 샌드위치를 조금 먹이자, 두 아이는 트럭 안의 잠자리가 더할 나위 없이 안전한 곳임을 깨달은 눈치였다. 그들은 침낭 속으로 들어가 꿈나라에 빠져들었다.

나는 트럭 밖으로 나와 로비를 한쪽으로 데려갔다.

"이건 또 무슨 사연이에요, 로비? 왜 저렇게 어린 아이들이 이 주변에 이렇게 살고 있는 거죠?"

그는 까칠하게 자란 턱수염을 긁으며 고개를 흔들었다.

"나도 알아요, 처량한 신세지, 정말. 요 며칠 저 애들이 노점 밑에서 자는 걸 봤어요. 내가 아이들에게 다가가 붙잡기까지 시간이 한참 걸렸지. 많이 알아내지는 못했어요. 그저 아이들이 살던 곳에서 쫓겨났다는 정도만 알죠."

"저기, 나는 오늘 저녁 여섯 시에 여길 떠날 거예요. 그럴 수밖에 없어요."

"알아요, 알겠소."

로비는 여전히 머리를 흔들며 말을 이었다.

"그냥 그때까지만 아이들이 거기 머물게 해 줘요. 그럴 수 있겠소? 아이들이 길에서는 제대로 쉴 수가 없으니 …… 이해하지요?"

"내 말을 오해하는 것 같네요."

나는 로비보다 키가 삼십 센티미터는 작았지만, 안경 너머로 그를 쳐다보며 덧붙였다.

"오늘 저녁 어두워질 때 저 아이들을 길바닥에 내놓지 않을 거예요. 아이들이 깨면, 오늘 밤에 그 애들을 우리 집에 데려갈 거라고 당신이 설명해 주세요."

로비는 눈을 가늘게 뜨고 날 보았다.

"그래도 되겠소? 아이들을 데려가도 될까?"

"부모들이 자기 자식을 시궁창이나 뒤지고 다니게 한다면, 굶주리는 딱한 애들한테 따끈한 음식을 먹이고 지붕 밑에서 재우는 게 범죄 행위는 아니겠지요! 내가 그런 일은 무지 잘한다고 믿어 줘요."

나는 이전에 했던 일을 군이 설명하지 않았다.

나는 그의 반응을 기다렸다. 로비는 빙그레 웃더니, 솥뚜껑만 한 손으로 내 어깨를 찰싹 쳤다.

"페어플레이 합시다. 당신이 돕는다니까 기분이 좋구면."

나 역시 기분이 좋았다. 수염이 덥수룩한 로비의 얼굴을 노려보느라 고개를 들고 있었더니 목덜미가 얼얼했다. 나는 로비의 튀어나온 배를 손가락으로 찌르며 말했다.

"그런데 당신이 알아내야 할 게 있어요."

그 말에 로비는 정색을 했다.

"무슨 …… 뭘?"

"아이들이 어디서 왔는지 알아봐요. 틀림없이 이 근처 어디 출신일 거예요."

로비는 얼마든지 해 줄 만하다는 표정이었다.

"알겠습니다. 그렇게 하지요."

그는 내게 경례하는 시늉을 하고 느릿느릿 걸어갔다.

나중에 로비는 두 아이와 대화를 나누었다. 아이들은 나를 따라 떠난다는 이야기에 좀 놀란 것 같았다. 나는 아이들에게 당분간만 같이 있을 것이며 곧 핑글라스로 돌아올 거라고 약속했다. 이 약속과 따뜻한 식사를 하리라는 기대감이 효과를 발휘했나 보다. 집에 도착하자 아이들에게 목욕을 하라고 권했다. 욕조에서 목욕하는 것을 그렇게 반기다니, 형제가 얼마나 힘든 상황에서 지냈는지 짐작하고도 남았다.

이튿날 아침 사회복지국에 전화해서, 내가 어디서 형제를 발견했는지 밝혔다. 또 아이들의 상태와 내가 데리고 있다는 사실도 알렸다. 두 아이가 누구인지 아는 복지국 직원이 있을지 모르며, 아이들 관련 파일을 이미 정리했을지도 모르는 일이었다.

하지만 아니었다. 서글프게도 알아서 살아가기에는 너무 어린 두 아이가 거리로 내몰렸을 가능성이 컸다. 도무지 이해가 되지 않았다. 자신을 부모라고 부르는 어떤 인간들은 그런 식으로 미꾸라지처럼 빠져나간다.

결국 사회복지국 사람들이 지미와 테드의 가족을 추적할 것이다. 형제와 그들의 사정을 아는 동네 사람 몇 명을 로비가 찾아냈으니 특히 그랬다. 하지만 결과는 흡족하지 않았다. 나는 아이들의 딱한 사정을 굳이 캐내고 싶지 않았지만 무슨 일이 벌어지고 있는지는 알고 싶었다.

다음 날 저녁 아이들에게 셰퍼드 파이(다진 고기를 으깬 감자로 싸서 만든 파이_옮긴이)와 재퍼 케이크(스펀지케이크에 오렌지 젤리와 초콜릿을 바른 비스킷 같은 케이크_옮긴이)를 먹이고 나서, '질문하기'라고 부르는 과정을 시작했다. 나중에 도리스는 이 과정이 '엉뚱한 데 고개 들이밀기'라고 부르는 편이 낫겠다고 말했다. 그러나 뭐라고 부르건 결과가 나온다.

이후에도 여러 차례 지켜봤지만, 그때는 처음 들으면서 엄청나게 놀랐다. 아이들이 자기들을 비참하게 만든 장본인을 감싸고 두둔한다는 점 때문이었다. 아이한테서 '엄마'나 '아빠'라고 불리는 것은 완벽한 보호막을 얻는 것이다. 부모가 아무리 잘못을 저질러도 아이들은 부모가 잘못할 리 없다고 생각한다.

형인 지미가 왜 그렇게 살게 되었는지 말했다. 아빠는 약 오 년 전에 떠나 버렸고, 그때 이후 지미의 표현에 따르면, 엄마의 '한바탕'이 더욱 심해졌다.

나는 지미에게 '한바탕'이 뭔지 설명해 달라고 했다.

아이들 엄마는 한동안 그럭저럭 견뎌 나갔다. 상점 또는 시장 노점에서 일하거나 술집을 청소하는 일자리를 구하기도 했다. 하지만 그러다가 '발광'이 시작되었다. 엄마는 술을 잔뜩 사들이고는 아는 사람들을 불러 술 파티를 시작했다. 그 파티는 며칠씩이나 이어졌다. 나중에 알게 된 사실인데, 그녀가 초대한 사람들은 진짜 친구가 아니었다. 길에서 오다 가다 만난 어중이떠중이들이었다. 어린아이들이 있는 집에 들여서는 안 되는 부류였다. 또 이런 파티에 술만 있는 게 아니었다는 것도 알게 되었다. 마약을 비롯해 온갖 종류의 짓거리까지 이어졌다. 아이들 엄마가 이럴 때 자식들이 집에 있으면 안 된다는 것을 깨달아서 그나마 다행이었다고 말해 두자. 그녀는 정신 나간 와중에도 자식들을 최악의 상황으로 몰아넣는 일은 피했다.

그래서 지난 몇 년 동안 지미와 테드는 그럭저럭 정상적인 상태로 지내다가 가끔씩 무슨 일이 뻥 터지는 사이클에 익숙해졌다. 아이들은 엄마의 폭음이 끝날 때까지 알아서 버텨야 했다. 그 기간은 며칠, 때로는 몇 주일씩 계속되기도 했다.

요즘 같으면 그 아이들 엄마가 조울증을 앓았다고 말할 수 있을 것이다. 하지만 그 시절에는 그런 상태를 일컫는 제대로 된 용어도 없었다. 내가 아는 것은 그녀와 아이들에게 도움이 필요하다는 사실이었다.

부엌 식탁에 앉아 지미한테서 이런 설명을 들었다. 놀랍게도 아이는 이 모든 상황을 몹시도 담담하게 이어 나갔다. 자기가 겪는 상황을 정상적인 일이라고 여기는 것 같았다. 두 아이 다 학교를 자주 빠졌고, '보통' 가정의 아이들과 교류가 부족해 그런 식으로 살면 안 된다는 것을 이해하지 못하는 것 같았다. 아이들은 내 도움을 고마워했다. 형인 지미는 엄마가 '한바탕' 하는 동안 동생 테드를 제대로 보살피지 못한 것이 자기 책임이라고 생각하는 눈치였다. 더 잘할 수 있었는데 그러지 못했다는 듯이 말이다.

엄마를 의심하지 않는 지미의 순수한 마음이 내 가슴을 찢었다. 아이들 엄마가 그런 상황에 빠진 동안에는 사회복지국이 아이들을 집으로 보내려 하지 않을 것이다. 그도 그

럴 것이 이런 엄마는 아이들과 떨어뜨려 놓는 것이 상책이
다. 그러나 아이들 입장에서는 엄마와 떨어져 사는 것이 폭
행이나 다름없는 아픔이라는 것 또한 사실이다.

삼 주가 지나기 전 사회복지국에서 연락이 왔다. 리머릭
에 사는 아이들 고모를 찾았는데, 그녀가 기꺼이 아이들을
맡겠다고 했다는 것이다.

이 소식을 아이들에게 전했더니 지미가 차가운 눈초리로
나를 보았다. 테드는 눈물을 줄줄 흘렸다.

지미가 말했다.

"우리한테 약속했잖아요."

나는 아이가 무슨 말을 하는지 몰랐다. 내가 잠자리와 식
사와 약간의 도움 외에 뭘 약속했다는 걸까?

"미안하구나, 얘야. 그런데 내가 뭘 약속했지?"

"아줌마는 우리가 핑글라스로 돌아갈 거라고 약속했어
요."

아, 내가 그랬지!

"정말 미안하구나, 얘야. 하지만 거기에는 너희를 보살필
사람이 없단다. 너희를 데려갈 수 있을 줄 알았는데 그럴 수
가 없구나."

"우리 엄마가 거기 있어요. 다른 사람도 있고요."

지미는 화를 냈고 테드는 칭얼거렸다. 맙소사, 어쩌다 일
이 이렇게 엉망진창으로 꼬였을까?

"너희 엄마는 너희를 보살필 만큼 건강하지가 않아. 잘 알잖니."

나는 지미의 어깨를 토닥이며 말을 이었다.

"엄마는 너희를 사랑하셔. 당연히 그렇지. 하지만 지금 당장은 엄마가 좋은 엄마 노릇을 할 수가 없단다. 곧 그렇게 되겠지만."

지미가 날카롭게 나를 올려다보았다.

"정말 …… 금방 그렇게 될까요?"

하느님, 도와주소서. 이미 지옥을 지나온 딱한 아이에게 나는 거짓말을 하고 있었다.

"왜 안 그렇겠니? 참을성을 갖고 엄마에게 더 좋아질 기회를 드리도록 하자."

그것은 원숭이가 기타를 연주하는 것처럼 아득한 일 같았지만, 지미에게 그런 말을 할 수는 없었다. 작은 거짓말이 아이에게 희망을 주고 마음을 조금이나마 가볍게 한다면, 그렇게라도 해야 한다. 아이들은 사회복지사와 함께 차에 타고 리머릭으로 떠났다.

아이들 엄마는 치료, 재활, 해독 치료를 비롯해 또 어떤 치료를 받았는지 모르지만 나아지지 않았고, 열여덟 달 후에는 아예 자취를 감추어 버렸다. 그녀가 어디로 갔는지, 아직 살아 있는지 아무도 모른다.

지미나 테드한테서도 소식을 듣지 못했다. 여섯 달쯤 후 사회복지사가 소식을 들려주었다. 아이들이 고모 집에서 자리를 잡았지만, 언제 엄마에게 돌아가느냐고 여전히 묻는다고 했다. 나는 아이들에게 두어 번 안부 편지를 보냈지만 답장을 받지 못했다. 그 아이들은 내가 자기들을 핑글라스로 데려다주지 않은 것을 용서하지 않았던 것 같다.

그저 돕겠다는 생각뿐이었는데 그게 얼마나 상처를 줄 수 있는지 처음으로 깨달았다. 도리스 말마따나, 오지랖 넓게 사방에 얼굴을 들이밀다가 간혹 거기가 벌집인 것을 알게 될 때도 있다.

한편 우리가 핑글라스 시장에서 장사를 하는 동안, 그 후에도 로비는 궁핍한 사람들을 종종 우리에게 데려왔다. 그리고 나는 여전히 오지랖 넓게 아무 데나 얼굴을 들이밀었다. 거기가 벌집이건 아니건.

자기 자신을
잃어버린 소녀

일요일 아침에 핑글라스 시장에 세워 둔 내 트럭은 '중앙 피난소'라고 부를 만했지만 나는 아무렇지도 않았다. 힘겨운 상황에 처한 사람에게 잠시 피할 따뜻한 장소와 차 한 잔을 줄 수 있다면 괜찮은 일이라고 생각했다.

그러던 어느 날 로비가 수전을 데리고 왔다.

수전은 그동안 로비가 데려왔던 곤란에 빠진 사람들과 별반 다르지 않았다. 소녀는 어깨에 큼직한 가방을 메고 있었다. 아이가 가진 것 전부가 거기 담겨 있을 거라고 짐작했다. 수전은 유난히 지저분한 것은 아니었지만(사실 화장을 하고 있었다) 머리에는 기름기가 돌고 옷은 그대로 입고 잔 모양새였다. 파티를 좋아해서 기나긴 밤 내내 밖에서 돌아다닌 아가씨처럼 보일 법도 했다.

문제는 그 아이가 겨우 열네 살이라는 점이었다. 화장을 하고 주머니에 담배가 들어 있었지만 내 눈을 속일 수는 없었다.

솔직히 처음에는 수전을 약간 퉁명스레 대했다. 여러 면에서 수전은 로비가 데려온 아이들과 아주 비슷했다. 무슨 사연으로 힘들게 사는지는 내가 알아낼 것이다. 그런 다음 그 아이가 처한 상황을 잘 정리해 주면, 모두들 제자리를 찾겠지. 언제나 그게 계획이었다.

아무튼 모든 일은 평소와 똑같이 시작되었다. 로비는 소녀를 내게 데려와서 잠자리와 먹을 것이 필요하다는, 늘 하는 말을 했다. 아이는 차 한 잔과 베이컨 샌드위치와 침낭을 제공받았다.

수전은 휴식을 취했다. 시장이 문을 닫은 후 상인들은 트럭에 짐을 꾸렸다. 나는 아이에게 차를 한 잔 더 만들어 주고 가벼운 대화를 나누었다.

"이제 어디로 갈 거니? 오늘 밤 갈 곳은 있어?"

수전은 가느다란 머리칼을 귀 뒤로 넘기고 입에 담배를 물더니, 몸을 숙여 가스풍로에 담뱃불을 붙였다. 소녀는 담배를 쭉 빨고는 어깨를 으쓱했다.

본격적으로 질문을 던질 기회였다.

"내가 물어도 될지 모르겠다만, 너 혼자 나와 있는 이유가 뭐지? 엄마랑 아빠는 어디 계시니?"

수전은 나를 가늠해 보기라도 하려는 듯이 쳐다보았다. 이렇게 어린 소녀한테서 그런 눈빛을 보는 것이 섬뜩했다. 머리 희끗한 상인들한테서나 보던 눈초리와 비슷했다. 상대의 속내를 헤아리려는 날카로운 눈매 ……. 상대방이 어리바리한 얼간이인지, 그렇다면 얼마나 바가지를 씌워도 될지, 그게 아니면 속이기 힘든 깐깐한 사람인지 가늠하는 눈빛이었다. 나도 사람을 상대할 때 똑같이 그런 눈길을 던졌다. 과부 사정은 홀아비가 안다는 말이 있지 않은가. 나는 그 아이가 나를 어떻게 평가하는지 궁금했다. 단순한 멍청이로 볼까, 아니면 얽히지 말아야 할 상대로 볼까?

"엄마는 없어요."

마침내 수전이 대답했다. 그러더니 빈 머그잔에 담뱃재를 털었다.

수전의 손모가지를 때려 주고 싶은 마음을 누르느라 입술을 깨물었다.

"안됐구나."

수전은 상관없다는 듯 어깨를 으쓱했다.

"이 년 전쯤 죽었어요. 암으로."

나는 고개만 끄덕였다. 그런 일에 대해서는 할 수 있는 말이 별로 없다. '안됐다'는 말로는 부족한 것 같다.

"형제자매는?"

수전이 고개를 저었다.

"그럼 아버지는? 분명히 아버지는 네가 어디 있는지 궁금해서 널 찾아 헤매고 있을 거야."

어깻짓이 또 나왔다.

"아빠는 내가 어디 있는지 알아요."

나는 그 말을 이해하지 못했다.

"네가 어디 있는지 안다고? 네가 시장에 세워 놓은 트럭 뒤에서 끼니를 얻어먹고 다니는 걸 아빠가 아셔?"

그 말에 소녀는 빙그레 웃었다.

"아니요, 아빠는 걱정하지 않아도 된다는 걸 알아요. 여기서 별로 멀지 않은 곳에 살아요. 내가 동네를 벗어나지 않는다는 걸 아빠도 알아요."

내 머리에서 김이 나지 않았다는 게 놀랍다. 수전의 아버지가 딸이 노숙자처럼 거리에서 사는 걸 알면서도 아무런 조치도 취하지 않았다는 사실에 화가 치밀고 진저리가 났다. 내 딸 그웬이 수전과 비슷한 또래였다. 그웬이 밤낮으로 돌아다니는데 그 아이가 어디 있는지, 무슨 일을 하고 다니는지 내가 정확히 모른다는 것은 이해 되지 않는 일이었다. 아버지란 사람이 그 또래 여자애가 겪을지도 모를 빤한 위험에 그렇게 태평할 수 있을까? 나는 득달같이 그의 집으로 달려가 평소에는 엄두도 못 내는 높이로 발을 날려 그의 목덜미를 걷어차고 싶었다.

우리는 조금 더 이야기를 나누었다. 수전은 학교에 규칙적으로 나가지 않았다. 내가 아이 아버지에게 발길질을 하고 싶은 또 다른 이유였다. 학교는 '따분'하고, 친구는 한 명도 없었다. 선생들은 꼴도 보기 싫고, 쓸모 있는 건 전혀 가르치지 않는다고 했다. 학교에 가지 않을 핑계가 수두룩했다. 그래서 학교를 빼먹고 하루 이틀씩 여러 친구(학교 친구보다 그들이 더 마음에 들었다)와 '아는 사람들' 집에서 지냈다. 나는 이 얘기를 들을 때 등골이 오싹했다. 하지만 그날 밤에는 갈 데가 없었다. 집에는 갈 수도 없고, 가고 싶지도 않았다. 나는 수전이 자기 집에서 밤을 보낼 수 없다고 느낄 만한 온갖 이유를 떠올리고 싶지가 않아, 그 생각을 떨쳐 냈다.

그래서 평소 하던 대로 수전에게 우리 집에 같이 가도 좋다고 말했다. 소녀는 반색하거나 안심하는 게 아니라 겁을 먹었다.

"하지만 내일 다시 여기 와야 하는데요."

"왜?"

나는 묻기가 두려웠고 수전은 깜짝 놀란 듯했다.

"저기 …… 음 …… 챙겨야 할 게 있거든요."

맙소사, 수전은 제 아버지에 대해 말하고 있는 걸까? 이 아이가 어떤 이유로 그 한심한 불한당을 챙기는 거야? 그 생각을 하자 나는 거의 이성을 잃을 지경이 되었다.

"수전, 우리가 널 여기로 데려와야 할 필요가 있다면 그렇게 할 거야. 걱정하지 마."

수전은 여전히 망설이는 눈치였다.

"네가 처한 상황을 보렴. 집에 갈 수 없다면, 적어도 안전한 곳에 가서 밤을 보내야지."

마침 비가 내리기 시작한 터라 비를 피할 수 있는 곳에서 잔다는 것이 아이의 다른 걱정을 밀어냈다. 결국 수전은 나를 따라왔다.

그렇게 모험이 시작되었다.

나는 수전을 그웬, 로즈와 한방에 있게 했다. 내 아이들은 엄마가 집에 사람들을 데려오는 데 익숙해서 눈 하나 깜짝하지 않았다. 내가 벌인 생뚱맞은 일들을 가족들은 어떻게 생각했느냐는 질문을 자주 받는다. 우리 가족들은 내 방식 이외에 달리 사는 법을 몰랐다. 아이들이 태어나기 전부터 벌어진 일이었고, 우리는 늘 그렇게 살았다. 다들 여분의 간이침대를 펼치고, 세탁한 수건을 꺼내고, 식탁에서 간격을 좁혀 자리 하나를 마련할 준비가 되어 있었다. 세월이 흐른 뒤에, 다른 사람들은 모르는 사람들을 집에 데려와 자식처럼 보살피지 않는다는 사실을 알고 우리 아이들은 충격을 받았을 것이다. 하지만 당시 우리 아이들은 그게 정상적인 일이라고 여겼다.

다음 날 나는 수전에게 내가 일하러 나간 사이 가방에 든 옷가지를 빨고 부엌에 있는 것은 뭐든 마음껏 먹어도 된다고 일렀다. 사실 그날은 도리스가 트럭을 몰고 나가는 날이었다. 대신 나는 승합차를 몰고 핑글라스로 가서, 로비가 알려 준 수전의 아빠에 대한 단서를 추적해 볼 계획이었다.

나는 부츠를 신었고 필요하면 발길질을 할 준비가 되어 있었다.

로비의 정보에 따르면, 오후에 수전의 집에 찾아가면 아버지 노엘을 만날 수 있다고 했다. 그는 저녁 교대 근무를 한다고 했다. 그렇다면 적어도 직장은 있다는 뜻이었다.

나는 노엘이 산다는 지역으로 가서 수소문을 했고, 그의 집이 있다는 동네로 들어섰다. 주택들이 깔끔하고 반듯하게 늘어서 있었다. 너저분한 동네일 거라는 예상이 빗나갔다. 하지만 겉만 봐서는 알 수 없는 법. 현관문을 두드리며 한바탕 싸움을 벌일 마음의 준비를 했다.

문이 열리자, 안경을 낀 호리호리한 사내가 나타났다. 나도 모르게 눈을 깜빡였다. 그 사람 역시 눈을 깜빡이며 나를 쳐다보았다.

"노엘 맥카티 씬가요?"

내 말투는 그를 체포하러 온 사람 같았을 것이다.

노엘은 깨끗하고 말쑥한 차림새였고 술 냄새도 풍기지 않았다. 눈을 희번덕거리거나 어딘가 켕기는 구석이 있는 표정도 아니었다. 조금 당황스러웠다.

"네, 그렇습니다. 제가 도울 일이 있습니까?"

젠장. 예절까지 바르잖아. 이런 사람에게 발길질을 하기는 어렵겠는걸?

"제 이름은 리오 호가티예요. 클론달킨에 있는 제 집에 따님을 데리고 있지요."

"그렇군요. 안으로 들어오시지요."

노엘 맥카티는 반기는 기색은 아니었지만 특별히 놀라는 눈치도 아니었다. 마치 전에도 겪은 일이라는 듯이 체념하는 분위기가 풍겼다. 이런 상황이 달갑지는 않지만 익숙해진 것 같았다.

나는 안으로 들어갔고, 세심하게 신경 써서 꾸민 아늑한 거실을 보았다. 정리가 잘 되고 깔끔했다. 하지만 그 순간, 폭력을 휘두르고 아이를 방치하는 사람도 깔끔할 수 있다는 사실이 떠올랐다. 그의 집이 좋은 인상을 줘서 찾아온 목적이 희미해졌다는 생각을 들키지 말자고 다짐했다.

노엘 맥카티가 앉고 나도 맞은편 의자에 앉았다. 방 안을 훑어보니 여기저기 놓인 그의 아내와 어린 딸의 사진들이 눈에 띄었다.

"수전이 다른 사람과 같이 지내고 있다고 말했는데, 그 사람이 누구인지는 몰랐네요."

숱이 적은 잿빛 머리를 쓰다듬는 그의 손가락이 살짝 떨렸다.

"수전이 아빠에게 말했다고요?"

"예, 오늘 아침에 전화가 왔더군요. 수전이 다 말하는 애는 아니지만 적어도 딸아이가 별일 없다는 정도는 제가 알지요."

그 깍쟁이가 언제 우리 부엌에 있는 전화기를 썼을까? 나는 수전이 통화하는 것을 못 보았다.

"맥카티 씨, 열네 살 먹은 따님이 시내를 돌아다니며 여기저기서 자고 무슨 짓을 벌이는지 모르는데, 걱정되지 않나요?"

내 목소리가 높아졌고, 나는 발길질을 하지 않으려고 꾹 참았다.

그는 미소 지었지만 기분이 좋아서 웃는 것은 아니었다.

"당연히 걱정되지요, 호가티 부인. 물론 그렇습니다. 하지만 저는 모든 노력을 다해 봤습니다. 제가 아무리 해 봐도 수전은 여기서 지내는 것을 거부합니다."

이 말이 마음에 걸렸다. 아직 아이에 불과한 어린 소녀가 아버지와 단둘이 지내기를 꺼리는 이유는 여러 가지를 생각해 볼 수 있다. 이 작자에게 폭력을 행사하기 전에 토악질부터 해야 될지도 모른다. 내가 그를 쏘아보는 눈빛에서 틀림없이 그런 생각이 드러났을 것이다.

"아이 엄마가 세상을 떠난 후 저는 수전에게 좋은 가정을 만들어 주려고 최선을 다했습니다."

그는 잠시 양손을 맞잡고 이야기를 이어 나갔다.

"하지만 수전은 엇나가는 애들과 어울려 돌아다니기 시

작했어요. 지금껏 저는 할 수 있는 건 다했지만, 하루 스물네 시간 내내 딸애를 지켜볼 수는 없는 노릇이죠."

"그래도 아이가 마구 돌아다니게 방치하는 게 답은 아니잖아요. 분명히 당신도 알 거예요. 수전은 학교에도 가지 않는걸요."

그가 움찔하고 놀랐다. 내가 뺨을 갈겼대도 그런 반응이 나오지는 않았을 것이다. 그런데 왠지 흡족한 기분이 들지 않았다.

"압니다. 학교, 사회복지사와 이 문제를 계속 상의했고, 수전과 같이 지낼 사람을 고용하기도 했으니까요."

이것은 새로운 정보였다. 지금껏 그는 노력을 기울여 온 것 같았다. 지금 일이 어떻게 풀리고 있는 걸까?

"저는 말할 수 없이 부끄럽습니다, 호가티 부인."

"리오라고 부르세요."

그런 말을 할 의도는 없었는데 하고야 말았다.

"저기, 리오······ 말씀드리기 부끄럽지만 저는 제 자식을 통제할 수가 없었어요. 그리고 지금껏 어느 누구도 저를 도와주지 못했지요. 제가 딸아이와 합의를 본 것은 단 한 가지, 아이가 집에 있지 않을 때는 하루에 한 번 전화해서 별일 없다는 것을 알려 주기로 한 것뿐입니다."

"그러면 가끔 집에 오긴 하나요?"

"아, 예. 한 번에 며칠씩 집에 있긴 하지만 그러다가 불쑥 나가 버리지요. 뭣 때문에 그애가 나가는지 저로서는 이해할 수 없습니다."

그는 몹시 지치고 슬퍼 울음도 안 나오는 듯했다.

"수전은 지금 제 집에 있어요. 아마 환경을 바꾸는 게 아이한테 좋을 거예요. 그리고 제 두 딸은 수전과 나이가 비슷해요. 맥카티 씨가 원하신다면 수전을 제 딸들과 함께 학교에 보내도 될까요?"

"예, 예 …… 그렇게 해 주십시오."

그는 내 눈을 보며 덧붙였다.

"틀림없이 부인은 저를 형편없는 아비라고 생각하실 겁니다."

"그렇지 않아요, 맥카티 씨. 말씀을 들어 보니 최선을 다하시는 것 같은데요."

하지만 내 진짜 생각은, 핑글라스에 있는 수전의 학교와 사회복지국에 전화해서 그의 말이 사실인지 확인해야겠다는 것이었다. 그가 한 말이 사실이 아니라면 다시 부츠를 신고 와서 발길질을 해야지.

그 집에서 나와 여기저기 들쑤시고 다녔다. 분명한 것은 수전의 학교 선생님, 사회복지사, 지역 교구 사제 등 나와 이야기를 나눈 사람들 모두 노엘에 대해 하나같이 좋은 말만 한다는 점이었다. 그러나 수전에 대한 평가는 그다지 좋지 않았다.

엄마가 세상을 떠난 후 일 년도 안 되어 수전은 주변의 껄렁한 아이들과 어울려 다녔던 모양이다. 수전보다 나이가 몇 살 많은 그들은 '불량 청소년'으로 불릴 만한 아이들이었다. 그 후로 아버지는 고역을 겪고 있었다.

나는 수전을 도울 수 있으리라는 확신이 생겼다. 북적거리는 집에서 제 또래 여자아이들과 사는 것이야말로 수전에게 필요한 일인 듯싶었다. 그러면 좀 더 바람직한 새 친구들을 사귀는 것도 수월해질 테고. 나는 딱 적당한 시기에 그 아이를 발견한 것이다. 내가 수전과 상심한 아버지를 구제하리라.

수전은 한동안 우리와 지내는 것을 받아들이는 것 같았다. 교복을 입고 며칠 학교에 가기까지 했다. 나는 수전이 학교에 쭉 간 것으로 알았지만, 어느 날 교장 선생님한테서 전화가 왔다. 그는 수전이 열흘 넘게 학교에 안 나왔다며 아이가 아프냐고 물었다.

나는 얼버무리며 전화를 끊었고, 앞뒤 사정을 파악하려고 애썼다. 아이는 매일 아침 일어나 도시락을 싸서 교복을 입고 다른 애들과 함께 집을 나섰다. 그런데 내 딸들은 수전과 같은 반이 아니었다. 학교에 도착한 후 수전이 무슨 짓을 했는지는 둘 다 알 수 없었다.

그날 오후 수전이 집에 나타나자 나는 호되게 꾸짖었다. 아이의 책가방을 뒤지니, 담배와 나일론 스타킹, 하이힐, 현금 약간, 초콜릿 포장지로 보이는 금박지가 나왔다.

수전은 영리한 아이였다. 처음에는 결백을 주장하며 온갖 변명을 둘러댔다. 그러다가 소리를 지르며, 내가 엄마가 아니니까 이래라저래라 잔소리할 자격이 없다고 쏘아붙였다. 그것도 통하지 않자 울음으로 때우려고 했다. 나는 수전이 진이 빠질 때까지 울도록 내버려 두었다. 마침내 아이가 샐쭉해져서 잠잠해지자, 나는 매일 딸들을 시켜 수전의 반 아이들에게 출석 여부를 확인하겠다고 말했다. 수전이 교실에 없다는 말을 들으면 단단히 혼날 거라고 일렀다.

수전은 이 말을 똑떨어지게 받아들이지는 않았지만 그렇다고 대들지도 않았다. 그냥 쿵쾅대며 위층으로 올라갔고, 저녁 식사 때까지 나타나지 않았다. 수전은 끼니를 거르는 법이 없었다. 나는 저녁 식탁에서 한바탕 소동이 일어나리라 예상했지만, 수전은 일부러 쾌활하고 명랑하게 굴며 아무 일도 없었다는 듯이 행동했다. 심지어 설거지까지 거들었다. 나의 대처법이 제대로 먹혔다는 생각이 들었다.

다음 날 수전은 다시 학교에 간다고 나갔다. 가기 전에 나는 가방에 책과 도시락만 들어 있는 것을 확인했다. 수전은 가방 검사를 고분고분하게 받아들였다.

방과 후 그웬과 로즈는 평소 귀가하는 시간에 집에 왔다. 그 애들은 수전의 반 아이들한테서 수전이 점심시간 전에 사라졌다는 말을 들었다고 했다.

전혀 예상하지 않은 일은 아니지만 그래도 몹시 화가 났다. 수전은 내가 어디까지 떠밀리는지 시험하고 있는 게 분명했다. 그렇다면 곧 알게 되겠지.

그날 오후 내내 현관문이 열릴 때마다 나는 마음의 각오를 다졌다. 하지만 들어오는 사람은 수전이 아니었다. 저녁 식사 시간이 지나갔다. 그리고 밤으로 접어드는데도 수전은 코빼기도 보이지 않았다.

나는 떠올릴 만한 사람들을 모두 소집했다. 내 딸들, 이웃 사람들, 도리스, 시장에서 같이 장사하는 동료들이 주변을 뒤졌다. 집, 가게, 버스 정류장은 물론 술집까지 이 잡듯 뒤졌다. 그래도 행적을 찾을 수 없었다. 나는 경찰에 전화해서 어떤 일이 생겼는지 신고했다. 노엘 맥카티에게도 전화를 걸었지만 그는 직장에 있었고 당시에는 자동 응답 전화기가 없었다. 아침이 오기 전에 수전을 찾아서, 노엘에게 그의 딸을 잃어버렸다고 말할 필요가 없기를 바랐다.

밤이 느릿느릿 흘러갔다. 지인들과 경찰이 주변을 샅샅이 뒤졌다. 아침이 왔고 딸들은 학교에 갔다. 여전히 수전의 흔적은 나오지 않았다. 나는 뱃속이 뒤틀렸다. 승합차를 몰고 생각나는 곳마다 누비고 다녔다. 공원, 으슥한 골목, 수로……. 그러다가 핑글라스에 가 보기로 마음먹었다. 어쩌면 수전은 거기 가려고 했는지도 모른다.

나는 그 동네에 도착해서 여기저기 도로와 뒷골목을 뒤

진 다음, 아이 아버지를 직접 만나 이야기하는 편이 낫겠다고 결론지었다. 그의 집 문을 노크하면서 마음을 다잡았다. 그를 대면하는 일이 평생 겪은 어떤 일보다 두려웠다. 경찰이 그의 어린 딸을 찾으려 애쓰고 있다고 설명할 자신이 없었다.

노엘은 문을 열더니 미소를 지었다.

"아, 리오! 부인이 여기 오실 줄은 미처 몰랐습니다."

제발이지 그가 미소를 거두기를 바랐다.

"저기, 수전 일인데요 ……."

나는 말을 어떻게 꺼내야 할지 난감해서 잠시 머뭇거렸다. 수전이 달아났다고 할까? 내가 아이를 잃어버렸다고 말해야 하나? 아니면 내가 아이를 쫓아냈다고? 내가 아이를 보호하는 데 실패했다고?

내가 무슨 말을 하기 전에 그가 먼저 입을 열었다.

"걱정할 것 없습니다. 수전이 한동안 여기 있는 것도 좋지요. 아이는 다시 학교에 가겠다고 약속했어요. 안으로 들어오시겠습니까?"

현관문이 조금 더 열렸지만 나는 움직일 수가 없었다. 아래턱이 쓸모없는 널빤지처럼 축 늘어졌다. 마침내 나는 삐걱대는 소리로 물었다.

"아이가 여기 있나요?"

"물론입니다. 수전은 오늘 아침 일찍 나타났습니다. 집이 그리웠다고 하더군요."

그는 고개를 뒤로 젖히고 안경 너머로 나를 골똘히 쳐다보더니 물었다.

"수전이 부인에게 말하지 않았습니까?"

속에서 열불이 활활 타올랐다. 괴로운 당혹감이 오 초 만에 적나라한 분노로 바뀌었다.

"네, 말하지 않았어요."

너무 화가 나서 고함도 지를 수가 없었다.

노엘이 가벼운 웃음을 터뜨렸다. 수전이 귀여운 장난질을 쳤다는 투였다. 나는 부츠 신은 발로 그를 걷어차고 싶은 마음이 샘솟았다.

"죄송합니다. 저는 부인이 알 거라고 생각했어요."

나는 노엘 맥카티를 노려보며 일 분쯤 그대로 서 있었다. 그의 느긋한 미소가 눈에 띄게 흔들렸다. 그가 말했다.

"수전을 보고 싶으세요? 아이는 몹시 지쳐 여기 도착했습니다. 한참 전부터 자고 있네요."

나는 팔꿈치로 그를 밀치고 성큼성큼 안으로 들어갔다.

"그래요, 아이를 보고 싶어요."

나는 몸을 돌려 노엘을 노려보면서, 수전의 방이 어디인지 알려줄 때까지 기다렸다.

쿵쾅쿵쾅 위층으로 올라가 문을 열어젖혔다. 아이가 오금이 저리도록 호된 훈계를 시작할 준비를 단단히 했다. 하지만 수전은 아주 소녀스러운 분홍색 이불을 돌돌 말고 곤히 자고 있었다. 나는 이불을 잘 덮어 주고 싶은 마음과, 아이가 초래한 상황에 대해 떠들썩하게 설명하고 싶은 마음 사이에서 갈등하며 멍하니 서 있었다. 그렇게 한동안 수전을 물끄러미 바라보다가 뒤로 물러나 문을 닫았다.

노엘이 쑥스러운 표정을 지었다.

"정말 죄송합니다."

그는 손을 비틀며 덧붙였다.

"저는 부인이 안다고 생각했어요."

"걱정하실 것 없어요. 수전이 안전하다면 됐죠."

그제야 수전이 무사하다는 것을 실감했다. 나는 콧잔등 위로 안경을 밀어올리고 그를 살짝 흘겨보며 덧붙였다.

"하지만 수전은 우리에게 끔찍한 밤을 안겨 주었어요."

나는 최대한 차분한 소리로 그에게, 경찰에 전화해서 자초지종을 설명하라고 요구했다.

그 후로 두 주가량 흘렀다. 수전은 아버지와 함께 지내다가 달아났고 어느 날 시장에 세워 둔 내 트럭 앞에 다시 나타났다. 아이는 별의별 변명을 늘어놓더니 온갖 약속을 했다. 몸이 비쩍 마르고 건강도 안 좋아 보였다. 이번에도 달리 갈 데가 없는 것 같았다. 아니, 가고 싶은 데가 없는 것 같았다. 아버지와 대판 싸웠나 보다고 생각했다.

별다른 수가 있을까? 다시 아이를 받아 주었다. 우리는 처음부터 다시 시작했다.

하지만 일주일도 채 지나지 않아 다시 전화가 왔다. 이번에 전화를 건 사람은 교장 선생님이 아니었다. 그날 오후 현관문을 두드리는 소리에 나가 보니 경찰관이 서 있었다. 경찰은 수전의 팔을 붙잡고 있었다.

나는 그 여자애가 수전이 맞는지 확인하려고 두 번이나 쳐다봐야 했다. 볼썽사납게 화장품을 덕지덕지 바른 모습이었고, 교복 치마를 둘둘 말아 올려서 허리춤이 고르지 않았다. 거기에다 끈으로 묶는 굽 높은 부츠를 신고 있었다.

경찰은 수전을 집 안으로 밀어 넣고 나쁜 소식을 알려 주었다. 아이가 가게에서 물건을 훔치다가 잡혔다는 것이었다. 나는 경악했다. 수전은 손가락으로 식탁보 위에 동그라미를 그리며 나와 눈 맞추는 것을 피했다. 이번이 처음 범행이고 수전이 훔친 장신구의 가격이 비싸지 않아서 경찰은 경고만 하고 풀어 주기로 했다. 하지만 다시는 그 가게에 출입해서는 안 되며, 그곳에 들어가면 체포될 거라는 말도 덧붙였다. 경찰이 그 말을 할 때 아이는 능글능글 웃었다.

경찰이 돌아간 후 나는 수전과 마주 앉았다.

"왜 그런 짓을 했니? 팔찌를 갖고 싶었으면 말하지 그랬어?"

수전이 코웃음을 쳤다.

"그 따위 물건을 갖고 싶은 게 아니었어요. 그걸 팔려고 슬쩍한 거예요. 돈이 필요했거든요.”

“이번 주 용돈은 다 어쨌니? 벌써 다 써 버렸어?”

“내가 내 돈으로 무슨 짓을 하건 아줌마가 무슨 상관이에
요!”

수전은 식탁을 쾅 치더니 일어나며 말을 이었다.

“아줌마는 나한테 뭐가 필요한지 몰라요!”

아이는 부엌에서 나가 계단을 뛰어 올라갔다.

그 후 나는 노엘이 왜 딸이 학교에 가도록 다그치지 않았
는지 깨달았다. 매일 수전을 따라다니며 물리적으로 책상에
묶어 두거나 나가지 못하게 앉혀 둔다면, 그 아이가 학교에
다니기는 했을 것이다. 하지만 그럴 수 없는 노릇이니 별 뾰
족한 방법이 없었다.

나는 수전이 장사 일을 거들게 했다. 그것도 고작 며칠로
끝이었다. 아이는 아침 일찍 일어나는 데 관심이 없었다. 같
이 나가면 아침 식사로 롤빵을 먹고 트럭 짐칸에서 한잠 잘
수 있는데도 마다했다. 나는 수전이 온종일 집에 혼자 있는
것도 싫었지만 싸돌아다니는 것도 마뜩지 않았다. 내 친구
한 명이 수전을 고용해 저녁에 몇 시간 사무실 청소를 시켰
다. 나는 수전에게 그 정도 시간이 적당하다고 생각했다. 실
컷 늦잠을 잔 뒤에 저녁을 먹고 일하러 갈 수 있으니까. 처
음 두어 주 동안은 수전도 기분이 좋은 것 같았다. 밝은 표
정으로 흔쾌히 일하러 갔다. 그게 좋은 징후가 아니라는 것

을 그때 알아차렸어야 했다.

결국 친구한테서 전화를 받았다. 수전이 고작 두 번 일하러 나왔을 뿐이라고 했다. 그리고 밤에도 집에 있는 시늉만 했다는 사실이 밝혀졌다. 수전은 오밤중에 살그머니 빠져나가 패거리와 어울려 다녔다. 다시는 상종하지 못하도록 뜯어 말려야 할 패거리였다.

나는 아이를 앉혀 놓고, 무슨 일을 하고 다니는지 안다고 말했다. 헤헤거리던 아이가 행동을 멈추었다. 수전은 악에 받쳐 쏘아붙이고는 쿵쾅대며 나갔고, 다음 날 떠나 버렸다.

지난번에 그런 일이 벌어졌으니, 이번에는 사람들을 부를 면목이 없었다. 대신 몇 시간 기다렸다가 수전의 아버지에게 전화를 걸었다. 아이가 간 곳은 거기였다. 수전은 며칠간 아버지와 지냈고, 따분해지자 다시 우리 집으로 돌아왔다. 아버지 집에서 나와 우리 집에 나타나기까지 어디서 어떻게 지냈는지는 아무도 몰랐다.

수전은 다시 우리 집에 들어와 함께 살았고, 같은 사이클이 또 반복되었다.

몹시 짜증스러웠다. 사회복지국은 수전 일로 나를 귀찮게 했고, 이제는 제발 아이 아버지가 같이 계획을 세우기를 바랐다. 허구한 날 딸을 그런 식으로 나한테 돌려보내다니! 나는 그의 조력자가 아니라, 그가 딸의 문제를 처리하지 않아도 되는 구실로 삼는 버팀목이 되어 버렸다. 내 딸들은 집에서 물건이 없어진다고 불평했다. 라디오, 계산기, 손목시계, 장신구, 지갑과 가방에 든 돈 같은 것이었다. 수전이 아버지 집이나 다른 곳으로 야반도주하기 직전에 늘 그런 일이 벌어졌다.

수전이 열여섯 살이 넘자, 직업 훈련을 받게 하면 좋겠다는 생각이 들었다. 화장하는 것을 좋아하니까 미용사 과정에 관심을 가질 거라고 생각했다. 내가 이런 아이디어를 꺼냈더니 수전은 관심을 보이는 것 같았다. 하지만 그 아이의 명랑한 적극성이 무엇을 의미하는지 종잡기 힘들었다. 그런 태도는 대개 연막이었을 뿐이니까.

어느 날 집에 돌아오니 사방에 적막감이 감돌았다. 아주 드문 일이었다. 이상하다는 생각이 들긴 했지만 한편으로 무척 반가웠다. 아이들이 학교에서 돌아와 소란을 피우기 전에, 평온하고 조용한 분위기에서 차를 마시고 싶었다.

부엌으로 들어가니 가스레인지의 화구 하나가 켜져 있었다. 믿을 수가 없었다. 얼른 불을 끄고 불 단속을 제대로 하지 않은 식구들에게 잔소리를 해야겠다고 마음먹었다. 바로 그때 이상한 게 눈에 들어왔다. 식탁 저쪽 바닥에 옷 꾸러미처럼 생긴 게 널브러져 있었다.

식탁을 돌아서 가 보니 거기 수전이 한쪽 팔을 이마에 댄 채 엎드려 있었다. 처음에는 아이가 남편 휴이의 위스키를 홀짝이다가 과음했을 거라고 생각했다. 최근에 나는 수전이 술에 손을 대지 못하도록 술병을 감추었다. 감춘 장소를 쉽게 들켰다는 생각에 뻘쭘했다.

나는 주전자를 가스레인지에 올리고 수전에게 진한 커피를 만들어 줄 준비를 했다.

수전 앞에 서서 몇 차례 이름을 불렀다.

"정신 차려, 수전. 일어나야지."

나는 몸을 굽히고 아이의 어깨를 흔들며 다시 말했다.

"자, 정신 차려. 커피 한 잔 마시고 위층에 올라가 편안히 자자."

어깨가 축 처지는 게 뭔가 이상했다. 나는 다시 이름을 부르며 어깨를 꽉 잡아 몸을 바로 눕혔다. 수전의 얼굴이 끔찍하게 푸른빛을 띠었다.

"수전! 수전!"

나는 고함을 질렀다. 수전의 얼굴이 차가웠고 손목에 맥이 잡히지 않았다. 뱃속이 오그라들며 순간적으로 주위의 모든 것이 어둠 속으로 빨려 들어가는 것 같았다.

안간힘으로 몸을 일으켜 앰뷸런스를 부른 다음, 곧바로 도리스에게 전화했다. 내가 그녀에게 할 수 있는 말은, 바닥에 쓰러진 수전을 발견했는데 예삿일로 보이지 않는다는 것이 다였다.

도리스와 앰뷸런스가 거의 동시에 도착했다.

그 순간을 상세히 설명하는 일이 지금도 몹시 고통스럽

다. 구급 대원들은 수전이 죽었다고 통고했다. 바로 내 집 부엌에서. 사람들이 내 심장에 망치질을 했다고 해도 그보다 더 아프지는 않았을 것이다.

다음 날 병원에서 의사는 수전이 약물 과용으로 사망했다고 설명했다. 그게 무슨 뜻인지 물어야 했다. 나는 우리 집에 어떤 약이 있었는지 머릿속을 더듬었다. 약물이라면 아스피린이나 감기약을 말하는 걸까?

의사는 내가 미쳤거나 허튼수작을 부리기라도 한다는 듯이 쳐다보았다. 그는 약물은 헤로인을 뜻한다고 설명했다.

나는 눈만 깜빡였다. 물론 나도 헤로인에 대해 들어 본 적이 있었다. 그것은 영화에나 나오는 약인 줄 알았다. 내가 사는 더블린에 헤로인에 손대는 사람들이 있다는 소리는 들어 본 적이 없었다. 맞다. 어떤 면에서 나는 순진했다. 하지만 그 당시 아일랜드에서 헤로인은 흔한 마약이 아니었다.

나중에야 모든 퍼즐 조각을 꿰맞출 수 있었다. 엄마가 세상을 떠난 후 함께 어울린 아이들이 수전에게 약물을 소개했고 헤로인에 중독되게 만들었다. 수전이 물건을 훔친 것은 다 헤로인을 살 돈을 구하기 위해서였다. 한밤중에 집에서 빠져나가는 것도 마약 때문이었다. 수전은 헤로인을 살 돈을 구하려고 성매매까지 했다. 핑글라스로 내뺐을 때는 아빠가 보고 싶어서가 아니라 헤로인 공급책이 거기 있었기 때문이다. 수전의 아버지도 헤로인에 대해 알고 있었다. 아마 그는 이 사실을 외면하고 싶었던 것 같다. 아니면 어떻게 대처해야 할지 몰랐거나. 어쩌면 그는 내가 이 사실을 알면 수전을 돕지 않을 거라고 믿었는지도 모른다. 하지만 그가 딸이 마약을 복용하고 돈을 훔쳐 달아나는 이유를 알고 있었다는 것이 지독한 배신처럼 느껴졌다. 나와 수전, 두 사람 모두를 배반한 것 같았다.

나는 극심한 낭패감과 함께 세상에서 가장 잘 속는 바보가 된 기분을 느꼈다. 당시에도, 그 후로도 사람들은 치유 의지가 없는 중독자들은 도울 수가 없다고 내게 말했다. 그 사람들은 자기를 파괴하고, 하나밖에 모르며, 누군가 뭔가를 해 주려고 해도 호응하거나 고마워하지 않는다고 ……. 분명히 옳은 말일 것이다. 하지만 내가 아는 것은, 어머니를 잃은 어린 여자아이에게 사악한 인간쓰레기들은 위로 대신 주삿바늘을 주었다는 사실이다. 도움을 거부하고 자기 파괴를 선택한 사람과 부딪힌 나의 첫 체험이었다. 그러나 마지막은 아니었다.

나는 그런 사람들이 있다는 것을 배웠다. 사랑과 지지를 받아들이기보다 자기 자신을 잃어버리려는 사람들이 있다. 하지만 그들을 잃은 것이 내 개인적인 실패라고 받아들이면 안 된다는 것은 배우지 못했다.

부모한테 버림받은
어린 장애아

내 어릴 적 친구 낸이 병원에 입원 중이었다. 낸은 고된 삶을 살고 있었다. 남편은 떠나가고 병약한 아이를 홀로 키웠다. 길거리 장터에서 힘들게 돈을 버느라 이리 뛰고 저리 뛰었다. 거기다 이제 심장에 문제가 생겼다. 나는 병문안을 갔고, 거기서 낸의 여동생 테스를 보자 반가웠다. 낸이 쉬는 동안 테스와 어린 시절에 말썽 부렸던 일을 되새기며 한바탕 수다를 떨었다.

낸의 상태는 많이 좋아졌다. 이제 위험한 상황에서 벗어났다고 했다. 면회 시간이 끝났기에 나는 작별 인사를 하고 병원 옆문으로 나와 주차장으로 향했다.

출입구 바로 바깥에서 어떤 남자와 여자가 시끄럽게 말다툼을 벌이고 있었다. 여자는 아이를 품에 안고 있었고, 그녀 옆에는 작은 휠체어가 놓여 있었다. 아이는 몸이 가냘프고 머리숱이 없었다. 처음에는 남자애인지 여자애인지 구분이 되지 않았다.

출입구를 빠져나와 그들 앞을 지나려는 순간, 남자가 여자의 팔을 움켜잡았다. 남자는 윽박지르며 여자를 거칠게 끌어당겼고, 나는 아이가 그녀 품에서 떨어져 계단에 구를까 봐 걱정스러웠다.

나는 걸음을 멈추고 두 사람을 지켜보았다. 고함 소리만으로도 험하기 짝이 없는 상황이었다. 그런데 몸싸움으로 번지자 참견하지 않을 도리가 없었다. 도리스라면 이런 상황에 끼어들지 말라고 했겠지.

나는 두 사람을 쳐다보며, 그들이 내 관심을 끌었다는 사실을 알고 당황해서 조용히 하기를 바랐다. 하지만 그럴 가망은 없어 보였다. 얼굴이 빨개져 땀을 흘리는 사내는 여자에게 연신 고함을 쳤다. 이제 아이마저 울어 댔다.

"저런 병신을 내 집에 데려온다고? 어림도 없어!"

여자도 맞서서 남자에게 소리를 질렀다.

"저 아이는 당신 딸이야! 어떻게 딸을 병신이라고 불러?"

이것은 말을 주고받는 대화가 아니었다. 계속해서 상대에게 고함을 지르고, 상대방이 하는 말을 귀담아듣지 않았다. 아이가 울부짖어도 아랑곳하지 않았다. 상당히 오랫동안 지속된 입씨름인 것 같았다. 그들은 완강하게 버티면서 큰 소리를 지르는 것으로 문제를 해결하기로 작정한 모양이다. 여자아이는 계단 위를 구르지는 않더라도 귀가 멀 지경이었다.

사내는 여자의 팔을 꽉 잡고 흔들며 거칠게 잡아당겼다. 얼른 조치를 취하지 않으면 대참사가 벌어질지도 모른다. 나는 두 사람 사이로 들어가 사내의 팔에 손을 올렸다.

"우리 일 분만 가만히 있도록 해요."

나는 여자가 아이를 똑바로 안도록 도와주었다. 그리고 또 말했다.

"여기서 일 분만 마음을 진정하고, 이렇게 소란을 피우지 않고 해결할 방법을 알아보자고요."

"당신이 뭔데 남의 일에 참견이야? 저리 꺼지지 못해?"

그는 함부로 굴었지만 아내의 팔은 놔 주었다. 안타깝게도 남자는 이것을 기회로 삼아 모든 분노를 내게 퍼부었다.

"어디서 굴러왔는지 몰라도 꺼지라고. 이건 당신이랑 상관없는 일이야. 당장 꺼지라니까!"

그가 내 얼굴에 대고 윽박지르자 아이 엄마가 맞고함을 질렀다.

"그분을 가만둬! 그렇게 막돼먹은 놈처럼 굴지 말라고!"

아이는 여전히 울어 댔다. 이 곤혹스러운 상황이 어디로 굴러갈지 모르지만, 상황이 끝나면 청각 장애를 겪으리란 것은 알았다.

"두 사람 다 잠깐만 가만히 있어요."

내 말은 긍정적인 효과를 내지 못했다.

"나한테 가만히 있어라, 마라 하지 마, 이 여편네야."

"브렌던, 진정 좀 할래?"

"나한테 진정하라, 마라 하지 말라니까!"

이제 그는 화가 치솟아 얼굴이 흙빛이 되었다. 그는 아내의 팔을 붙잡아 흔들고 싶은 기색이 역력했지만, 내가 둘 사이에 버티고 있었다. 그래서 그는 소형 휠체어를 아무렇게나 걷어차는 것으로 분통을 터뜨렸다.

"내 집에 병신은 못 들인다고 분명히 말했어. 그러니 이제 얘기는 끝났어! 당신은 저 안으로 들어가 망할 놈의 간호사와 의사들한테 일이 이렇게 됐으니까 그 작자들이 애를 떠맡으라고 해."

딱한 여자는 아이를 끌어안으며 울었고, 아이는 엄마 어깨에 얼굴을 묻은 채 탁구공만 한 주먹을 눈에 대고 칭얼댔다. 여자는 말을 계속했지만 소리를 지르느라 진이 빠졌는지 주절대는 소리로 바뀌었다. '그러면 안 된다는 걸 당신도 알잖아.' '당신 새끼라고, 정말!' 그런 말들이 들렸다. 사내는 계속 고함을 지르며 윽박질렀고, 나는 그가 다시 폭력을 쓸까 봐 두려웠다.

"이제 됐어요. 두 사람 사이에 문제가 있는 게 분명하네요. 그러니까 우리 앉아서 어떻게 정리할 수 있는지 이야기로 풀어 보면 어떻겠어요?"

"당신이랑은 아무것도 정리하지 않을 거야, 참견장이 여편네야 ⋯⋯."

"브렌던! 그만해."

여자가 폭발하자 아이는 경기 들린 것처럼 다시 바락바락 울어 댔다.

이번에 난폭해진 사람은 바로 나였다. 나는 여자의 팔꿈치를 잡아 옆으로 끌고 갔다. 나는 어깨 너머로 얼굴이 붉으락푸르락한 브렌던에게 말했다.

"우리가 아이를 달랠 동안 당신은 잠깐 여기 있어요."

"맘대로 하라고. 하지만 내 집은 어림도 없어!"

그는 아내에게 못마땅한 눈빛을 던지며 덧붙였다.

"난 차를 타고 십 분 후에 출발할 거야. 그리고 저 아이는 ⋯⋯."

그는 아이 쪽을 손가락질하며 '우리랑 같이 못 가!'라고 말을 맺었다.

그가 쿵쾅대며 걸어갔다. 높은 구두 굽이 눈에 들어왔다. 본모습보다 키가 커 보이려고 저런 신발을 신었겠지.

나는 아이 엄마에게 눈길을 돌렸다.

"이게 다 무슨 일이에요?"

그녀는 입술을 오므리고 불편하게 날 쳐다보았다.

나는 목소리를 낮춰 말했다.

"잘 들어요. 사실 간섭할 생각은 없지만, 난 다양한 아이들을 다룬 경험이 아주 많아요. 그래서 당신이 허락한다면 돕고 싶은 것뿐이에요. 내가 보기에 저 딱한 아이는 이런 소동이 아니어도 충분히 고초를 겪은 것 같은데요.”

딸을 꼭 끌어안은 여자의 팔이 덜덜 떨렸다. 그녀는 내게 무슨 말을 해야 할지 가늠하는 것 같았고, 털어놓기로 결심하자 폭포수처럼 말을 쏟아 냈다.

어린 지니는 네 살이었고 심한 흉부 감염 질환을 앓았다. 엄마 실라는 지니를 두어 차례 의사에게 데려갔지만 증세가 나아지는 기미가 없었다. 그러던 어느 날 밤 지니의 몸이 펄펄 끓었다. 실라가 아무리 애를 써도 열이 내리지 않았다. 지니가 정신을 잃을 것 같자, 실라는 앰뷸런스를 불렀다.

병원에서 지니는 온갖 검사를 받았다. 급작스러운 이번 발열 증상은 흉부 감염과는 무관한 것 같았다. 무척이나 가슴 졸이는 하루가 지난 후, 지니는 치료에 반응하기 시작했다. 폐렴 치료가 아니라 척수막염 치료였다.

지니의 부모는 당황했다. 실라는 병원에서 전에 치료했던 의사에게 전화를 걸었다가 놀라운 이야기를 들었다. 의사는 병가 중이었다. 그는 수막염에 걸려 이틀째 입원 중이었다. 가여운 지니는 그에게 치료를 받으러 갔다가 수막염이 옮은 것이었다.

수막염은 모든 부모가 겁내는 위험하고 치명적인 질병이지만, 드문 병이기도 하다. 십 대 청소년이나 성인에게도 아주 끔찍한 병이지만, 어린아이에게 더 치명적이다. 결국 지니는 목숨을 건졌지만 신경계에 큰 손상을 입었다. 이제 나는 아이의 팔에 힘이 없고 손이 주먹 쥔 것처럼 말려 있는 이유를 알게 되었다.

사연을 들은 후 아이 아빠가 왜 그러는지 묻지 않을 수가 없었다.

그녀는 훌쩍이며 고개를 저었다.

"정확히 모르겠어요. 하지만 병원에서 지니가 다시 걷지 못할 수도 있다는 말을 들더니 저러네요. 저 사람은 지니를 받아 주지 않을 거예요. 이런 상태로는 지니를 안 받아 줄 거예요."

나는 지니의 아버지를 고집불통 독불장군으로 만든 심리적인 문제들을 파헤치고 싶은 기분이 아니었다. 아마도 그는 언제나 그런 사람이었지만 이전에는 그런 면모가 드러날 계기가 없었을 것이다. 이렇게 '변한' 딸에게 적응할 시간을 가진다면 예전으로 돌아가지 않을까?

실라에 따르면, 집에는 지니보다 먼저 태어난 아이 셋이 있고, 남편은 상당히 엄격하고 깐깐하기는 해도 아이들을 공평하게 잘 챙기는 아빠였다. 오늘 그의 행태는 실라에게 익숙하지 않은 남편의 일면이었고, 도저히 적응할 수가 없었다. 아이 아빠는 이전에 남을 해친 전력은 없지만, 그 성질머리를 모른 척하고 지니를 집에 보내는 것은 안전하지 않아 보였다. 지금만 해도 물리적인 폭력에 맞먹는 짓을 하지 않았던가! 이 사람들에게는 냉각기가 필요한 듯했다.

나는 실라에게 말했다.

"이봐요. 당신 남편한테 그런 사실을 받아들이고 익숙해질 시간을 줘야 해요. 며칠 동안 지니가 우리 집에서 지내면 어때요? 그러다가 남편이 마음을 정리하면 아이를 데려갈 수 있을 텐데요."

실라에게 우리 집에는 아이들이 많다며 모든 상황을 설명했다. 마침내 그녀가 그러겠다고 대답했다. 나는 가방을 뒤져 연필과 종이를 꺼냈다. 내 주소와 전화번호를 주고, 그 집 주소와 전화번호를 받았다.

이러는 동안 브렌던은 차의 시동을 걸고 우리에게 전조등을 깜빡거렸다. 이 행동 때문에, 가뜩이나 미운털이 박힌 그가 더 싫어졌다.

연락처를 교환한 후 나는 지니를 품에 안았고, 실라는 휠체어를 접어 내 차 트렁크에 실었다. 그녀는 딸을 끌어안은 후, 나와도 짧게 포옹했다. 그리고 그녀는 남편과 함께 집으로 돌아갔다. 나는 아이를 데리고 집으로 향했다. 실라가 남편에게 뭐라고 말했는지 모르겠다. 브렌던이 신경이나 썼을지 의심스럽다. 그는 나와 이 상황을 의논하려는 기색도 없이 쌩하니 가 버렸다. 자기 딸을 생전 처음 보는 사람에게 맡겨 두고 말이다. 친딸을 남에게 맡기는 게 그에게는 훨씬 편했나 보다. 사람이 어떻게 그럴 수 있는지 도무지 납득이 되지 않았다.

요즘 내가 이 일을 말하면 사람들은 내 머리에 뿔이라도 돋은 것처럼 날 쳐다본다. 믿기 어렵고, 있을 법하지 않은, 무책임하고 완전히 제정신이 아닌 일로 여긴다.

어떤 여자가 주소와 전화번호 말고는 아는 게 없는 사람한테 자식을 넘겨줬다고? 맞다. 그녀가 그랬다. 오늘날에는 그런 일이 일어나지 않으리라는 것을 나도 안다. 하지만 사십 년 전 아일랜드에서는 그런 일이 있었다.

만약 오늘날, 어떤 부부가 공공 장소에서 그런 싸움을 벌인다면 그 광경을 본 어느 누구도 끼어들지 않을 것이다. 아니, 사람들은 슬그머니 그곳을 벗어나 사회복지국에 전화하거나 아니면 경찰에 신고할 것이다. 당장 그 자리에 끼어들어서 뭔가 조치를 취하려고는 하지 않을 것이다. 이제 사람들은 곤란에 처한 사람들을 봐도 간섭하기를 두려워한다. 자칫 잘못하면 소송에 휘말릴 수도 있으니까. 또 모르는 이에게 도움을 받는 것도 겁낸다. 타인은 모두 악당으로 변할 가능성이 있다고 생각하니까. 그래서 우리는 도움을 주지도 않고 받지도 않는다. 그게 오늘날 우리가 당면한 현실이다. 그 때문에 얼마나 많은 아이들이 고초를 겪는가.

하지만 당시 나에게는 끼어들어 조치를 취하면 안 될 이유가 없었고, 실라는 나를 믿으면 안 될 까닭이 없었다.

그래서 지니는 놀랄 만큼 아무 일도 없이 우리 집으로 왔다. 당연히 첫날 밤에 지니는 엄마를 많이 찾았다. 나는 안방의 아이 침대에 지니를 눕히고, 아이를 위해 밤새 전등을 켜두었다.

남편 휴이는 긴 시간을 들여 우리 집 일 층을 휠체어가 잘 다닐 수 있게 해 놓았다. 나로서는 장애아를 보살피게 된 첫 경험이어서 배워야 할 게 많았다. 더 큰 아이라면 제 손으로 바퀴를 굴려 돌아다닐 수 있겠지만, 지니는 그러기에 몸집이 너무 작았다. 또 양팔과 손의 힘이 약했다. 지니가 스스로 할 수 있는 일이 거의 없었기 때문에 여러 면에서 몸집이 큰 아기를 키우는 것과 비슷했다. 하지만 우리는 효과가 있을 것 같은 방법을 써 봤다. 나름대로 고안한 물리치료 프로그램이었다. 기본적인 치료는, 지니를 휠체어에서 내리게 한 다음 약해 빠진 근육을 사용하도록 설득하는 일이었다.

지니가 우리 집에 온 지 일주일이 지났다. 나는 살짝 초조해졌다. 일주일이면 브렌던이 마음을 가라앉히고 딸의 상태를 현실로 받아들이기에 충분한 시간일 듯싶었다.

다시 사흘이 흐른 후 실라가 알려 준 번호로 전화를 걸었다. 아무도 전화를 받지 않았다.

나는 겁을 먹지 않았다. 도리스 때문이었다. 내가 어떤 일을 했는지 말하자, 도리스는 지니의 부모가 원치 않는 자식을 떠넘긴 작자들이라며, 다시는 그들을 보거나 소식을 듣지 못할 거라고 장담했다. 도리스가 보기에 나는 잘 속는 호구였고, 결국 먹여 살릴 군식구만 하나 늘어난 셈이다. 도리스가 늘 하는 말, '내가 몇 번을 말했니?'를 이번에는 듣고 싶지 않았다. 내 육감을 믿고 싶었다. 육감은 실라가 딸을 데려오길 바라며 사랑한다고, 무슨 짓을 해서든 남편의 마음을 돌릴 거라고 말하고 있었다.

며칠에 한 번씩 그 번호로 전화를 걸었다. 처음에는 아무도 전화를 받지 않았다. 그러다가 누군가 수화기를 들고 '여보세요'라고 말했다. 실라였을지도 모르겠다.

"여보세요, 실라. 당신이에요? 나, 리오예요."

그러자 딸깍 소리가 났고 뚜 하는 신호음이 들렸다. 진땀이 났다.

별다른 도리가 없었다. 주소가 있으니 차를 몰고 가서 어찌 된 영문인지 알아보는 수밖에. 지니의 물건과 휠체어를 챙겨 아이를 데리고 집을 나섰다. 지니의 부모가 딸을 보면 당장 되찾으려 할 거라고 생각했다.

한적한 지역에 있는 집을 찾아내 차를 세웠다. 나는 지니를 품에 안고 현관문을 두드렸다. 문이 열리자 거기 실라가 서 있었다. 그런데 반가운 표정이 아니었다. 불쾌한 오물이 신발에 들러붙었을 때 지을 만한 표정이었다. 실라는 안으로 들어오라고 하는 대신, 허겁지겁 밖으로 나와 문을 닫았다.

"맙소사, 여긴 웬일이에요?"

지니는 엄마를 알아보고는 내 품에서 빠져나가려고 꼼지락대며 법석을 떨었다. 실라는 딸을 가슴에 안고 입맞춤을 퍼부었지만, 돌아가는 상황을 전혀 모르겠다는 표정으로 날 바라보았다.

"전화를 몇 번이나 했다고요."

내가 왜 변명하는 기분을 느끼는지 당황스러웠다.

"알아요, 안다고요. 하지만 아직 지니를 데려올 때가 아니에요."

이럴 수가!

"봐요, 이제 거의 두 달이 됐어요. 아빠가 아이를 보고 싶어 하지 않아요? 마음이 누그러진 기미가 안 보여요?"

실라는 단호하게 고개를 저었다.

"전혀요. 부탁인데 조금만 더 지니를 데리고 있으면 안 될까요?"

지니는 나에게 골칫거리가 아니었다. 그건 문제가 아니었다. 그러나 엄마란 사람이 아빠가 그런 식으로 행동하게 놔두는 이유를 이해할 수 없었다. 만약 내 남편이 우리 자식을, 아니 우리 자식이 아닌 어떤 애라도 집에 못 오게 막는다면 어떤 일이 벌어질지 상상해 보려고 했다. 남편 휴이는 그런 상황을 만들지 않았다. 실라의 문제는 뭘까? 훗날 도리스는 모든 아내들이 다 나처럼 어떤 일에 대해 남편에게 이래라 저래라 말하는 것은 아니라고 상기시켜 주었다. 그러지 못 하는 여자가 더 많다는 것이다.

실라는 지니가 돌아온 것을 남편이 알까 봐 잔뜩 겁을 냈다. 그래서 우리는 무척 마음 아픈 작별을 하고 내 차로 돌아왔다. 지니가 불안해했지만, 다시 엄마와 헤어져야 하는 이유를 네 살 아이가 납득하도록 설명할 방법은 별로 없었다.

그래도 다행인 것이, 실라는 매주 찾아와 지니를 만나더니 거의 매일 오게 되었다. 지니는 꾸준히 담당 의사와 병원과 접촉했고, 정기 치료를 받았다. 실라도 치료 과정에 참여했다.

지니가 휠체어를 벗어나 보행기를 짚고 돌아다닐 만큼 상태가 호전되자, 실라는 딸을 데려오자고 남편을 설득했다.

그날은 모두에게 행복한 날이었다. '며칠간' 아이를 맡아 주겠다고 한 내 제안은 거의 일 년을 끌었다.

도리스는 '내가 몇 번을 말했니?'라고 하지 않았다. 그렇지만 내가 듣기 싫어하는 다른 일들을 가지고 한바탕 잔소리를 퍼부었다.

남의 일에
참견한다는 것

그 시절 북아일랜드 지역에는 팽팽한 긴장이 감돌았다. 공화국에 사는 우리까지도 그 상황을 피할 수 없었다. 우리는 끼어들지 않으려고 애썼지만, 분쟁은 당연히 국경 양쪽에 영향을 미쳤다.*

나는 정치 문제보다 장사와 트럭 운전에 관심이 더 많았다. 그래도 상황이 급박하게 돌아가니 사람들이 이런저런 면으로 영향을 받았다.

---

* 700여 년 동안 영국의 지배를 받아 온 아일랜드는 1921년 독립했으나, 북부 여섯 개 주는 영국령 북아일랜드로 남았다. 북아일랜드에서는 구교도인 아일랜드인들과 신교도인 영국인 주민 사이에 갈등이 들끓었다. 1969년 신구 교파가 충돌하면서 양측의 분쟁이 전국으로 번졌다. 북아일랜드 분쟁은 남북 아일랜드 통일을 주장하는 아일랜드공화국군[IRA]의 활동으로 격화되어 1980년대 중반까지 계속되었다.

지금까지 이해되지 않고 어쩌면 앞으로도 이해 못 할 이유 때문에 아일랜드 공화국 정부는 1970년대에 이르러 낙농 제품에 세금을 부과하기로 결정했다. 특히 버터가 주요 과세 대상이었다.

인생이 시큼한 레몬을 떠안기면 그걸로 레모네이드를 만들 수 있는 법. 버터에 세금을 매기면 직접 트럭을 몰고 국경을 넘어 값싼 무관세 버터를 사면 되지 않을까? 일요일에 일부 주민들은 나들이 삼아 국경을 넘어가서, 한가롭게 돌아다니며 버터를 사서 한 차 가득 싣고 집으로 향했다. 그리고 푼돈을 붙여 친지들에게 팔았다. 그리고 규모를 더 키운 우리 장사꾼들이 있었다. 우리는 승합차와 큰 트럭에 버터를 싣고 돌아와 제법 쏠쏠한 이윤을 남겼다. 인생이 도리스와 나에게 버터밀크를 안겨 주었고 우리는 그것을 휘저어 짭짤한 수입을 올렸다.

물론 머지않아 남쪽의 국경 관리들은 이런 현상에 주목했다. 그들은 우리에게 세금을 물리거나 탈세 혐의로 체포할 준비를 하고 우리 주위를 호시탐탐 맴돌았다. 공무원들이 국경을 넘는 지점을 알아낼 때마다 상인들은 황금알을 낳는 화물을 세금 없이 국경 너머로 반입할 다른 경로를 찾아내곤 했다. 이것은 고양이와 쥐 게임이었다. 정부 관리들이 노리는 것은 뭘까? 그들이 난관을 만들면 지략이 풍부한 사람들은 맞받아칠 방법을 강구한다.

시간이 지나면서 버터 반입은 가외 수입을 올리는 수단
으로 받아들여졌다. 나는 법의 엄중함은 알았지만, 버터를
사고파는 일을 중범죄로 보기는 어려웠다. 그래서 도리스와
버터를 사러 갔을 때 소규모 낙농가인 우리 '공급처'에서 버
터를 사 남쪽으로 가져갈 신부를 만나고서도 그다지 놀라지
않았다.

우리는 대규모 행렬을 이루고 있었다. 도리스는 대형 트
럭을 운전했고 나는 승합차를 몰았다. 대형 트럭은 우리 소
유였고, 승합차의 주인은 가외 돈을 벌고 싶은 북아일랜드
에 사는 친구들이었다.

도리스와 나는 낙농가의 친구들과 한바탕 수다를 떤 뒤
짐을 싣고 떠날 채비를 했다. 신부는 버터 상자들을 승합차
뒷칸에 실었지만, 나뭇잎처럼 떨며 땀을 뻘뻘 흘렸다. 말라
리아에 걸려서 그런 것이 아니었음은 물론이다.

나는 마지막 상자를 싣는 신부에게 다가갔다. 이름이 블
레드소에 신부였다.

"안녕하세요, 신부님."

그는 놀라서 거의 자빠질 뻔했다.

"아, 예."

다행히 안경을 낀 곱슬머리 여자들은 별로 위협적으로
보이지 않는다. 신부는 약간 긴장을 푸는 것 같았다.

"일이 잘 됐나요?"

그는 보이지 않는 묵주라도 든 것처럼 손을 꽉 쥐었다.

"아, 예. 그런 것 같군요. 지금까지는 잘 풀리고 있어요."

"신부님 교구에서 버터를 많이 먹나 봐요?"

"아, 요즘 상황이 어떤지 아시죠?"

"물론 알지요. 이렇게 말해도 언짢지 않으시다면, 신부님은 밀수꾼처럼 보이진 않는걸요."

"저 혼자라면 이런 짓을 하진 않겠지요. 하지만 제가 있는 교회가 지붕을 새로 얹어야 할 피치 못할 상황인데, 기금 모으는 일을 제가 떠맡았어요. 지금까진 그럭저럭 감당했지만, 벼룩의 간까지 빼먹을 수는 없는 노릇 아니겠어요? 그래서 어느 신자가 이 일을 제안하더군요."

그는 버터 쪽을 가리키더니 초조한 손길로 사제복 칼라를 끌어당겼다. 그러고는 말을 이었다.

"듣기에는 쉬울 것 같았는데, 여기 와 보니 국경을 넘어 돌아갈 일이 겁나네요."

"그런 옷을 입으셨으니 공무원들이 귀찮게 하진 않을 거예요!"

"맞아요. 그들은 상관 안 할 겁니다. 그래도 조심해야겠죠. 좋은 루트를 안내받긴 했는데, 계속 걱정이 되는군요."

신부는 주머니에서 손수건을 꺼내 땀이 줄줄 흐르는 이마를 닦고는 덧붙였다.

"이 일을 그만두자고 반쯤 결심했지요. 너무 불안하니까요. 그리고 내가 붙들리면 교구는 어떻게 되겠습니까? 그런 생각을 할수록 엉뚱한 일을 벌였다는 생각이 듭니다."

나는 그의 어깨를 토닥였다.

"말도 안 되는 소리예요. 여기까지 오셨는걸요. 저 승합차를 보세요. 신부님 교회의 새 지붕이 떡하니 저기 있네요! 저와 도리스를 따라 오시면, 안전하게 국경을 넘게 해 드릴게요."

그의 심란한 표정이 한결 가벼워졌다. 우리는 일종의 수송단을 이루었다. 도리스가 대형 트럭을 몰고 선두에 서고, 나는 안트림에 사는 친구들 소유인 흰색 승합차를 운전했다. 그리고 블레드소에 신부는 초록색 고물 승합차를 몰고, 소망과 꿈과 새지 않을 교회 지붕을 상상하며 내 뒤를 따랐다.

우리는 남쪽으로 향했다.

국경 너머로 안내해 줄 구불구불한 길을 삼 킬로미터쯤 갔을까? 공무원들은 코빼기도 보이지 않는 곳에서 나는 백미러를 들여다보았다.

초록색 승합차가 보이지 않았다. 블레드소에 신부가 따라 붙을 수 있게 속도를 늦추었다.

그러나 쫓아오는 기미가 전혀 없었다. 나는 속도를 더 늦추었다.

여전히 아무것도 보이지 않았다. 어떻게 된 거지?

도리스가 모는 대형 트럭은 한참 앞을 달리고 있었다. 당연한 얘기지만 그 시절에는 휴대전화가 없었다. 나는 도리스에게 어떤 일이 벌어지는지 알릴 방도가 없어 꼼짝 못하는 처지가 되었다.

노변에 차를 붙이고 기다렸다.

맙소사, 족히 오 분은 지나자 마침내 초록색 승합차가 나타났다. 잔뜩 겁먹은 신부는 천천히 달리는데도 하마터면 내 차를 들이받을 뻔했다.

나는 승합차에서 내려 그의 차로 갔다.

블레드소에 신부가 차창을 내렸다. 그는 아직도 땀을 뻘뻘 흘리며 손을 떨었다.

"신부님, 이제 잘 따라붙으셔야 해요. 여기서 질질 시간을 끌 수는 없어요."

"아, 미안해요, 미안합니다. 속도위반으로 붙잡히고 싶지 않아서요."

나는 눈을 깜빡이며 말뜻을 헤아려야 했다.

"속도위반이요? 제가 이런 말을 해도 괜찮을지 모르지만, 속도는 신부님이 전혀 걱정하실 일이 아니에요."

그는 휘둥그레 뜬 눈으로 나를 보았다. 이 딱한 양반은 놀란 나머지 제대로 생각하지 못했다. 그게 분명했다.

"이제 됐어요. 제가 다시 출발하면 뒤에 바짝 붙어 따라오셔야 해요. 빨리 달리지 않을게요."

그는 고마워하며 고개를 끄덕였다.

"알았어요. 그렇게 해 준다니 고맙습니다."

내가 승합차로 돌아가려는 순간, 덜덜거리는 소리가 들렸다. 도리스였다. 그녀는 트럭을 몰고 내 승합차가 있는 곳으로 미끄러져 왔다.

나는 그녀에게 달려갔다. 도리스는 몹시 언짢아했다.

"두 사람 뭘 하는 거야? 우린 계속 움직여야 된다고."

"알아, 나도 알아. 하지만 저 양반이 겁에 질려 속도를 내지 않네."

"우리 할머니도 그보다는 빨리 달리는데."

"네 할머니는 돌아가셨잖아!"

"맞아. 그래도 할머니가 신부님보다는 빠를 거야."

"내가 계속 따라붙어야 된다고 말했어. 내가 더 천천히 달릴 테니까 이젠 괜찮을 거야."

도리스는 다시 기어를 넣었다.

"우리 셋 다 굼벵이처럼 기어가면 안 돼. 난 계속 갈 거야. 신부님하고 네가 날 따라오지 못하면 둘이서 와. 너, 길 알지?"

나는 트럭에서 물러섰다.

"그래야지 뭐. 그럼 거기서 만나."

요란한 시동 소리와 함께 도리스는 가 버렸다.

나는 블레드소 신부에게 손을 흔들고, 내 승합차로 돌아와 쭉 달렸다.

쭉 달렸다는 말은 국경을 향해 멈칫멈칫 가는 것을 완곡하게 표현한 말이다.

내가 아무리 천천히 가도 블레드소에 신부는 점점 느려지는 것 같았다. 나는 계속 백미러를 보며 뒤차를 확인했고, 그는 연신 뒤처졌다. 결국 나는 거의 멈추다시피 하며 그가 따라잡기를 기다렸다. 분명 신부는 무릎이 덜덜 떨려서 가속페달에 발을 올려놓지 못했을 것이다.

도리스는 이미 저만치 앞서 갔다.

덜덜 떠는 초짜 밀수범을 이끌고 국경에 잠복한 세관 공무원들을 지나치는 일이 내게 달려 있었다.

우리가 지나온 작은 길에는 아무 표지판도 없어서 블레드소에 신부는 아일랜드 공화국으로 넘어와도 그걸 알 수가 없었다. 하지만 그게 신부에게는 위로가 될 것이다. 남으로 넘어와 십오 킬로미터 남짓 달려 던달크에 있는 세관을 지나기 전까지는 안전하지 않을 테니까.

작은 길을 벗어나 도로다운 길에 들어서면 신부가 공포감을 떨치고 더 빠른 속도로 달릴 거라고 생각했다.

그러나 그 예상은 빗나갔다. 그는 시원한 마멀레이드 단지 속에 느긋하게 있는 나무늘보처럼 굼떴다.

가속페달을 꾹 밟고 싶은 마음을 누르느라 다리가 저릴 지경이었다. 또 신부가 잘 따라오는지 보려고 백미러를 기웃거리는 통에 목 근육에 경련이 일어날 것 같았다. 도리스

는 멀리 가 버렸으니, 나머지 여정을 나 혼자 감당해야 했다. 말하자면 아주 좋은 상황은 아니었다.

나는 다시 브레이크 페달을 살짝 밟았고, 뒤쪽에서 커브를 도는 블레드소에 신부의 초록색 승합차를 보았다.

마침내 도로에 진입했다.

우리는 느릿느릿 앞으로 나아갔다. 걱정이었다. 이제 반대 방향에서 오는 차량이 있었다. 좀 있으면 우리 뒤로 차들이 올 테고, 운전자들은 도로를 엉금엉금 기어가는 앞차 두 대 때문에 짜증을 낼 것이다. 구불구불해서 추월하기도 힘든 도로니 그러지 않겠는가? 이제 내 등에서도 진땀이 흘렀다.

삼 킬로미터 남짓만 더 갔어도 우리는 가장 가까운 마을로 접어들어 보통 차량들 속에 묻혔을 것이다. 그런데 우리가 있는 곳은 달리 빠져나가는 길이 없는 한적한 도로였고, 녹슨 롤러스케이트를 탄 노인처럼 기어가는 승합차 두 대는 눈에 확 띄었다. 어디서 나타났는지 모르게 그들이 우리에게 달려들었다. 우리 뒤에서 한참을 쫓아온 것 같았다.

곧 사이렌 소리가 났고, 아일랜드 경찰 승합차 한 대와 세관 차량 몇 대가 나타났다. 블레드소에 신부가 오줌을 지리지 않은 게 다행이었다. 딱한 블레드소에 신부와 나는 '밀수품'을 실은 차량들과 함께 던달크에 있는 세관으로 끌려갔다.

버터를 왜 그렇게 많이 갖고 있느냐는 질문을 받았다.

세관원들은 블레드소에 신부에게 질문을 던졌다. 얼핏 보기에는 그가 주모자고 나는 단순한 공범이었다. 나는 그가 강강술래놀이조차 이끌지 못할 위인이라는 사실을 공무원들이 깨닫도록 내버려 두기로 했다.

블레드소에 신부는 실망시키지 않았다.

"알겠습니다, 신부님. 그러니까 승합차에 실린 팔십 킬로그램 상당의 버터가 개인적으로 쓸 것이었다는 말씀이지요?"

신부의 눈이 튀어나오고 옷깃은 땀에 젖었다. 그는 '어허' 소리만 간신히 내뱉었다.

개구리처럼 생긴 세관원은 그게 똑똑한 대답이라도 된다는 듯이 행동했다. 그 사람 경험상 그럴지도 몰랐다. 그가 팔짱을 끼며 말했다.

"자, 신부님. 한 사람이 한 번에 쓰려고 사기에는 버터 양이 어마어마한 것 같은데요. 안 그렇습니까?"

애처로운 블레드소에 신부. 그가 두려워했던 일이 벌어지고 말았다. 그가 걱정하는 것은 교구에서 벌어질 곤란한 상황뿐이었다. 밀수범으로 붙잡혔으니 교구에서 쫓겨날 테고, 장차 교회 안에서 어떤 희망도 가질 수 없으리라는 생각이 스쳤을 것이다. 그의 온 생애가 와르르 무너지는 와중에 조사관들은 그에게 버터를 얼마나 많이 먹는지 물었다.

신부는 전체 상황을 곱씹는 듯하더니 눈썹을 만지작거리다 흐느끼기 시작했다.

'개구리 얼굴' 세관원은 독한 사람이었다. 사제를 울리는 것이 오늘 하루 일과의 전부일지도 모른다. 그자가 내게 몸을 돌리고 말했다.

"그래서 ……."

나는 눈을 깜빡이며 그를 보았다. 긴 침묵이 흘렀다.

'개구리 얼굴'이 다시 수작을 걸었다.

"그래서 ……."

어색한 침묵이 흐르면 내가 무심결에 뭔가 실토할 거라고 기대했나 보다. 나는 입도 뻥긋 안 했다.

'개구리 얼굴'은 다른 수법을 동원했다. 일어나 방 안을 서성대기 시작했다. 쥐처럼 생긴 다른 세관원은 입을 꾹 다문 채 그대로 앉아 있었다.

"초록색 승합차에는 버터 팔십 킬로그램, 흰색 승합차에는 백 킬로그램이 있었습니다."

'개구리 얼굴'은 책상 위로 몸을 굽히고 나를 노려보며 덧붙였다.

"세금 영수증이 있습니까?"

블레드소에 신부는 땀에 전 손수건에 코를 풀었다. '개구리 얼굴'이 신부 쪽으로 날카로운 시선을 던졌다. 그가 다시 물었다.

"영수증이 있냐고요?"

나는 신부가 코를 시원하게 푼 다음 쓸데없는 말을 주절

댈까 걱정되어 먼저 입을 열었다.

"전화 통화 좀 해도 될까요?"

'개구리 얼굴'은 달가워하지 않았다. 그가 '쥐'를 힐끗 보자, 쥐가 어깨를 으쓱하며 고개를 끄덕였다.

"좋아요. 전화 통화를 하쇼."

나는 신부에게 몸을 숙이고 말했다.

"교구에 신부님이 통화하고 싶은 사람이 있지 않나요?"

나는 그의 손목을 움켜잡고 다시 물었다.

"신부님이 여기 있다는 것을 아는 사람이요."

버터 구입을 알선한 사람과 통화를 하라는 내 힌트를 그가 눈치채기를 바랐다. 어쩌면 그 사람들이 이 난관을 벗어나게 해 줄지도 모른다. 그러지 않았다간 그가 겁을 먹고 쓸데없는 소리를 지껄이지나 않을까 걱정스러웠다. 예컨대, 주교에게 전화해 모든 일을 털어놓는다든가 하는…….

한편 나도 전화 통화를 했다. 세관원들이 귀를 쫑긋하고 있으니 조심해야 했다. 그들은 내가 법률적인 도움을 줄 사람이나 구속될 경우 보석으로 빼 줄 사람과 통화할 거라고 생각했을 것이다. 그러나 나는 북아일랜드에 있는 친구들과 통화했다. 내가 운전한 승합차의 주인들이었다.

"여보세요? 나 리오예요. 네, 신부님과 내가 각자 승합차를 운전하고 있었는데요. 흰색과 초록색이죠. …… 그러다가 여기 던달크의 세관으로 끌려오게 됐어요. …… 예, 여기 와서 상황이 정리되도록 도와줬으면 좋겠네요. 고마워요."

나는 전화를 끊고 '개구리 얼굴'에게 미소 지었다.

"친구들이 한 시간 안에 여기 도착할 거라네요."

"뭘 하려고요?"

"상황을 정리하려고요."

나는 다시 미소 지으며, 신부에게 차를 한 잔 가져다줄 수 있겠느냐고 물었다.

'개구리 얼굴'과 '쥐'는 한 시간 동안 우리를 들볶았다. 그들은 세금을 지불했다는 증거를 얻거나, 아니면 조서를 꾸미고 버터를 몰수하고 어마어마한 세금을 부과할 것이다. 어느 쪽이든 상황은 그들에게 유리해 보였다.

'쥐'와 '개구리 얼굴'은 신부와 나를 어떤 방으로 밀어 넣었다. 책상과 전화기가 잔뜩 있고 오가는 사람이 많아 부산한 방이었다. 우리는 벽에 붙은 나무의자에 앉아, 플라스틱 컵에 든 묽은 차를 마시며 기다리는 신세가 되었다. 우리는 각자 구원의 손길을 기다렸다.

블레드소에 신부는 묵주를 꺼내 중얼거리는 틈틈이 요란하게 코를 풀어 댔다. 그는 낙심한 나머지 내게 말을 붙이지도 않았다. 나는 신부가 누구에게 연락을 했는지 몰랐다. 또 내가 우리 둘을 위해 손쓰고 있다는 것을 그에게 말하지 않았다. 주위에 듣는 귀가 많았고, 일이 어떻게 전개될지 확신이 서지 않아서였다.

얼마 후, '개구리 얼굴'이 들어와 우리를 점검했다.

"이 일을 해결해 줄 사람들은 어디 있는 겁니까?"

나는 생글생글 웃으며 말했다.

"당연히 이런 일은 시간이 걸리지요. 곧 올 거예요. 교통 체증에 걸렸나 봐요."

"그 사람들이 빨리 여기 도착하는 게 좋을 거요. 안 그러면 두 사람은 유치장에서 밤을 보내야 할 테니까."

그는 그렇게 윽박지르고 밖으로 나갔다.

다시 한 시간이 지나갔고, 나는 '쥐'와 '개구리 얼굴'이 복도에서 의논하는 광경을 보았다. 그들은 블레드소에 신부와 내가 있는 방의 유리문 안쪽을 들여다보았다. '개구리 얼굴' 낯빛이 붉으락푸르락했다. '쥐'는 기분 나쁠 만큼 조용했고, 갈색 눈으로 우리를 빤히 쳐다보곤 했다.

'개구리 얼굴'이 우리를 유치장으로 끌고 가려는 것인지 문의 손잡이를 잡는 순간, 건물 전체에서 소동이 벌어졌다. 어디선가 사이렌이 울렸고 사람들이 우당탕 복도를 달려갔다. 제복을 입은 사람이 '개구리 얼굴'에게 달려와, 팔을 휘두르며 알아듣지 못할 말을 쏟아 냈다. 그런 다음 두 사람은 달려갔다. 방 안에서는 전화기가 울리고, 사람들이 드나들며 이리저리 움직였다. 다른 사람들은 창가로 가서 손짓하며 밖을 보았다.

마침내 소동이 가라앉자 '쥐'가 우리를 보러 왔다. 그는 팔짱을 끼고 우리 앞에 서서 노려보았다.

"나를 따라오시오."

그가 몸을 돌려 방에서 나갔다. 블레드소에 신부와 나는 그를 따라갔다. 가여운 신부는 여전히 덜덜 떨고 있었다. 우리는 복도를 내려가 처음 조사를 받았던 방으로 들어갔다. '개구리 얼굴'이 거기 있었다.

문이 닫히자, 우리가 위기에 처했다는 것이 느껴졌다.

"좋아, 이 똑똑이들! 그게 다 어디 갔지?"

'개구리 얼굴'이 윽박질렀다. 눈이 밖으로 튀어나올 것 같았다.

"헉!"

블레드소에 신부가 의자에 털썩 주저앉았다.

"당신! 누구랑 통화했어?"

'개구리 얼굴'이 내게 바싹 다가와 손가락으로 내 얼굴을 찌르며 말했다.

그런다고 내가 불 줄 알아?

"이게 다 무슨 일이죠?"

나는 '개구리 얼굴'에서 '쥐'에게로 시선을 돌렸다.

'쥐'는 갸름한 갈색 눈을 깜박거리지도 않고 다람쥐처럼 쳐다보았다.

"문제가 약간 생겼소."

적어도 그는 침착한 태도를 유지했다.

"그쪽 문제인가요, 우리 문제인가요?"

'개구리 얼굴'은 책상을 뛰어넘어 덤벼들 기세였다.

"잔머리 굴리지 마! 망할 승합차들이 어디 있냐고?"

'개구리 얼굴'은 블레드소에 신부의 멱살을 잡고 흔들어
댔다. 신부 목구멍에서 꼴깍하는 소리가 났다. 그는 콧물까
지 흘렸다.

"그 손 놔요! 우리는 두 시간 반이나 여기 앉아 있었어요.
우리 승합차가 어떻게 됐는지 우리가 어떻게 알아요?"

"아함 …… 흠 …… 흐음."

'쥐'가 목청을 가다듬는 소리를 냈다. 그는 '개구리 얼굴'
에게 싸늘한 눈길을 던졌다. 녹은 버터도 굳힐 만큼 냉랭한
눈길이었다.

"제복 차림을 한 남자 몇 명이 주차장에 들어서더니 당신
들 승합차를 갖고 달아났소."

"지금 내 승합차와 여기 계신 신부님 승합차가 정부의 세
관 주차장에서 도난당했다는 말을 하시는 거예요?"

이제 '개구리 얼굴'이 나설 차례였다.

"말하자면 …… 그렇지."

"이거 어이없네요."

나는 춤이라도 추며 방 안을 돌고 싶었다. 엄청난 재주를
발휘해 표정 관리를 해야 했다.

"그럼, 이제 우린 어떻게 되나요? 고발할 거예요, 어쩔 거

예요?"

그 말에 '쥐'는 대놓고 부아를 냈다.

"아니, 고발은 못 하지 …… 증거가 없으니까."

"그럼 우린 가도 되네요?"

"둘 다 가도 좋소."

'개구리 얼굴'은 의자에 풀썩 주저앉아 주먹으로 책상을 쳤다. 하지만 입을 열진 않았다.

"가세요, 신부님. 우리 택시를 불러 집에 가요."

'쥐'가 손을 저으며 말했다.

"안 돼요. 택시는 안 됩니다. 걸어서 가시오."

걸어서? 전화가 있는 곳까지 몇 킬로미터는 되는데? 던달 크 마을은 걸어갈 만한 곳이 아니었다.

'개구리 얼굴'이 다시 책상을 쳤다.

"여기서 나가는 걸 다행인 줄 아시오. 나한테 다시 걸리면 산 채로 껍질을 벗겨 버릴 테니까. 이제 가 보쇼."

나는 신부를 일으켜 세워 그곳에서 걸어 나왔다.

"오!"

블레드소에 신부는 두 손을 맞잡고 하늘을 올려다보았다. 별일 없이 풀려난 것을 하늘에 감사한다는 몸짓이었다.

나는 어떻게 된 일인지 알 것 같았다.

몇 시간 후, 우리를 태우러 온 친구의 차를 탄 우리는 구불구불한 길을 따라 아까 왔던 길을 되돌아갔다. 좁다란 길을 지나 반쯤 허물어진 헛간 앞에 차가 멈추었다.

거기에는 나와 블레드소에 신부가 몰던 승합차 두 대가 있었다.

블레드소에 신부는 차와 버터를 고스란히 되찾았고, 집으로 돌아가는 길이 그려진 지도를 받았다. 내 버터는 빨간색 세단으로 옮겨졌다. 흰색 승합차는 세관원들이 수색을 그만 둘 때까지 헛간에 놔두기로 했다.

신부는 지도를 가지고 떠났다. 그 뒤로 나는 그의 소식을 듣지 못했다.

내 친구가 윙크를 하며 빨간 자동차의 열쇠를 건넸다.

"리오, 이번 여행엔 행운이 따르길 빌어요!"

뭐, 또 남의 일에 참견하지 않는다면야 집으로 가는 길을 찾을 수 있겠지 …….

서른다섯 명 아이들이
집에 오던 날

북아일랜드에서 벌어진 사건들은 피할 수 없는 상처를 남겼다. 북아일랜드 정부는 준군사조직 조직원이라고 의심되는 남녀 수백 명을 체포했다. 적법성 논란을 남긴 채 정부는 그들을 감금했고 재판 없이 잡아 두었다. 이 사람들이 언제까지 잡혀 있을지, 앞으로 풀려나기는 할지 아무도 알 수 없었다. 한편 체포된 많은 사람들이 자식을 두고 있었다. 한쪽 부모에게 남겨지거나 양부모를 다 잃은 아이들이 쏟아져 나왔다. 수많은 가정이 누더기가 되다시피 했다.

　교회, 주민, 각종 조직과 단체가 아이들을 구제할 방도를 강구했지만 일이 과중해지자 외부에서 도움의 손길을 찾았다. 니어리 신부와 나는 프랑스에서 데려왔던 사내아이들의 일을 처리할 때부터 이미 잘 아는 사이였다. 어느 날 문을 두드리는 소리에 나가 보니 니어리 신부가 서 있었다.

"아, 신부님. 들어오세요. 앉아서 차 한 잔 드시죠."

"고마워요, 리오. 그럽시다."

그는 자리에 앉았지만 눌린 용수철처럼 웅크린 표정을 지었다. 나는 그가 대화하는 방식을 익히 알았다. 자리에 앉아서 소소한 이야기를 나누며 하고 싶은 이야기로 접근해 들어가다가 찾아온 용건을 꺼내는 식이었다. 평소 나는 여느 사람들처럼 예의상 주고받는 대화를 좋아했다. 하지만 바로 용건으로 들어가고 싶은 날도 있다.

"뭔데요, 신부님? 무슨 일이 생겼어요?"

개 한 마리가 그의 발치에 앉아 있었다. 니어리 신부는 개의 귀 뒤를 긁으며 나를 올려다보았다. 희미한 미소가 떠올랐지만 진짜 웃음기는 없었다.

"제대로 봤어요, 리오. 내가 도움을 청해야겠네요. 우리가 북아일랜드에서 아이들을 몇 명 데려왔는데 며칠간 머무를 곳이 필요해요."

"아시겠지만 그런 건 일도 아니죠. 애들 나이가 몇 살이에요?"

"확실히는 몰라요. 걸음을 뗀 아이부터 십 대까지."

나는 고개를 끄덕였다.

"그러면 여기서 감당할 수 있어요. 빈 침대가 몇 개 있거든요. 다섯 명 정도는 받을 수 있겠네요."

니어리 신부가 나를 올려다보았고, 이제 그가 진짜로 긴장한다는 것이 느껴졌다.

"이런 말을 해서 미안한데 다섯 명보다는 더 될 거예요. 지나친 부탁인 줄 알지만 예닐곱 명, 어쩌면 열 명쯤 받아줘야겠어요."

내 표정은 아마 변비에 걸린 물고기와 비슷했을 것이다.

내 얼굴을 본 니어리 신부가 약간 움찔했다.

"딱 하루 이틀이에요. 애들이 더 오래 머물 만한 곳을 찾아볼 겁니다. 아이들은 북아일랜드에서 데려올 거예요. 부모는 체포되고 억압은 심하고 이게 다 폭력이니, 그 애들을 데리고 나와야 합니다."

"저희 집에 침실이 세 개뿐이라는 건 아시죠?"

"알지요. 무리라는 걸 알아요. 하지만 딱 하루나 이틀입니다. 이 아이들에게는 침대와 따뜻한 식사가 필요해요. 그 사이 우리는 나머지 상황을 정리할 겁니다."

나는 부엌을 둘러보며, 여분의 침대를 놓을 만한 자리를 가늠했다. 또 어디서 베개와 담요를 빌려 오고, 욕실 하나를 열두 아이가 어떻게 돌아가며 쓰게 할지 궁리했다.

니어리 신부는 내 심란한 표정을 보고 내가 꽁무니를 뺄 방법을 찾고 있다고 짐작했나 보다. 그가 가려고 일어섰다.

"흠, 과한 요구라는 건 압니다. 고마워요, 아무튼."

"서두르지 마세요, 신부님."

나는 아이들이 식탁 위에 벌여 놓은 숙제할 거리에서 종이와 연필을 꺼내며 말했다.

"이제 뭐가 뭔지 말씀해 주세요."

신부가 돌아간 뒤 나는 도리스에게 전화해서, 친지들이 내놓을 수 있는 담요, 베개, 수건을 되도록 많이 모아 오라고 부탁했다. 그녀는 물건들을 싣고 오면서 우유, 시리얼, 빵도 가져왔다. 또 사방팔방으로 전화를 돌렸다. 우리가 물건들을 집에 들여놓자, 집이 터져나갈 것 같았다. 아직 아이가 한 명도 오지 않았는데도.

도리스가 부엌을 둘러보고 복도로 나가며 말했다.

"아이구야. 그 많은 애들을 다 어디서 재워?"

"나랑 휴이는 바닥에서 자면 돼. 그리고 간이침대 몇 개를 거실에 놓을 거야. 밥은 돌아가며 먹으면 되고."

"물론 두세 명은 우리 집에서 재우면 될 거야."

나는 도리스에게 그런 부탁을 한 적이 없었다. 그녀는 낯선 사람을 집에 들이는 것을 달가워하지 않았다. 그런 도리스로서는 마음을 크게 쓴 제안이었다.

"그래. 그러면 큰 도움이 될 거야."

나는 기분이 한결 나아졌다.

이튿날 오후 우리는 물건을 더 준비해 놓고 아이들이 오기를 기다렸다.

기다림이 길어져 니어리 신부에게 전화를 걸었지만 응답

이 없었다. 무작정 기다릴 수밖에 없었다.

우리가 예상한 시간보다 훨씬 늦어져 밤 열 시가 다 돼서야, 아이 넷을 실은 첫 번째 차가 도착했다. 그 뒤로 몇 대의 차가 호위 차량처럼 꼬리를 물고 들어왔다. 그리고 한 대 더. 그러고 나서도 한 대 더. 대체 무슨 일일까?

니어리 신부가 어떤 차에서 내리더니, 문간으로 밀려드는 사람들의 질서를 잡으려고 애썼다.

문턱을 넘은 아이의 수는 내가 헤아린 것만 열셋이었다. 그런데 차들이 계속 도착하고 있었다.

신부는 지치고 후줄근한 행색이었다. 그가 나를 한쪽으로 데리고 갔다.

"잘 들어요. 우리가 생각했던 것보다 애들 수가 더 많아질 것 같아요. 저쪽 상황이 워낙 안 좋아서."

아이들은 여전히 밀려 들어오고 있었다. 아까 열셋까지 셌는데.

나는 침을 꼴깍 삼켰다.

"알겠어요. 그럼 몇 명을 말씀하시는 거예요?"

니어리 신부는 겉옷 주머니에서 주섬주섬 종이를 꺼냈다.

"음 …… 서른다섯 명 ……."

웅얼거리는 소리가 내가 듣기에도 딱할 정도였다.

"예? 몇 명이라고요?"

신부가 목청을 가다듬었다.

"알다시피 우리가 예상한 인원은 열 명 정도였는데 차들이 계속 나타나더군요."

나는 곁눈질로 네 명을 더 헤아렸다. 도리스는 교통 경찰관처럼 아이들을 지휘하고 있었다.

"그래서 …… 음, 서른다섯 명이에요. 모두 합해서."

그래도 그는 민망한 표정을 짓는 예의는 보였다.

"환장하겠네!"

그 말을 한 사람은 도리스였다. 그녀는 신부에게 분통을 터뜨렸고, 니어리 신부는 화난 기색을 내보이지 않았다.

"그럼 알았어요."

몇 명은 작은 가방을 들고, 몇 명은 담요를 안고, 몇 명은 아무것도 들지 않은 채 아이들이 꾸역꾸역 들어왔다. 우리 집 아이들은 계단에 서서 이따금 지시 사항을 외쳤다.

"가방은 거기 그쪽에 둬! 안 그러면 개가 가방 안으로 들어갈 거야!"

도리스는 아이들을 한 곳에 모으려고 애썼다. 몇 명은 벌써 뒷마당으로 나가 버렸다.

"뭐부터 시작하지?"

내가 말했다.

"두 가지야. 그웬이랑 로즈는 담요를 챙겨라. 너희는 욕조에서 잘 거야. 신부님, 저랑 동네를 돌아다니며 집집마다 문을 두드려야 봐야겠어요. 아이들을 모두 여기서 재울 수는 없으니까요. 도움이 필요해요."

그렇게 동네의 집을 모두 돌았다. 밤 열한 시에 느닷없는 방문을 받고도 몇 집에서는 문을 열어 아이 한두 명의 잠자리를 마련해 주었다. 집으로 돌아오니 나머지 열다섯 명은 우리 집에서 재우면 되었다.

니어리 신부가 하루 이틀이면 될 거라고 말한 것을 기억하시는지? 이미 눈치를 챘겠지만 이번에도 상황은 그렇게 되지 않았다. 나는 아이들을 일주일 넘게 데리고 있었다. 아이들은 두 살에서 열일곱 살까지였고, 일부는 형제자매였으며 몇 명은 혼자였다. 그들이 이 일을 어떻게 견뎠는지 모르겠다. 하지만 어찌어찌 우리 모두 버텨 나갔다.

식사는 한 번에 여섯 명씩 교대로 했다. 도와주는 일손이 있기는 했지만 나는 멀미가 나도록 감자 껍질을 깠다. 식기 세척기가 쉬지 않고 돌아갔다. 옷과 수건을 가진 아이들은 모두 이름표를 붙이게 했다. 종종 누군가 자기 것보다 남의 블라우스가 더 마음에 들 경우 대소동이 벌어졌다. 북아일랜드 정부가 '적대 세력'을 물리치고 싶다면 십 대 여자아이 한 소대를 보내면 해결될 것이다. 그들은 하도 드세어 어느 누구도 이기지 못한다. 우리는 집안일을 할 당번을 정해 표를 만들었다. 설거지, 청소, 쓰레기 내다놓기, 더 어린 아이 돌보기, 개 산책시키기 등등. 아이들 중 하나가 이곳을 '리오 캠프'라고 불렀다.

일주일이 지나면서 니어리 신부는 절반쯤 되는 아이들이 하나씩, 둘씩 지낼 곳을 찾아냈다. 마음이 놓이면서 동시에 서운하기도 했다. 아이들이 모두 떠나자 집이 쓸쓸하도록 조용했다. 부산하고 시끌벅적한 분위기는 사람을 지치게 하지만 한편으로 신이 나기도 한다.

그 뒤로 그렇게나 많은 아이들을 한꺼번에 데리고 있은 적은 없다. 그러나 안타깝게도 이 일은 부모가 억류된 아이들이 들어오는 시작에 불과했다. 다음 삼 년 동안 계속해서 아이들을 받았다. 교회나 다른 단체가 아이들이 더 오래 머물 곳을 구할 때까지 우리 집은 중간 기착지 구실을 했다.

그러는 동안 나는 나중에 도움이 될 만한 사항을 많이 배웠다. 옷에 이름표 붙이기, 순번제로 집안일과 숙제 하기. 이런 일들은 많은 인원을 통솔하면서 상황이 매끄럽게 굴러가게 하는 좋은 방법이었다. 어느 어머니라도 마찬가지일 것이다. 아이 서너 명을 관리한다는 것은 육군 참모총장의 업무와 맞먹는 일이다.

아들 친구,
찰리 부모의 뻔뻔함

북아일랜드에서 대규모 부대가 오지 않게 되자 우리 집은 평범하다고 할 만한 상황으로 돌아갔다. 그러나 이런 분위기는 오래가지 않았다.

아들 패트릭이 언젠가 이런 말을 한 적이 있다. 아침에 학교에 가면서 이따가 집에 돌아오면 아이들이 몇 명이나 있을지 궁금했다고. 패트릭은 새로 온 아이들 중 또래가 있기를 내심 바랐고, 비슷한 나이의 남자아이와 친구가 되고 싶어 했다.

그런 점에서 내가 패트릭을 실망시켰나 보다. 아들이 직접 또래 남자아이를 집에 데려오기로 결정한 것을 보면 말이다.

패트릭은 같은 반 아이인 찰리와 몇 년 동안 친하게 지냈고, 나는 주변에서 자주 찰리를 보았다. 어느 날 학교에서 돌아온 패트릭은 찰리가 우리 집에서 놀다가 저녁을 먹고 가도 되느냐고 물었다. 나는 당연히 그러라고 대답했다.

밥을 다 먹었는데도 찰리는 집에 갈 생각은 하지 않고 우리랑 같이 있었다. 그러다가 나는 찰리가 밤에 자고 가도 되느냐는 질문을 받았다. 다음 날 학교에 가야 되는데도.

흠, 이거 소름 돋게도 어디서 본 장면 같았다.

다음 날 방과 후 아들은 또 찰리를 집에 데려왔다. 이번에 찰리는 아예 옷 보따리를 챙겨 왔다.

나는 패트릭을 구석으로 데려갔다.

"이게 다 무슨 일이야?"

"엄마, 찰리가 오늘 밤 또 우리 집에서 자야 되겠어요. 제가 그러라고 했어요."

그러면서 패트릭은 제 친구 잠자리를 봐 주러 위층으로 뛰어갔다.

찰리가 환영받을 거라고 믿은 아들이 대견했다. 또 내가 안 된다며 거절할 거라고 생각하지 않았다는 데도 마음이 찡했다. 도리스에게 새로 온 손님에 대해 말하자 그녀는 내가 감동받을 만하다고 말했다.

열네 살 된 남자아이가 집에서 힘든 시간을 보내는 것은 이해할 수 있는 일이었다. 걸핏하면 부모와 부딪치거나 형제자매와 싸우고, 숨 쉴 공간이 필요한 때이기도 하다. 나는 찰리가 하루나 이틀 정도 집을 벗어나 지내야 할 사정이 있으려니 하고 생각했다.

하지만 찰리는 매일 다른 보따리를 집으로 가져왔고, 점점 자연스러운 듯이 행동했다. 그리고 패트릭은 방을 친구와 같이 쓰는 것을 꺼리지 않았다. 일주일이 흘렀다.

마침내 나는 찰리에게 물었다.

"엄마는 네가 어디 있는지 아시니?"

찰리는 애매하게 어깨를 으쓱했고, 난 그런 태도가 석연치 않았다.

"그럴걸요."

그럴걸요? 화가 잔뜩 난 찰리 엄마가 쿵쾅쿵쾅 우리 집 현관으로 들어와서, 아들을 잡아 놓고 있다고 나를 비난하는 장면이 떠올랐다. 이 일에서는 뭔가 냄새가 났다. 열네 살 남자아이한테서 예상되는 그런 냄새가 아니었다.

다음 날 오후 나는 차를 몰고 삼 킬로미터쯤 떨어진 찰리네 동네로 갔다. 그 아이가 어디 사는지는 알지만 그 아이 엄마를 잘 안다고 할 수는 없었다.

나는 문을 두드렸다.

찰리 엄마가 감자와 칼을 손에 쥔 채 문을 열었다. 그녀는 나를 보자 눈썹을 치켜세웠다.

"리오! 리오가 맞지요? 잘 있었어요? 찰리는 잘 지내죠?"

이런 말투에는 전형적으로 좋은 소식과 나쁜 소식이 담

겨 있다. 좋은 소식은 그녀가 아들이 어디 있는지 안다는 점, 나쁜 소식은 그녀가 아들이 어디 있는지 아는데도 별로 개의치 않아 보인다는 점이었다.

"예, 찰리는 잘 있어요."

"아, 다행이네요. 찰리가 무슨 잘못이라도 저질러서 부인이 아이를 돌려보내지 않을까 걱정했거든요."

이제 확실히 내가 헛발을 짚은 게 느껴졌다. 그녀는 안으로 들어오라고 권하지도 않았고, 아들이 우리 집에서 지내는 것을 무척 편안하게 느끼는 눈치였다.

나는 골칫거리인 아이들에 대해 조금 안다. 찰리는 전혀 그런 부류가 아니었다. 아들이 집 밖으로 도는데도 왜 엄마가 그렇게 편안해하는지 이해가 되지 않았다.

"찰리가 우리랑 지내는 것은 물론 환영하지만, 부인이 기다리지 않을까 걱정이 됐어요."

그녀는 그 생각만으로도 겁을 먹는 눈치였다.

"그렇지 않아요, 리오. 저는 부인이 찰리를 한동안 거둬주기를 바라고 있어요. 당장은 찰리나 피터가 있을 방이 없거든요."

"아, 그러니까 부인은 찰리가 우리 집에서 지내는 게 괜찮다는 말이군요."

괜찮은 정도가 아닌 것 같았다. 그녀는 가슴에 한 손을 얹었다. 작은 칼을 든 손을.

"어머나, 물론이에요. 제가 괜히 겁을 먹었네요. 저는 찰리가 무슨 일을 저질러서 부인이 데리고 있을 수 없다고 말하러 온 줄 알았어요."

이때 나는 주위의 다른 여자들이 날 어떻게 보는지 처음으로 깨달았다. 나를 유스호스텔 같은 것을 운영하는 사람으로 본 것이다.

나는 한참 동안 그렇게 선 채로 어떻게 된 상황인지 설명을 들었다. 춥고 바람이 거센 날이어서 몸이 얼어붙을 지경이었다. 융숭한 대접을 바란 것은 아니었다. 찬바람이라도 피했으면 좋으련만 찰리 엄마는 문을 빼꼼히 열고서는 변명만 늘어놓았다.

아무튼 알고 보니 이 가여운 여인은 애가 열다섯 명이었다. 맨 위 세 아이는 몇 해 전에 일자리를 찾아 영국으로 떠났고 덕분에 동생들이 지낼 방이 생겼다. 하지만 영국에서 일이 잘못되어 두 아이가 집에 돌아왔다. 집이 이상하리만치 북적댔다. 우선 침대가 부족했고, 큰 아이 둘이 집에 돌아오니 여유가 없었다.

왜 큰 아이들이 집에 머물고, *끄트*머리 두 아이가 쫓겨 나갔는지는 나도 모르겠다. 그건 묻지 않았다. 그녀는 두 아이가 다른 곳에서 지내도록 부추겼다. 찰리는 우리 집에 떨어졌음이 분명했다. 바로 위 피터는 발리페르못에 있는 친구와 지내고 있었다.

나중에 도리스를 만나 이런 상황을 설명하자 도리스는 콧방귀를 뀌며 식탁 위로 담배 연기를 내뿜었다.

"애를 가지면 안 되는 여자들이 있다니까. 그 정도 생각 없는 여자들은 특히 더."

"내 생각도 그래. 그래도 두 아이가 갈 데가 있어서 천만다행이지."

그녀는 팔짱을 끼고서도 담배로 나를 가리키며 대꾸했다.

"다들 네가 봉인 줄 아나 봐. 틀림없어. '아, 나는 애들을 키울 수가 없어. 리오한테 보내야겠다. 리오가 영원히 잘 키워 줄 거야.'"

"허튼소리."

나는 담배 연기를 내보내려고 부엌 창문을 열며 말을 이었다.

"찰리는 여름까지만 여기서 지낼 거야. 그때는 형들이 일자리를 찾아 엄마한테 폐를 끼치지 않을 거고. 그럼 찰리는 집에 돌아갈 수 있겠지."

"그렇게 된다면 내 손에 장을 지진다."

도리스가 빙글빙글 웃으며 덧붙여 말했다.

"두고 보라고. 결국 넌 찰리를 떠맡게 될걸? 다른 애들 모두 그랬던 것처럼."

그녀의 말은 절반만 옳았다. 그것은 나중에 도리스가 지적했듯이, 내가 적어도 절반은 틀렸다는 뜻이었다.

어느 날 찰리는 이사를 했고, 결국 우리와 헤어졌다. 그
아이가 학교를 졸업하고 전기 기술자 교육을 수료한 후였
다. 그때 아이는 열아홉 살이었다. 그리고 그때까지 찰리 엄
마는 내게 집에 들어오라고 권한 적이 한 번도 없었다. 사람
들을 길바닥에 세워 두고 넋두리를 늘어놓는 일이 그녀의
전문 분야였다.

속수무책으로 방치된
네 살배기 아이

1980년대 중반, 내 아이들은 다 자랐지만 독립하지 않았고, 다른 아이 몇 명도 같이 지냈다. 로즈와 찰리도 여전히 우리 집에 살았고, 이따금 핑글라스 시장에서 데려오는 아이들도 있었다. 전반적으로 모든 게 자리 잡힌 것처럼 보였다.

하지만 그 상태가 오래가지는 않았다.

도리스는 그레이스라는 이웃 여자와 오랫동안 알고 지냈다. 그레이스는 아이가 셋이었다. 도리스와 그레이스는 세 아이가 태어나기 전부터 가까운 사이였는데, 도리스는 아이들에게 이모 같은 역할을 하려고 애썼다. 그런데 그레이스는 놀기 좋아하는 여자였고, 도리스와 아이들이 가까워지거나 말거나 별 관심이 없었다. 그레이스는 결혼한 적이 없으며 열 살 벤과 여덟 살 태미와 세 살 샤론은 아버지가 각각 달랐다. 그 시절에는 흔한 일이 아니었지만, 그레이스는 아이들을 데리고 살면서 아무에게도 숨기지 않고 혼자서 키웠다.

하지만 그레이스는 엄마 노릇에 쉽게 익숙해질 사람이 아니었다. 그녀는 즐거운 시간을 함께 보낼, 쉽게 만나고 헤어지는 애인을 찾아 배회하는 것 같았다. 도리스는 아이들이 오랫동안 방치된 채 저희끼리 대충 지낸다는 걸 알고 부아가 났다. 그녀가 끼어들어 '도와주려고' 애쓸수록 그레이스는 그녀를 멀리했다. 줄다리기가 벌어졌다.

어느 주말, 도리스에게 줄이 당겨 온 듯했다.

그레이스에게 새 남자 친구가 생겼다. 얼굴에 털이 숭숭 나고 표정 없이 무뚝뚝한 사내는 큰 덩치에 싸구려 양복을 걸치고, 괴상하게 생긴 구식 이탈리아 스포츠카를 몰았다. 지붕이 열리는 차로, 차 지붕은 낡아 물이 줄줄 샜다. 아일랜드에서 그런 차를 타는 것은 별난 짓이라고 다들 여겼다. 하지만 그레이스는 세상에서 가장 멋진 일이라고 생각했다. 그러니 어쩌겠는가? 최근에 그레이스는 집에 있는 시간보다, 물이 새는 차를 타고 머리가 새집이 되도록 돌아다니는 시간이 훨씬 많았다. 도리스는 그렇게 알고 있었다. 그레이스가 새 애인과 주말을 보내러 포타 섬에 간다고 하자, 도리스는 아이들을 누가 챙길 거냐고 걱정했다.

그레이스는 도리스의 말을 듣는 둥 마는 둥하며, 간섭을 피하려고 여행 계획을 애매하게 말했다.

다음 며칠간 도리스는 계속 그레이스의 집에 전화를 걸었지만 아무도 받지 않았다. 마침내 토요일 늦은 오후, 그녀는 그레이스의 집에 가서 어떤 상황인지 알아보기로 했다. 도리스는 그레이스가 '검사' 받는 것을 알면 분통을 터뜨리며 소동을 피울 거라고 했다. 몇 년 사이 술 때문인지 그레이스의 행동은 점점 종잡을 수 없었다. 도리스와 그레이스 같은 두 마녀가 정면으로 충돌하는 것에 비하면, 노르망디 상륙작전도 기껏해야 노처녀들의 다과 시간처럼 보일 터였다.

하지만 분통을 터뜨리고 소동을 피우는 일은 벌어지지 않았다. 아무도 문을 열어 주지 않았기 때문이다. 도리스는 안에서 무슨 소리가 났다고 생각하고 창문 안쪽을 들여다보았다. 눈에 들어온 광경이 그녀의 마음에 걸렸다.

도리스는 곧장 우리 집 부엌으로 들이닥쳐 팔을 휘저어 댔다.

"아니, 뭘 봤기에 그렇게 흥분한 거야?"

"벤을 봤어. 텔레비전은 켜졌는데 화면을 똑바로 보지 않는 거야 ……. 손에는 검은 쓰레기봉투를 들고 사방에다 빙빙 돌리고 있었어."

"별로 이상한 짓 같지 않은데?"

"그렇겠지. 그런데 어린 샤론이 아기 침대 안에서 얼굴이 파래지도록 울고 있더라고. 그런데도 벤은 그냥 쓰레기봉투만 빙빙 돌리는 거야."

"텔레비전 소리 때문에 동생이 우는 소리를 못 들은 거 아니야?"

"말도 안 돼. 샤론이 아주 잘 보이는 위치였어. 아예 신경을 쓰지 않는 것 같았다니까."

"그레이스는 안 보이고?"

도리스가 고개를 끄덕였다.

"그레이스나 태미는 머리카락 한 올도 안 보이더라고. 그리고 '무뚝뚝'의 잘난 차도 안 보이고."

"그레이스가 자고 있었던 건 아닐까?"

"그 난리법석이 벌어지는데도?"

"그럼 술에 곯아떨어졌겠지."

도리스가 이맛살을 찌푸렸다.

"그럴지도 모르지. 하지만 그렇다고 해도 이상해. 전화를 했는데 왜 아무도 안 받아?"

그녀는 식탁에 놓인 접시에 담배를 비벼 끄고 말했다.

"느낌이 안 좋아. 그 집에 들어가서 어떻게 된 건지 알아봐야겠어. 같이 가 줄래?"

이것은 그레이스가 얼마나 노기등등해질 수 있는가를 알려 주는 말이었다. 도리스가 도움을 요청하는 상황은 별로 없었다. 노르망디 상륙작전의 격전지인 오마하비치에 혼자 걸어가 독일군에게 엿 먹으라고 말할 수 있는 사람이 도리스였다.

"그래. 가서 알아보자."

우리는 모직 점퍼를 걸치고, 편안한 신발을 신고, 차를 몰아 옆집과 다닥다닥 붙은 그레이스의 집으로 갔다.

먼저 누구나 할 만한 일을 했다. 우리는 현관문으로 가서 초인종을 눌렀다. 응답이 없자 문을 두드렸다. 그래도 대답이 없자 현관문을 열어 보려고 했다. 문이 열리지 않았다. 앞창을 들여다봤지만 아무도 보이지 않았다. 우리가 여기 오기 전에 도리스가 전화를 걸었지만 아무도 받지 않았다.

우리는 뒷문으로 가서 문을 더 두드렸다. 여전히 묵묵부답이었다.

뒤쪽 창문에서는 부엌을 지나 거실 구석이 보였고, 거기 샤론의 놀이 침대가 있었다. 아이의 발과 등이 보였다. 샤론은 누워서 낮잠을 자는 것 같았다.

하지만 초인종 소리가 요란하고 문을 두드리고 쾅쾅 치는데도 아이가 꿈쩍도 않는 게 이상했다.

도리스도 나와 똑같은 결론에 이르렀다. 그녀는 욕설을 내뱉었다.

"벤은 어디 있지? 태미는? 그레이스가 집에 없다면 도대체 저 아기는 누가 돌보는 거야?"

그녀는 뒷문 문고리를 잡아당기고 뒤틀었다. 그래도 문이 열리지 않자 발로 걷어찼다.

나는 계속 창문 안쪽을 들여다보았다. 이런 소동이 벌어지는데도 놀이 침대에 누운 아이가 아무 반응도 하지 않는다는 게 미심쩍었다.

"도리스, 우리가 저 안으로 들어가야겠어."

도리스는 문에 어깨를 대고 두드렸다.

"알아."

"자, 나를 도와줘."

나는 창틀에 무릎을 올리려고 애썼다. 창문 꼭대기의 빗장이 아주 단단하게 잠기지는 않은 것 같았다. 십 대 시절 통행금지 시간을 어겨 가며 집에 몰래 드나드는 데 선수였기 때문에, 이런 창문 정도는 열 수 있었다.

도리스는 어깨를 내밀어 내가 딛고 올라가게 해 주었다.

"머리빗 좀 줘 봐."

그녀는 핸드백을 뒤져 뾰족한 꼬챙이가 달린 머리빗을 꺼냈다. 그게 도리스랑 같이 있으면 좋은 점이었다. 말이 없어도 이심전심으로 통한다는 점.

나는 플라스틱 빗의 길고 뾰족한 꼬챙이를 창문 꼭대기의 틈새에 끼워 넣어 잠금 장치를 풀었다. 걸쇠가 올라갔고, 나는 개수대에 발을 딛고 바닥으로 내려갔다. 개수대에는 지저분하게 말라붙은 그릇이 쌓여 있었다. 나는 문으로 가서 도리스가 들어오도록 문을 열었다.

우리는 곧장 샤론의 놀이 침대로 갔다. 샤론은 여전히 움직이지 않았다. 정말 좋지 않은 상황 같았다.

나는 놀이 침대의 가장자리로 몸을 굽혔다. 세상에, 악취가 코를 찔렀다. 용변을 본 기저귀에서 나는 냄새 따위가 아니었다. 뭔가 썩어 가는 냄새였다.

나는 몸을 굽혀 샤론의 어깨를 건드렸다.

"샤론, 아가야 …… 깨어 있니? 정신 좀 차려 볼래?"

도리스가 내 뒤에 다가왔고, 곧 말을 잃었다.

샤론은 머리를 조금 움직이고 한 손을 얼굴에 올리며 칭얼대기만 했다.

아이는 꼬질꼬질한 티셔츠 말고는 아무것도 입지 않았다. 티셔츠가 헐렁한 걸 보면 자기 것도 아닌 오빠 옷인 것 같았다. 티셔츠 밑으로 축축하게 젖은, 줄줄 새는 기저귀를 차고 있었다. 샤론은 네 살이 다 된 나이였다. 그런 아이가 왜 기저귀를 차고 있을까? 해지고 더러운 담요가 샤론의 몸을 말고 있었다. 담요에서 독한 지린내가 풍겼다.

"아이는 괜찮아?"

도리스가 샤론에게 몸을 굽히려고 했다.

더 가까이 있던 내가 아이 이마를 손으로 짚었다. 열은 없었다. 오히려 너무 찼다. 아이 얼굴이 야위고 핼쑥했다.

"살아 있긴 한데 괜찮은 것 같진 않아. 완전히 엉망이야."

도리스는 찌푸린 얼굴로 샤론을 내려다보더니, 놀이 침대에서 물러났다.

"벤! 태미!"

그녀는 좁은 복도로 나가 계단 위에 대고 소리쳤다.

"벤! 집에 있으면 당장 이리로 내려와! 태미, 어디 있니?"

도리스가 쿵쿵대며 계단을 올라가는 소리가 들렸다. 차라리 거기 없는 게 아이들 신상에 좋을 터였다.

나는 거실을 둘러보았다. 족제비 가족이 활개 치고 돌아다닌 게 아닌가 싶을 만큼 어지럽고 더러웠다. 종이와 포장지 더미에서 아주 오래된 생선튀김과 감자튀김 냄새가 났다. 또 방에서는 담배 냄새가 풍겼다. 반쯤 채워진 재떨이들이 여기저기 뒹굴었다.

나는 얼룩진 소파 등받이를 덮고 있던 낡은 모직 가리개로 샤론의 몸을 감싸 안았다. 축 늘어진 기저귀에서 배설물이 줄줄 흘러내렸다.

도리스가 쿵쾅대며 계단을 내려왔다. 얼굴이 새파랗게 질리고 일그러졌다. 곧 분노가 터져 나올 기세였다.

"망할 자식들은 보이지 않고 그레이스는 나간 지 오래됐어. 화장품이랑 칫솔이 안 보여."

도리스는 샤론의 이마를 만지고 작은 얼굴을 들여다보며 말했다.

"괜찮니, 아가야?"

샤론이 살짝 몸을 뒤틀었다.

"배고파."

아이가 간신히 속삭였다.

나는 소파 가리개를 더 단단히 여몄다.

"가자. 아이를 데리고 나가자. 씻기고 뭘 좀 먹여야지."

우리는 복도로 향했다. 도리스가 막 문고리에 손을 뻗는데 열쇠가 돌아가는 소리가 들리더니 문이 벌컥 열렸다. 한 손에 생선과 감자튀김 봉지를 들고 다른 손에 캔 음료를 든 벤이 서 있었다. 벤은 우리를 보자 눈을 끔뻑거렸다.

"여기서 뭐 해요?"

화가 치솟다 못해 폭발할 것 같은 도리스가 아이의 귀를 찢어 콧구멍에 처넣지 않은 게 다행이었다. 그녀가 벤의 멱살을 움켜쥐자 감자튀김이 바닥에 쏟아졌다.

"이거 내 저녁거린데!"

그때 샤론이 소리를 내기 시작했다. 울지는 않았지만, 신음치고는 소리가 컸고, 가슴 저미는 애처로운 소리였다. 너무 시달린 나머지 울 수도 없는 사람이 내는 소리가 그럴까! 샤론이 감정적으로 기운이 빠진 건지, 육체적으로 탈진한 건지 가늠하기는 어려웠다. 하지만 오빠 목소리를 듣고 아이가 어찌나 부들부들 떠는지 내 이빨이 딱딱 부딪칠 지경이었다.

벤은 우리가 샤론을 데리고 있는 것을 알아차렸다.

"무슨 짓을 ……."

벤이 말을 끝내기도 전에 도리스가 다시 아이 목덜미를 잡았다. 그녀가 말했다.

"지금까지 어디 있었니? 태미는 어디 있고? 왜 아기를 혼자 뒀어?"

벤이 어깨를 으쓱했다.

"태미는 친구 집에 갔어요. 난 먹을 걸 사러 갔다 왔고요."

벤은 고개로 여동생 쪽을 가리키며 덧붙였다.

"애는 괜찮은데요."

"괜찮다고?"

도리스가 다시 벤을 흔들며 말했다.

"저 냄새가 안 나? 네 눈에는 저게 괜찮은 거니?"

벤은 또 어깨를 으쓱했다. 아이한테서 독한 담배 냄새가 났다. 열 살 먹은 남자애한테서 담배 냄새라니 이상한 일이었다. 아이는 여동생을 본체만체했고 우리는 신경도 안 쓰는 눈치였다. 오로지 쏟아진 감자튀김만 마음에 걸리는 모양이었다.

도리스가 벤을 놓아주었다.

"네 엄마는 어디 있니?"

벤이 이죽이죽 웃었다.

"나갔어요. 며칠 됐어요."

"며칠?"

"예. 이제 튀김을 주워도 되나요?"

도리스가 벤을 노려보았다.

"뭐?"

"튀김이요. 바닥에 떨어진 걸 주워도 되냐고요."

도리스는 생전 처음 보는 것처럼 벤을 쳐다보았다. 정확히 말하자면 벤한테서 이런 모습을 본 적이 없었다.

벤은 이 순간을 기회로 삼아 몸을 굽히고 감자튀김을 집어 종이봉투에 담았다.

마침내 내가 나서야겠다고 생각했다.

"저기, 벤. 우리가 샤론을 데려가려고 해."

벤은 몸을 펴고 서서 감자튀김 한 개를 입에 넣었다.

"예, 알았어요."

"네 엄마가 전화하면 우리가 어떻게 했는지 분명히 전해야 한다."

벤은 우리 앞을 지나쳐 거실로 갔다. 거기서 벤이 말하는 소리가 들렸다.

"전화 안 할걸요?"

그러더니 아이는 텔레비전 스위치를 켰다.

도리스가 거실 쪽으로 가려고 했다. 살기 등등한 눈빛은 아니었지만 친절한 눈빛도 아니었다. 나는 도리스의 팔을 잡았다.

"내버려 둬. 애랑 네 친구는 나중에 혼꾸멍내자고. 얼른 샤론을 데리고 여기서 나가자."

도리스가 고개를 끄덕였다. 그녀는 화가 치밀어, 샤론만

큼이나 부들부들 떨고 있었다.

현관문 밖으로 나가기 전에, 나는 몸을 돌려 벤에게 소리쳤다.

"필요한 게 있으면 전화해라. 도리스가 바로 길 아래 산다는 건 알지? 꼭 전화해."

텔레비전 소리가 났지만 아주 크지는 않았다. 벤이 내 말을 못 들었을 리는 없다. 하지만 아이는 대답하지 않았다. 우리는 그렇게 떠났다.

차로 향하며 내가 중얼댔다.

"저 집구석은 완전히 엉망이네. 그런데 벤이 쓰레기봉투를 들고 있는 걸 본 적 있다고 했지?"

도리스가 나를 보았다.

"그랬지. 분명히 봤어."

"도대체 녀석이 무슨 짓을 하고 있었을까? 집을 치우는 건 분명히 아니었을 테고."

우리 둘 다 그 이유를 짐작조차 못 했다.

집에 돌아오자마자 우리는 목욕탕으로 달려가 뜨거운 물을 받았다. 그런 다음 샤론의 몸에서 더러운 옷을 벗겼다. 나는 아이를 양동이 안에 세우고, 기저귀를 벗겼다. 샤론이 욕조에 들어가도 될 때까지 몇 번이나 씻겼다. 기껏 받아 놓은 물이 더러워질까 봐 그랬는지도 모르겠다. 샤론의 몸 구석구석을 스펀지로 닦는 사이, 아이에게 우유를 주었다. 샤론이 어찌나 허겁지겁 우유를 마시는지, 사레들릴까 봐 걱정스러웠다. 나는 도리스에게 작은 머그잔에 따뜻한 우유를 담아 꿀을 넣어 오라고 시켰고, 샤론에게 천천히 먹였다. 우유를 마시자 아이는 조금 기운을 찾는 듯했다.

우리는 샤론을 욕조에 앉히고 때를 더 벗기면서, 돌아가는 상황을 파악할 수 있었다. 아이를 욕조에서 꺼내 앙상한 팔다리를 부드러운 수건으로 닦는 동안, 도리스는 샤론의 얼굴을 차마 볼 수가 없었는지 시선을 돌렸다. 아니, 흐르는 눈물을 보이지 않기 위해서였을 것이다.

샤론은 네 살이 다 되었지만 몸집만 보면 훨씬 어린 아이 같았다. 광고에서 보는 굶주리는 아프리카 아이들처럼 갈비뼈가 튀어나왔다. 수척한 얼굴과 눈 밑의 거뭇거뭇한 부위를 보면 탈수 상태가 분명했다. 더럽고 축축한 기저귀를 너무 오래 찬 탓에 엉덩이가 짓물렀다. 샤론은 혼자서 변을 볼 수 있었지만, 그레이스는 나갈 때마다 아이에게 기저귀를 채우는 게 더 편하다고 생각했음이 틀림없다. 그녀는 아이를 놀이 침대에 혼자 놔두고 집을 비웠다. 하루 이틀도 아니고 며칠씩 그랬다.

그것만 해도 안타깝기 짝이 없는데, 샤론의 등과 다리에 멍든 흔적이 여럿 보였다. 어린아이들이 이리저리 부딪치고 넘어지는 것은 흔한 일이다. 하지만 멍든 자국이 지나치게 많고 한데 몰려 있었다. 누런 초록빛을 띤 오래된 흔적도 있고 생긴지 얼마 안 된 듯한 진보랏빛 흔적도 보였다. 팔과 발목 여기저기에 둥글고 작은 분홍빛 자국이 반들거렸다. 이 상처는 완전히 다른 걸 말해 주었다. 특히 딱지가 앉지 않은 부위들은 누가 봐도 덴 자국이었다. 크기와 모양이 담배 끄트머리와 똑같았다. 샤론의 몸에 그런 화상이 적어도 열두어 군데였다.

식사를 마친 다음 아이를 침대에 눕혔다. 샤론은 금방 잠에 빠졌다. 우리는 다시 아래층으로 내려왔다. 도리스와 나는 부엌에 선 채 서로 쳐다보았다. 나는 한마디도 하지 않고 뒷문으로 나가 담을 두른 마당으로 갔다. 도리스가 뒤따라 나왔다. 나는 심호흡을 한 다음 벤치로 걸어갔다. 거기 금잔화를 심은 작은 화분들이 옹기종기 놓여 있었다. 나는 잠시 정원 담장을 보다가 화분 하나를 집어 들고, 있는 힘껏 담장에 내던졌다. 도리스도 말없이 다가와 똑같이 했다. 그녀는 화분을 던지며 고함을 질렀다. 우리 둘 다 거기 서서 흙으로 얼룩진 담장을 멍하니 바라보았다. 눈물이 뺨을 타고 흘러내렸다. 나는 폭력적인 여자가 아니다. 하지만 혹시라도 그레이스가 그 순간 우리 정원에 들어섰다면 난 그녀를 죽이고 말았을 것이다.

이틀 후 그레이스는 잔뜩 흥분한 상태로 우리 집에 왔다. 도리스와 나는 한바탕 소란이 일어날 거라고 예상하고 마음의 준비를 단단히 했다. 하지만 그녀도 멍청이는 아니었다. 내가 경찰과 사회복지국에 연락할 가능성만 언급했는데도 그녀는 움츠러들었다. 그녀와 도리스를 한방에 두는 것은 안전하지 않았기에, 내가 나서서 다른 때보다 훨씬 더 차분하고 논리적으로 이야기를 건넸다. 간단히 요약하면, 샤론은 우리 집에서 지낼 것이며 그렇지 않으면 내가 당국에 고발하겠다는 내용이었다. 나는 그레이스에게 이것은 입씨름을 벌일 일이 아니라고 분명하게 선을 그었다.

그레이스는 샤론을 쉽게 포기하지 않았지만, 내가 멍 자국과 흉터에 대해 말하자 화들짝 겁을 먹었다. 이리저리 꿰맞추니 슬픈 정황이 드러났다. 그레이스는 정기적으로 벤에게 샤론을 돌보는 일을 떠맡겼다. 주말과 방과 후는 당연했고, 당시 홀딱 빠진 남자랑 허구한 날 '휴가'를 떠난 동안에도 그랬다. 벤이 샤론을 돌볼 때마다 태미는 슬그머니 친구 집으로 가 버렸다. 그리고 벤은 애를 보는 일이 귀찮아서 나름대로 잔머리를 굴렸던 것이다. 거기에는 때리고 담뱃불로 지지는 행동이 포함되었다. 담배에 불을 붙여 여동생 몸을 지진 것은 열 살 먹은 아이의 짓이었다. 벤은 실제로 담배를 피우지는 않았다. 엄마라는 사람이 딸의 몸에 난 멍 자국과 화상을 알아차리지도 못했다는 것은, 샤론을 얼마나 방치했는지 보여주는 명백한 증거였다.

이후 몇 달 동안 그레이스는 샤론을 다시 데려갈 수 있도록 집을 꾸민다며 요란을 떨었다. 그 소식을 들었을 때 도리스와 나는 허튼수작임을 짐작했다. 여전히 그레이스는 다른 애인들과 놀아나느라 정신을 못 차렸기 때문이다. 마침내 그중에서 어떤 한심한 작자에게 홀딱 빠졌고, 그 남자를 따라 벤과 태미를 데리고 캐나다로 이주했다. 샤론은 계속 우리 집에서 지냈다.

다른 의문점이 풀린 것은 샤론이 우리 집에 오고 며칠 지나서였다. 샤론이 거실에서 텔레비전을 보고 있을 때, 나는 어질러진 쓰레기를 치우려고 검은 비닐봉지를 들고 지나갔다. 샤론이 혼비백산해서 소파 뒤로 숨었다. 샤론이 검은 봉지를 겁낸다는 것을 벤이 어떻게 알았는지 모르겠다. 하지만 어찌어찌해서 벤이 그런 사실을 간파했거나, 아니면 검은 봉지를 무서워할 만한 짓을 벤이 샤론에게 저질렀을지도 모른다. 샤론을 괴롭히려면 검은 봉지만 흔들면 그만이었다. 벤은 별다른 이유도 없이 동생이 비명을 지르게 하려고 그런 짓을 했다.

샤론에게 심각한 문제가 있다는 것은 머지 않아 드러났다. 어느 날 오후, 나는 샤론을 데리고 공원에 갔다가 유모차에 어린 아기를 태우고 나온 지인을 만났다. 나는 갓난아기가 예쁘다고 칭찬했고 우리는 수다를 떨었다. 그런데 문득 정신을 차려 보니 샤론이 유모차에 손을 뻗어 아기의 어깨를 잡아 흔들어 대고 있었다.

우리는 당장 뜯어말렸다. 샤론은 사나운 개가 쥐를 물고 늘어지기라도 하듯이 아기에게 달려들었다. 아주 끔찍한 일이었다. 그 후 나는 아기들 근처에는 샤론이 얼씬도 못 하게 했다.

샤론이 유치원에 다니면서, 다른 아이들과 교류하는 데도 문제가 있음을 알게 되었다. 샤론은 아이들 뺨을 때리고 깨물기도 했다. 마구 떼를 쓰는 일도 허다했다. 나는 도움을 구해야만 했다.

샤론이 여섯 살이 되었을 때 심리치료사에게 데려갔다. 다른 치료도 병행하려고 온 동네를 샅샅이 돌았다. 샤론은 심리치료를 받고 공격성 통제와 학습 장애에 관련된 도움도 받았다. 사회적 관계 기술을 익히기 위한 교습도 받았다. 별의별 방법을 다 써 봤다. 무슨 시도든 기꺼이 했다. 가여운 아이가 절망과 고통 속에서 인생을 시작했으니, 어떤 도움이든 받을 자격이 있다고 믿었다.

시간이 흐르면서 샤론은 좋아졌지만, 내가 키운 여느 아이들과는 달랐다. 우리 집에 오는 어떤 아이와도 유대감을 형성하지 못했다. 아무도 좋아하거나 신뢰하지 못하는 것 같았다. 심지어 나 역시 믿지 않았다. 십 대에 들어서자 상황은 더 심각해졌다. 고집불통에다 툭하면 거짓말을 하고, 공격적으로 행동하고, 이기적으로 굴었다. 도리스와 나는 궁리할 만한 방법을 다 써 보았으나 샤론은 기회가 있을 때마다 우리를 공격했다.

이십 대에 접어들자 샤론의 공격성이 눈에 띄게 잦아들어 최악의 상황은 끝났다 싶었다. 하지만 샤론은 여전히 우울증에 시달렸고, 관계 유지에 애를 먹었다. 도리스는 좀 더일찍 상황을 파악하지 못한 자기도 책임이 있다며 안타까워했다. 사정을 더 빨리 알아차려 일찌감치 샤론을 데리고 나왔다면 피해를 막을 수 있었을 거라고 했다.

그랬을지도 모른다. 그러나 어떤 것은 아무리 일찍 깨달아도 해결할 수 없다. 너무나 어린 나이에, 너무 가혹하게 입은 상처는 치유되지 못한다.

위탁가정조차 갈 수 없는
병든 아이

니어리 신부는 우리 집을 여러 번 찾아왔다. 첫 방문은 이십여 년 전이었다. 그 시절에 그는 교구 신부였고, 이제는 좀더 폭넓은 업무를 맡아 사회복지국과 함께 서^西더블린 지역의 가족들을 지원했다. 그는 나를 그 일에 끌어들이려고 갖은 애를 다 쓰고 있었다.

현관 밖에서 두 사람이 나누는 말소리가 들렸다.

"오셨어요, 신부님?"

"잘 지냈니? 안에 계시냐?"

"예. 들어오세요."

함께 사는 여덟 살짜리 아이가 문을 활짝 열며 니어리 신부에게 물었다.

"아이스바 드실래요? 더 있거든요. 빨간색이 최고로 맛있어요.”

“아니, 됐다. 하지만 권해 주니 정말 고맙구나.”

아이는 아직 어렸지만, 아이스크림을 먹으며 손님에게 권하지 않는 것은 실례라고 생각했다.

아이가 니어리 신부를 부엌으로 안내했다. 스토브에서 냄비 여러 개가 부글부글 끓었다. 아이 둘이 차지한 식탁에는 교과서며 종이, 연필, 크레용이 흩어져 있었다. 아이들은 재잘거리며 책장을 넘겼다. 벽에는 구구단표 두 장이 붙어 있었다. 주변 선반 위에는 천사, 요정, 나비 모양의 인형이 놓여 있었다. 정원에서는 아이들이 축구를 하느라 시끌벅적했다. 개가 짖어 댔다. 분명히 니어리 신부는 벌집에 들어온 것 같다고 생각했으리라.

나는 개수대 앞에서 저녁 때 먹을 생닭 두 마리를 씻고 있었다. 니어리 신부가 가까이 온 것을 느끼고 안경 너머로 신부를 올려다봤다.

“잘 지내셨어요, 신부님?”

“잘 지냈어요. 아주 잘 지냅니다. 리오는 어때요?”

“더할 나위 없죠. 차 한 잔 드실래요? 샤론, 주전자 좀 올려놓을래? 착하지?”

“아니, 아니에요. 오래 있지 않을 거예요. 뭘 좀 부탁하려고 왔어요.”

나는 개수대에서 닭을 건져 구이 판에 올려놓았다.

"안 돼요. 제발 부탁 같은 건 하지 마세요. 집 꼴을 보면 아시잖아요."

"물론 알지요. 그래도 리오의 도움을 얻을 수 있겠지요?"

나는 생닭에 소금과 후추를 뿌리며 식탁을 건너다보았다.

"크리스틴! 숙제할 때는 크레용을 사용하지 마. 연필을 쓰거라."

나는 다시 니어리 신부를 보며 말을 이었다.

"제가 도울 수 있는 일이 뭔데요, 신부님?"

"리오의 도움이 필요한 가족이 있어요. 물론 나도 돕는 거지요. 이것은 공식적인 일이 될 겁니다."

"공식적이요? 그게 무슨 뜻이건 …… 지금 당장은 아이들을 못 받아요. 그건 신부님도 아시잖아요."

"그럼요, 이해하지요. 그래도 ……."

니어리 신부는 한 걸음 물러섰다. 패트릭이 부엌으로 뛰어들다가 하마터면 그와 부딪힐 뻔했다. 신부가 하던 말을 마무리했다.

"리오가 어머니 몇 명을 도와주면 좋겠어요."

나는 눈썹을 치뜨며 수건에 손을 닦았다.

"어머니요?"

"예. 어려움을 겪는 가정이 몇 있는데, 살림이 자리 잡도록 도와줄 리오 같은 사람이 필요해요. 집을 꽉 채운 아이들과 청소, 세탁, 학교 공부 등을 관리하도록 도와줄 사람이."

니어리 신부는 부엌을 손으로 가리키며 말을 이었다.

"그 어머니들은 가정을 관리하는 방법을 익히지 않으면 자식들을 양부모에게 빼앗길 거예요. 우리는 일주일에 두세 번 그런 가정에 가서 그들이 체계를 잡아 가도록 도와줄 사람들을 찾고 있어요. 그런 분들을 '방문 가정 도우미'라고 부르지요."

나는 그 말을 듣고 빙긋 웃었다.

"제 꼴을 보세요, 신부님. '숙제'가 하도 많아서 제 코가 석 자라니까요."

니어리 신부는 미소 지었다.

"북쪽에서 온 아이들을 맡아 주는 걸 보고, 나는 리오가 얼마나 일을 체계적으로 하는지 알게 됐어요. 아이들이 그렇게 많은데도 일을 척척 처리했지요. 하지만 그러지 못하는 엄마들이 많아요. 나는 리오가 그런 사람들을 도와주면 좋겠어요. 자식이 열 명씩 되는데, 어떻게 해야 할지 몰라 쩔쩔매는 사람들이거든요. 그 사람들이 식사 계획을 짜고, 생활비 예산을 세우고, 아이들을 잘 돌보도록 가서 도와줘요. 관리를 잘하는 것은 드문 재능이에요. 난 리오가 그렇게 하는 것을 봤답니다."

나는 나무 주걱으로 창을 톡톡 치며 정원에 있는 아이에게 외쳤다.

"그걸 내려놔! 그리고 새뮤얼한테 신발 돌려주고!"

그러고는 니어리 신부에게 말했다.

"저는 제가 대충 터득한 것을 말해 주는 것밖에 못 해요. 그런 방법이 맞는지 틀렸는지도 모르고요. 저한테 그런 방법이 통하는 것뿐이죠."

"딱 그겁니다. 근처에 내가 맡은 가정이 있어요. 내일 나랑 같이 그 집을 방문해서, 할 수 있는 일이 무엇인지 살펴볼래요?"

나는 신부와 이야기를 하면서도 챙길 일이 많았다.

"샤론, 빨랫줄에 걸린 옷이 말랐는지 봐 줄래?"

샤론이 일어서는 걸 보고는, 니어리 신부 쪽으로 고개를 돌리며 안경을 고쳐 썼다.

"찾아가서 제가 도울 만한 일이 있는지 볼 수야 있겠지요. 하지만 온종일 그 일에 매달린다고는 약속 못 해요."

"그건 괜찮아요. 잘됐네요. 내가 아침 열 시에 데리러 오지요. 그래도 괜찮겠어요?"

"괜찮아요."

"정말 고마워요, 리오. 내일 봅시다."

그가 나가려고 몸을 돌렸다.

"신부님!"

"예?"

"거듭 말씀드리지만, 더 이상 아이들은 못 데려와요!"

"알아요. 고마워요, 리오."

이튿날 니어리 신부는 나를 데리러 왔고, 우리는 차를 타고 카운슬 아파트(구에서 저소득층에게 임대하는 아파트_옮긴이)로 향했다. 우리가 방문할 곳은 부모와 일곱 자녀, 곧 태어날 아기로 이루어진 가정이었다. 그들은 가족 수에 비해 너무 좁은 아파트에서 북적댔다. 니어리 신부가 이들이 살 만한 집을 알아보는 중이었지만, 당장은 그들 자신이 현재의 주거 상태를 관리해야 했다.

건물 외관은 썰렁한 사각형 건물이었다. 여기저기 쓰레기가 나뒹굴고, 자전거가 여러 대 서 있거나 쓰러져 있고, 개똥이 널려 있었다. 우리는 계단을 올라 삼 층으로 갔다.

니어리 신부가 머뭇거리며 말했다.

"여긴데 …… 리오에게 미리 경고를 해야 할 것 같군요."

"저한테 경고요? 문지방을 넘는 순간에 저한테 경고하시겠다고요?"

"미안해요. 이곳 상태가 좀 안 좋아요. 이 사람들에게 리오의 도움이 필요한 것도 그 때문이지요."

니어리 신부가 문을 두드렸다.

문이 열렸을 때 나는 앞에 서 있는 여자아이를 보지 못했다. 안에서 풍겨 나오는 역한 기운이 내 머리통을 휘갈기는 것 같았기 때문이다.

니어리 신부가 안으로 들어서자 소동이 더 심해졌다. 작은 손들이 그의 다리와 팔에 달려들었다. 네 아이 모두 목청껏 소리를 질러 댔다.

"사탕! 사탕 어딨어?"

신부는 걸음을 멈추고 코트 주머니에 손을 넣었다.

"사탕이 여기 들어 있나 ……."

그는 잠시 서서 당황스러운 표정을 지으며 덧붙였다.

"아차, 사탕을 깜빡했구나."

신음과 한숨 소리가 들끓었다. 다섯 살쯤으로 보이는 남자아이가 고래고래 외쳤다.

"그걸 잊어버리면 어떡해, 이 나쁜 놈아."

나는 숨이 넘어갈 뻔했다.

"그런 말은 하면 안 돼!"

나는 안경 너머로 매서운 엄마 눈빛을 보냈다. 그 녀석은 내 정강이를 차는 것으로 대답했다.

"어이쿠!"

나는 허리를 숙여 다리를 문질렀다.

사내아이는 낼름 혀를 내밀어 보이고는, 동생들 중 한 명을 밀치며 신부의 팔을 꽉 잡았다.

"사탕 있어, 없어?"

니어리 신부는 문을 닫을 수 있도록 한 발짝 앞으로 들어서며 말했다.

"알았다, 알았어. 장난 친 거야. 자, 여기 사탕."

그가 주머니에서 사탕을 한 움큼 꺼내 아이들에게 내밀

었다. 그 결과는 자연 다큐멘터리에서 하이에나 떼가 달려드는 장면과 비슷했다.

아이들이 사탕에 정신이 팔린 사이 나는 방 안을 둘러보았다. 비좁은 공간에 뭐가 뭔지 모를 물건들이 아무렇게나 쌓여 있었다. 한쪽 구석에는 해체한 자동차 엔진 부품들이 뒤섞여 있고, 깨끗해 보이지 않는 옷과 담요 더미하며 구깃구깃한 신문지 뭉치가 사방에 흩어져 있었다. 방의 끄트머리에 있는 것은 부엌인 듯했다. 식탁과 의자들이 있고, 음식을 담았던 그릇과 포크, 말라붙은 프라이팬과 다른 조리 도구가 뒤죽박죽 쌓여 있었다. 여기저기 기름 덩이와 음식 찌꺼기가 널린 카펫 위를 파리들이 유유자적 기어 다녔다.

축 처진 소파 옆에는 종이 상자들과 거무죽죽하고 너덜너덜한 쿠션들이 반원 모양으로 늘어서 있었다. 쿠션 뒤에서 붉은빛이 도는 곱슬머리가 엿보였다. 소파로 다가가니 두 돌이 채 안 되어 보이는 여자 아기였다. 아기가 바닥에 떨어지지 않도록 대충 쿠션을 울타리 삼아 둘레에 쳐 놓았다. 아기는 꾀죄죄한 티셔츠 말고는 아무것도 입지 않았다. 아기 아래쪽 바닥은 신문지로 가리려 했던 것 같다. 신문지가 흥건히 젖어 군데군데 찢어지고, 푸르죽죽한 갈색 점액 덩어리가 스며 있었다. 아기는 옆으로 누워 내 쪽을 쳐다보았다. 칭얼거리는 소리밖에 나지 않았고, 숨을 내쉴 때마다 자그마한 가슴이 힘겹게 움직였다. 가까이 다가가자 아기의 시선이 내게 쏠렸다.

니어리 신부가 내 뒤로 다가왔다.

"저 녀석이 릴리예요. 막내지요. 태어날 때부터 폐 상태가 좋지 않아요. 또 다른 아기가 태어날 거라고 말했지요?"

"애들 엄마는 어디 있어요?"

나는 소리를 지르지 않으려고 이를 꽉 물어야 했다. 손을 부들부들 떨며, 제발 애 엄마가 집 안에 없기를 바랐다. 두어 발자국 앞에 있었다면 머리통을 날리지 않고는 못 배겼을 것이다.

신부는 문을 열어 주었던 소녀에게 몸을 돌렸다.

"엄마는 어디 계시니?"

소녀는 이맛살을 찌푸리며 머리칼을 귀 뒤로 넘겼다. 동생들은 혹시 바닥에 사탕이라도 떨어졌는지 살펴보느라 여기저기를 쑤석대고 있었다.

"쉬고 있어요. 쉴 때 누가 말 거는 거 싫어해요."

"괜찮단다. 엄마도 신부님을 만나고 싶어 하지 않을까?"

나는 미소를 지으려 애썼다. 늪에서 허우적거리는 듯한 이런 기분이 싫었다.

소녀는 자신 없는 표정을 지었지만, 아파트 뒤쪽으로 달려가 문을 노크하고 방으로 들어갔다.

니어리 신부가 내게 몸을 돌렸다.

"애들 엄마가 여기 나오려면 몇 분 걸릴 겁니다."

"그럼 제가 한번 둘러볼까요? 뭘 해야 될지 알아보죠."

어린아이들은 기저귀를 차고 있지 않았다. 사방에 신문지가 깔려 있는 것도 그런 이유에서였다. 앞쪽 방 왼쪽 문으로 고개를 들이미니 욕실이었다. 더운물이 나오지 않았다. 욕실에서 나는 냄새로 짐작이 되긴 했지만, 확실히 알아보기로 작정하고 변기 뚜껑을 올렸다. 귀신도 줄행랑칠 냄새를 풍기는 것이 잔뜩 들어 있었다. 나는 뚜껑을 내리고 구역질을 참으며 얼른 세면대에 찬물을 틀었다. 비누나 수건이 어디 있나 두리번거렸다. 집 안은 온통 신문지로 뒤덮였다. 더러운 옷가지와 접시들이 아무 데나 널브러져 있었다.

부엌으로 가서 음식물이 있는지 알아보려고 찬장을 열었다. 밑바닥에 부스러기만 조금 남은 시리얼 상자가 있었다. 지저분한 플라스틱 컵 몇 개와 홍차 티백 한 상자, 보드카 몇 병, 그리고 찬장 선반 여기저기에 거무튀튀한 덩어리가 들러붙어 있었다. 아마도 쥐똥 같았다.

작은 냉장고는 바닥에 비스듬히 놓여 있었다. 냉장고 문을 여니, 곰팡이 특유의 불쾌하고 습한 냄새가 났다. 내 다리를 걷어찼던 남자애가 내 뒤에 있었다.

"고장 났어요."

"그런 것 같구나."

"우유랑 버터는 설거지통에 둬요. 찬물을 부어서요."

아이는 개수대로 가더니 우유가 반쯤 남은 작은 병을 꺼

냈다.

아이한테서 우유병을 건네받았다. 미지근했다. 개수대를 보니, 플라스틱으로 된 마가린 통이 물에 떠 있었다.

"아주 잘했어. 나한테 보여 줘서 고마워. 내가 여기서 몇 가지 더 둘러봐도 괜찮겠니?"

아이는 어깨를 으쓱하고 코를 후비면서 찬찬히 나를 지켜보았다.

나는 그릇과 냄비 더미를 살펴보고, 개수대 밑 찬장 문을 열었다. 거기다 쓰레기를 모아 두는 것 같았다. 플라스틱 양동이에는 음식 찌꺼기, 더러운 신문지, 음식 포장지, 빈 깡통이 가득 담겨 있었다. 구더기가 들끓었다.

나는 찬장 문을 쾅 닫았다.

허리를 펴고 개수대에 기대 눈을 감았다. 욕지기가 치밀었다. 목구멍으로 솟구치는 쓰디쓴 액체를 간신히 억눌렀다. 이 모습을 아이들에게 들킬세라 이를 악물었다.

등 뒤에서 발소리와 목소리가 들렸다. 뒤로 돌아서면 어떤 광경을 보게 될까? 이 집의 살림을 맡은 여자가 어떤 부류의 악마일지 알 수 없었다. 거구에다 밉살스러운, 이가 다 빠진 알코올 중독자일까? 아니면 앵앵거리는 목소리에 성질 고약한 마귀할멈일까? 어쨌든 이런 식으로 살림을 하는 여자라면 인간성 더러운 쓸모없는 작자일 터였다.

나는 몸을 돌려 니어리 신부를 보았다. 그 옆에 작고 연약

해 보이는 여자가 서 있었다. 골격과 움직임이 야리야리한 여자였다. 예전에 금발이었지만 이제 드문드문 잿빛이 도는 누리끼리한 머리를 고무줄로 동여맸다. 임신한 배가 볼썽사나웠다. 가녀린 몸매에 툭 튀어나온 배가 괴상망측해 보였다. 얼굴은 마흔 살쯤으로 젊어 보였지만, 눈가에 주름이 자글자글했다. 그녀는 머뭇머뭇 움직였다. 아이들이 주위에 몰려들자 손을 뻗어 아이들을 밀어냈다.

"밀지 좀 마! 누가 릴리를 보고 있니?"

그녀의 목소리는 놀라울 만큼 거칠고 사나워, 가냘픈 체구와 전혀 어울리지 않았다.

아이들이 한꺼번에 주절댔고, 맏아이가 릴리의 놀이 침대 구실을 하는 쿠션 더미로 냉큼 달려갔다. 보나 마나 아이의 침대도 거기일 것 같았다.

"리오, 이분이 매디입니다. 아이들 어머니지요."

나는 손을 내밀었다.

"반가워요."

매디는 미소 짓지 않았다. 퉁명스럽다거나 불친절해 보이지는 않았다. 그저 멍한 표정이었다.

"저, 다들 앉으세요."

그러면서 그녀는 창문에서 가장 먼 의자에 앉았다.

니어리 신부와 매디가 상의하는 동안 나는 입을 다물었다. 아이들을 바라보다가 가끔 매디에게 눈을 돌리며 두 사람이 나누는 대화에 귀를 기울였다. 이 가족이 이렇게 된 사연이 차츰 드러났다.

아이들 아버지는 허구한 날 집에 없었지만 아주 떠난 것은 아니었다. 그는 엔진 수리 같은 돈벌이가 될 만한 일을 시작했지만 성공할 만큼 관심을 기울이지 않았다. 실업수당은 유리창에 분 입김처럼 순식간에 사라졌고, 가족은 늘 모든 것이 부족했다. 남편이 주로 어디에 돈을 쓰느냐는 질문에 매디는 선뜻 대답하지 못했다. 그녀도 잘 몰랐다. 그녀는 남편이 술을 마실뿐더러 노름까지 한다고 의심했지만, 남편에게 대드는 것은 꿈도 못 꾸었다. 아이들 우윳값을 달라고 하는 것만으로도 진이 다 빠지는 듯했다.

매디가 임신한 후 몸이 좋지 않아 아이들 등교 준비도 꼬박꼬박 챙기지 못했다. 매디는 아침에 일어나지도 못하는 날이 많았다. 가장 어린 릴리와 세 살짜리 아들은 아직 똥오줌을 못 가렸다. 변기는 가끔가다 물이 내려갔고, 매디는 아이들 배변 훈련을 시킬 기운도 집중력도 바닥나서, 신문지를 깔고 사는 것으로 대신했다. 식사는 아무 때나 했고, 가끔씩 끼니를 거를 때도 있었다.

집 안의 모든 것에서 방치의 기운이 새어 나왔다. 매디는 자신의 선택이나 환경, 인생을 통제하는 희망 따위는 완전히 나 몰라라 하고 있었다. 아이들 아버지 역시 술, 목표 없음, 이유 모를 분노의 악영향 속에서 표류했다. 자녀들은 이렇게 방치당한 채, 사랑과 먹을 것에 굶주리며 근근이 버텨 나갔다.

이상한 기분이 들었다. 니어리 신부는 어떻게 내가 우리 집 장보기 목록과 세탁 당번표와 숙제 일정표를 들고 여기 와서 이들의 생활을 바꿀 수 있다고 생각한 것일까? 이토록 가슴이 답답했던 적이 없었다. 생전 처음 내가 부족한 것투성이에 보잘것없는 존재라는 느낌을 맛본 순간이었다.

이야기를 마치고 니어리 신부와 나는 작별 인사를 했다. 아이 둘은 밖에 나갔고, 나머지 아이들은 떠나려는 신부에게 매달렸다. 모두들 사탕을 더 달라고 졸랐고, 차를 타고 동네를 한 바퀴 돌자며 졸랐고, 가겟집에 데려가 달라고 졸랐다. 아이들은 조르고, 조르고, 또 졸라 댔다. 매디는 멍한 눈으로 웃음기 없이 의자에 그대로 앉아 있었다. 부푼 배를 꽉 움켜잡아 손 관절이 새하얗게 변했다.

현관문 바깥의 신선한 공기가 얼굴에 밀려들었다. 나는 기분 좋은 서늘함에 몸을 떨며, 방금 나온 곳의 후끈한 공기를 털어 냈다. 하지만 작별이 내 가슴을 갈가리 찢어 놓았다. 어떻게 이 아이들을 여기 두고 갈 수 있나? 그리고 과연 여기에 다시 올 수는 있으려나?

신부와 나는 말없이 계단을 내려갔다. 계단 중간에서 뱃속이 뒤틀렸다. 나는 비틀비틀 난간으로 가서, 몇 시간이나 참아 왔던 메슥거림에 끝내 토하고 말았다. 니어리 신부가 내 어깨를 토닥이며 중얼거렸다.

"알아요, 나도 알지요. 몹시 어려운 일이에요. 억장이 무너지고 …… 나도 압니다."

나는 주머니에서 휴지를 꺼내 입가를 닦았다. 눈물이 뺨을 타고 흘러내렸다.

"정말 돌아 버리겠네! 이런 말투를 양해해 주세요, 신부님. 하지만 도대체 저를 어떤 소굴로 끌어들이신 거예요?"

그는 힘없이 미소 지었다.

"나 자신도 궁금해요, 리오. 이건 완전히 새로운 영역이에요. 우린 일을 진행하면서 파악해야 할 게 많아요."

우리는 계단을 내려갔다. 차를 타고 집으로 돌아가는 길은 아주 짧았다. 나는 평소와 달리 조용히 있었다. 니어리 신부가 내 말문을 열게 하려고 애썼다. 그는 그런 가정을 돕고자 세운 계획들을 설명했다. 또 가정 도우미들이 교회와 자선 단체보다 훨씬 많은 일을 해 줄 거라고 했다. 하지만 그는 나를 대화에 끌어들일 수 없었다.

우리 집 앞에 차가 멈추자 나는 잠시 앉아 있었다.

"이제 뭘 하지요, 신부님?"

"아, 그러니까 돕고 싶은 거군요. 그렇죠? 그 말을 들으니

다행이네요."

"이처럼 내키지 않는 일은 아마 없을 거예요. 그런데 신부님도 아시겠지만, 저는 모른 체할 수가 없네요. 그러니 어디서부터 시작하지요?"

"내일 같이 갈 수 있겠어요? 리오랑 다른 가정 도우미가 매디네 가족이 집안 청소를 시작할 수 있게 도와주면 돼요. 나는 사회복지사와 함께 몇 가지 일을 정리하고요."

"알겠어요. 그건 할 수 있어요."

나는 차에서 내렸다. 차 문을 닫기 전에 고개를 숙여 니어리 신부에게 말했다.

"하지만 아이를 데려오진 않을 거예요. 그건 확실히 해두죠. 어떤 사회복지사건 제 일에 이러쿵저러쿵 간섭하면 안 되고요."

신부가 고개를 끄덕였다.

"압니다. 알다마다요. 리오가 하는 일이라면 뭐든 난 고맙게 생각할 겁니다."

"알겠어요."

나는 차문을 닫았다.

그다음 몇 주 동안 헬렌이라는 가정 도우미와 함께 그 아파트에 몇 차례 갔다. 우리는 쓰레기를 치우고, 아이들에게 비질, 먼지 털기, 걸레질하는 법을 가르쳤다. 또 바닥, 변기, 개수대, 그릇 닦는 방법까지 일일이 가르치느라 몇 시간을 보냈다. 빨래도 해야 했다. 장볼 목록도 작성해야 했다. 아이들을 깨우고 학교에 보낼 일정표도 만들어야 했다.

모든 일이 진행되는 동안 매디는 멀찌감치 물러나 무관심하게 있었다. 아이들 아빠는 거의 보이지 않았고, 불쑥 나타나서는 성질을 부리기 일쑤였다.

우리는 릴리가 쓸 만한 놀이 침대를 찾아냈고, 매디가 릴리를 직접 씻기고 데리고 놀게 하려고 갖은 애를 다 썼다. 꼬맹이는 태어난 뒤로 폐 질환에 시달려 약물 치료를 받아야 할 것 같았다. 사회복지사와 가정 방문 간호사가 나서서 매디에게 약을 먹이는 법과 호흡 치료법을 가르쳤다. 하지만 매디는 이 일에도 관여하지 않았다. 멀찍이 보고만 있다가 슬그머니 사라져 버리곤 했다.

나로서는 릴리와 보내는 시간만이 성취감을 맛보는 순간이었다. 처음에 릴리는 섬뜩할 만큼 조용한 아이였지만 시간이 지나면서 차츰 기운을 차리고 장난기도 생겼다. 말은 몇 마디밖에 못 했지만, 영리하니 더 많이 배울 터였다. 릴리에게는 시간이 필요했다. 치유할 시간, 더 튼튼해질 시간. 그러나 간호사는 약을 규칙적으로 먹이지 않고 치료를 병행하지 않으면 시간이 흘러 봤자 할 수 있는 게 별로 없을 거라고 경고했다. 매디는 릴리가 목숨을 부지하도록 도우려는 능력이나 의지가 없는 것 같았다. 나는 번번이 사투를 벌이다시피 했고 그것이 나를 지치게 했다.

헬렌과 내가 그 집에 가면 매디는 침대에 누워 있을 때가 많았다. 우리가 모든 것을 정돈해 놓으면 아이들이나 아버지가 헝클어 놓았다. 아이들은 저희끼리 남기 무섭게 아수라장을 만들었고, 아버지는 취해서 신부와 가정 도우미들을 내쫓겠다고 버럭버럭 소리를 질러 댔다.

일주일에 한 번씩 간호사가 방문해서 매디의 임신 상태를 점검했다. 매디는 비타민을 복용하고 몸을 움직여야 하는데도 어두운 방과 퀴퀴한 냄새 나는 이불로 이루어진 세상 속으로 점점 더 빠져드는 것 같았다. 그녀가 지내고 싶은 공간은 거기밖에 없었다. 그녀는 먹지도 않았다. 그녀는 자녀들과의 시간을 즐기기는커녕 견디지 못했다. 우리는 그녀를 잃어 가고 있었다.

이른 아침, 우리 집 초인종이 울렸다. 나는 이미 깨어 있었다. 가운과 슬리퍼 차림으로, 아이들이 학교에 가져갈 도시락을 만들려고 빵과 햄을 꺼내던 참이었다. 청소부나 그런 사람일 거라고 생각하며 현관문을 열었다. 설마 니어리 신부가 찾아올 줄은 몰랐다. 잿빛 얼굴에 입가의 주름이 더 깊게 패여 있었다.

"하느님 맙소사, 놀랐잖아요! 안으로 들어오시죠."

그가 복도로 들어와 멈추었다.

"리오, 지금 매디의 집에 갈 수 있겠어요? 잠시 아이들과 같이 있을 사람이 필요해요."

"아, 물론이죠. 그런데 무슨 일이 생겼나요?"

"아기요."

"하느님 맙소사. 아, 자꾸 하느님을 들먹여 죄송해요. 가여운 아기가 일찍 나왔나 보네요!"

니어리 신부가 뭐라 대답할 새도 없이 나는 코트를 걸치며 위층에 대고 외쳤다.

"샤론! 이리 내려오렴. 네 도움이 필요하다."

나는 다시 신부에게 몸을 돌리고 말했다.

"핸드백 좀 가지고 올게요. …… 아이고, 저는 이 일을 치를 준비가 아직 안 됐어요. 애들 엄마는 병원에 있겠네요?"

"그래요. …… 상태가 좀 안 좋아요."

니어리 신부는 예전에도 이런 소식을 전한 적이 있었다. 그는 잠시 뜸을 들였다.

"무슨 일인데요? 뭐가 잘못됐어요?"

"어젯밤 매디가 폭풍우 속을 헤매다 …… 오늘 아침에 발견됐는데 열이 펄펄 끓었답니다. 아기를 잃었고요."

그날 비가 내렸어야 했다. 하늘에서 비가 쏟아졌어야 마땅했다. 눈물을 흘리는 건지, 오줌을 누는 건지 몰라도 적어도 하늘이 우중충하기라도 했어야 마땅했다. 날씨라도 칙칙하고 황량했어야 했다. 수정같이 푸르고 낙천적인 겨울 햇살에 내 가슴이 무너져 내렸다.

니어리 신부의 차가 복잡한 도로를 누비며 매디의 아파트로 향했다. 사람들이 거리를 활보하며 지나갈 때 그 화사한 모습에 나는 눈을 깜빡였다. 그럴 수만 있다면! 시간을 되돌릴 수만 있다면 …….

아파트에 도착하니 사회복지사와 간호사가 와 있었다. 아이들은 평소와 달리 풀이 죽은 모습이었다. 뒤쪽 침실에서 사람들 말소리가 커졌다가 작아졌다. 무슨 말을 나누는지 알아들을 수 없었지만, 매디의 남편이 평소처럼 언성을 높이면 사회복지사가 나긋나긋한 목소리로 말을 끊는 것 같았다. 사회복지사는 술주정 부리는 그를 진정시키려고 애쓰고 있었다. 그는 혼란을 겪고 있었다.

니어리 신부와 사회복지사는 곧장 밀담을 나누었는데, 그녀는 한 뭉치의 서류를 손에 들고 있었다. 나는 아이들에게 갔다. 어린아이 둘이 일어나 나를 소파의 한쪽에 앉게 하고 자기들은 내 무릎 위로 올라왔다.

나는 눈을 끔뻑이며 억지로 미소를 지었다.

"자, 다들 아침은 먹었니? 뭐 필요한 거 있어?"

몇 명은 중얼대고 몇 명은 고개를 끄덕였다.

나는 어질러진 바닥을 둘러보았다.

"릴리는 어디 있니?"

"간호사 아줌마가 데리고 있어요. 릴리가 또 쌕쌕댔어요. 사탕 갖고 왔어요?"

나는 가장 가까이 있는 아이의 머리를 쓰다듬었다.

아이들이 더 몰려들었다.

사회복지사와 니어리 신부는 서류를 작성했고, 경찰관이 다녀갔다. 간호사는 왔다 갔다 했다. 아이들 아빠가 서명을 거부하겠다며 소란을 떨어 모두를 긴장시켰다. 그는 잠시 어디론가 사라졌다가 다시 돌아왔고, 술을 몇 잔 걸쳤기 때문인지 훨씬 고분고분해졌다. 결국 그는 무슨 일인지도 모른 채 사람들이 시키는 대로 하고는, 요란스레 문을 쾅 닫고 나갔다. 아이들에게 눈길조차 주지 않았다.

나는 애들을 화장실에 데려가고, 물을 갖다 주고, 차를 준비하고, 없어진 신발 한 짝을 찾아 주며 분주하게 움직였다. 하지만 다른 사람들이 하고 있는 일에 견주면, 아이들과 나는 옆에서 물레방아가 돌아가는데도 가만히 앉아 있는 것처럼 보였다.

마침내 때가 되었다. 니어리 신부는 아이들에게 위탁가정에 갈 거라고 설명했다. 세 명이 한 가정에, 세 명이 다른 가정에 가게 되었다고 말했다.

처음에 아이들은 니어리 신부가 다른 나라 말로 이야기하기라도 한 것처럼 멀뚱멀뚱 쳐다보기만 했다. 아이들은 위탁가정이 뭔지 몰랐다.

"너희는 한동안 다른 가족들과 살게 될 거야."

나는 내 말투가 명랑하게 들리기를 바랐다. 내 딴에는 무척이나 애를 쓰고 있었다.

맨 위 여자애가 먼저 알아들었다.

"왜요? 우리 엄마랑 살면 왜 안 되는데요?"

"지금 엄마가 병원에 계시잖니. 엄마가 건강해지면, 다시 집에 돌아올 수 있단다."

다섯 살 된 남자아이가 말했다.

"싫어! 난 안 가!"

니어리 신부는 허리를 굽히고 어린 남자아이의 눈을 들여다보았다.

"좀 무섭다는 건 알아. 하지만 먹을 것도 많고 각자 침대도 있는 집에서 살게 될 거야."

신부가 말하는 것을 아이들은 전혀 경험한 적이 없기에, 다들 우두커니 바라보기만 했다. 어린 여자아이 하나는 딸꾹질을 하기 시작했다.

"그리고 언제든지 나를 찾아와 만날 수 있단다."

내가 무슨 말을 했는지 깨달았을 때 혀를 깨물 뻔했다. 하지만 나는 그 말을 내뱉고 말았다.

그 말에 큰 아이 두 명의 눈매가 조금 누그러졌다. 어린 녀석들은 여전히 어떻게 해야 좋을지 모르는 표정이었다.

각자 소지품을 챙기고 코트와 모자를 찾고 정리를 하라는 지시를 받았다. 사회복지사는 아이들을 새 가정으로 데려갈 준비를 했다.

나는 아이들을 하나하나 안으며 작별 인사를 하고, 사탕을 나눠 주었다. 아이들이 볼까 봐 눈물은 꾹 참았다.

마침내 아이들이 다 떠났다. 한집에 살던 아이들이 여러 덩이 빵처럼 흩어졌다. 여섯 명밖에 안 되는데도.

"릴리는 어디 있어요?"

니어리 신부가 그렇게 지친 모습은 처음 봤다.

"간호사하고 침실에요."

"왜 언니 오빠들이랑 같이 안 가죠?"

신부가 의자에 앉았다. 그는 가볍게 몸을 흔들었다.

"릴리는 위탁가정에 갈 수가 없어요. 그렇게 위중한 병을 앓는 아이를 받아들일 위탁부모는 없으니까요. 릴리는 고아원으로 가게 될 겁니다."

마침내 감정을 분출할 거리가 생겼다. 화산이 폭발하듯 말을 마구 쏘아붙였다.

"고아원이요? 저 가여운 어린 것이요? 이 집 식구들이 죽을 둥 살 둥 그 고생을 했는데도요? 고아원이라니 기가 차는군요. 누구 하나 죽으라는 소리가 아니고 뭐예요!"

나는 상대방이 사제라는 것도 아랑곳하지 않았다. 평소라면 거친 운전자들과 뇌물이나 밝히는 경찰관들에게 던질 말이 내 입에서 줄줄 쏟아졌다. 나는 휘몰아치듯 침실로 들어갔다. 간호사가 침대에 옆으로 눕혀 놓은 릴리가 보였다. 아이는 가련하게 누워, 가슴을 들썩이며 쌔근쌔근 밭은 숨을 쉬었다. 간호사는 릴리의 약을 정리하고 있었다. 이미 싸 놓은 작은 가방 안에 옷가지 몇 개와 아이가 좋아하는 너덜너덜한 베개가 들어 있었다.

릴리는 고개를 살짝 들고 웃으며 한 손을 뻗었다. 나는 몸을 숙여 아이를 안아 올렸다. 조심조심 포근하게 안았다.

간호사가 내게 몸을 돌렸지만 아무 말도 하지 않았다. 니어리 신부가 나를 따라 방으로 들어왔다.

"자, 리오 …… 알다시피 이게 최선이에요. 이 아이가 얼마나 많은 도움이 필요한지 누구보다 리오가 잘 알잖아요."

"신부님이 처음으로 제대로 된 말씀을 하시네요! 릴리는 그 얼어 죽을 고아원보다 나은 게 필요해요. 이 아이에게 필요한 건 보호라고요. 정말이지 보호받아야 해요."

이제 내 얼굴은 눈물로 범벅되어 안경까지 흘러내렸다. 너무 오랫동안 눈물을 참고 있었던 것이다. 그 시간이 영원하기라도 하듯이, 눈물이 홍수처럼 쏟아졌다.

니어리 신부가 가까이 다가섰다.

"리오, 릴리는 돌봐 줄 사람한테 가정위탁되거나, 고아원에 가거나 둘 중 하나예요. 다른 선택의 여지가 없어요."

나는 그를 노려보았지만, 눈물방울이 맺히고 코를 훌쩍이는 바람에 그런 눈빛이 별로 효과가 없었을 것이다.

간호사가 내게 다가와, 릴리를 빼앗아 가려는 것처럼 양팔을 내밀었다.

내가 아이를 꼭 안자 릴리의 가슴이 오르락내리락하는 게 느껴졌다. 아이는 입꼬리를 살짝 올리며 엷은 미소를 지었다. 파르스름한 입술이 눈에 들어왔다. 릴리는 갈색 눈을 깜빡이지 않고 지그시 나를 바라보았다.

"알았어요, 서류 주세요. 제가 작성할게요."

나는 릴리를 달라고 팔을 내민 간호사를 안경 너머로 노려보면서 덧붙였다.

"그 가방도 주고요."

나는 릴리를 한쪽 어깨에 붙여 안고 등을 두드렸다.

"이 아이는 내가 집에 데려갈 거예요."

잘못된 어른한테
상처 입은 아이

1990년대 초부터 나는 공식적인 활동을 하기 시작했다. 사회복지국의 권유로 가정 도우미가 된 것이다. 예전부터 계속 아이들을 내 집에 데려와 키웠는데, 릴리가 '공식적'인 아이, 진짜 '위탁아동'이라는 게 신기했다.

가정위탁을 받는 아이들이 모두 그곳에서 줄곧 사는 것은 아니다. 이따금 집안에 피치 못할 일이 생겨, 예컨대 어머니가 병원에 입원하거나 아버지가 구속되는 등등의 사정으로 몇 주간 지낼 곳이 필요한 아이들도 있었다. 그런 아이들은 위탁가정에서 지내다가 집으로 돌아갔다. 때로는 위탁부모에게 휴식이 필요한 경우도 있었다. 그럴 때는 다른 위탁부모에게 임시로 아이를 맡아 달라고 부탁했다. 나는 이런 '단기' 위탁아동을 여럿 보살핀 적이 있다. 그래서 일곱 살

트레버를 두 주 동안 봐 달라는 부탁을 받았을 때도 아무 거리낌 없이 승낙했다.

사회복지사는 트레버가 '까다로운' 아이라고 미리 귀띔해 줬다. 트레버는 두 돌 반 무렵에 어머니와 떨어지게 되었다. 오랜 기간 혼자 방치되었던 아이는, 보살핌을 받게 되었을 때 영양실조 상태였다.

트레버는 어느 수녀회에서 운영하는 소년의 집으로 보내졌고 여섯 살까지 거기서 살았다. 그러다가 첫 번째 위탁가정으로 갔다. 위탁부모는 세심한 사람들로 열심히 노력했지만, 트레버는 그들이 감당할 만한 아이가 아니었다. 힘겨운 유아기를 보낸 것을 고려하면, 트레버가 배변 훈련을 제대로 받지 않은 것을 비롯해 여러 행동 장애를 가진 것도 놀랍지 않았다. 첫 번째 위탁가정을 거친 후 트레버는 여기저기로 보내졌다. 어디서도 트레버를 몇 달 이상 데리고 있으려 하지 않았다. 현재의 위탁부모도 트레버가 매우 '힘든 아이'라는 것을 알게 되었고, 휴가 삼아 두 주 동안 아이와 떨어져 지내게 해 달라고 요청한 상태였다.

당시 우리 집에는 아이들이 많아, 계속 같이 지낼 아이를 하나 더 받을 만한 상황이 아니었다. 릴리, 샤론, 내가 가정위탁하는 네 살짜리 쌍둥이 자매 케이티와 줄리엣, 단기간 머물고 있는 아이 둘. 하지만 잠시 휴식 기간에 한 명 더 데리고 있는 것쯤이야 별것 아니라고 여겼다.

그래서 10월 어느 날 트레버는 우리 집으로 왔다. 우리는 평소 하던 대로 아이를 가르치려고 했다. 트레버 역시 학교를 딱히 좋아하지 않았고, 매일 아침 소란을 피웠다. 그 소동은 끔찍했지만, 이즈음 나는 학대받은 아이들이 어떤 상태인지 좀 알고 있었다. 사실 트레버가 무슨 짓을 해도 놀라지 않을 거라고 믿었다.

처음에는 상황이 제법 잘 굴러갔다. 트레버는 다정한 아이가 아니었고 혼자 처박혀 있는 것을 좋아했다. 그것도 예상 못 한 바는 아니었다. 가여운 아이는 짧은 인생에서 많은 일들을 겪었으니까 말이다.

그런데 그 성질머리하고는 ……. 아이고야! 그 아이는 내가 여태껏 본 누구보다도 성급하고 거칠었고, 툭하면 버럭화를 냈다. 트레버가 발끈하는 이유를 아무도 몰랐다. 그 아이는 폭발하면 무지막지하게 성질을 부렸다. 발로 차고, 고함을 지르고, 물건을 내던지고, 옆에 있는 사람이 누가 되었든 달려들고, 물건을 부수었다. 의자, 램프, 그릇이 작살났다. 사람들은 긁히고 물리고 걷어차이고 두들겨 맞았다. 나이가 더 많은 아이들도 트레버를 무서워했다. 더 힘든 것은, 무엇이 그 아이의 성질을 촉발시키는지 모른다는 점이었다. 별다른 이유가 없는 것 같았다. 식탁에서 팔꿈치를 부딪히거나, 누군가 트레버의 책가방을 옮기면 소동이 벌어졌다. 식사 때 다른 아이 접시에 닭고기가 더 많이 담겨 있어도 난리가 났다. 원인이 무엇인지 파악이 안 되니 트레버를 자극하는 일을 피하기가 힘들었다.

극도로 격렬한 소동이 벌어진 어느 날이었다. 그릇 세트 절반과 의자 두어 개가 박살난 후, 나는 트레버를 진정시키려고 방으로 올려 보냈다. 늦은 저녁 아이를 간신히 잠자리에 들게 한 후, 살그머니 방에 들어가 트레버의 머리카락을 이마 뒤로 넘겨 혹시라도 악령이 '666'을 새겨 놓은 건 아닌지 확인까지 했다. 두 주가 이토록 더디 흘러갈 줄이야!

그런데 두 주가 다 지났는데도 트레버의 위탁가정에서는 소식이 없었다. 나는 담당 복지사에게 전화해 어떤 상황인지 알아보았다.

그 가족은 아직 회복 중이라며, 우리가 한두 주 더 트레버를 맡아 줄 수 있느냐는 것이었다. 나는 알았다고 하면서 속으로 생각했다. 성수를 잔뜩 마련해 두는 게 좋겠는걸!

어느 날 나는 욕실을 청소하다가 쓰레기통에서 비닐봉지에 담긴 젖은 팬티를 발견했다. 크기로 볼 때 트레버의 속옷이었다.

그날 트레버가 학교에서 돌아오자 나는 아이를 한쪽으로 데려가서 비닐봉지를 보여 주었다.

"트레버, 왜 팬티를 버리니?"

어린 소년의 잔뜩 겁먹은 얼굴을 보니 가슴이 미어졌다. 그 표정은 내가 트레버를 도와야 한다고 느끼는 이유이기도 했다. 고함치고 막돼먹은 말을 한다고 해서 아이를 포기하면 안 될 것 같았다. 트레버는 종종 사람들을 겁먹게 했지만, 오히려 겁먹은 사람이 분명히 그 아이인 때도 있었다. 또 트레버의 성질을 꺾지 못해서 그 아이를 두렵게 하는 게 뭔지 파악하기 어려운 점도 있었다. 내가 오줌 싼 팬티를 발견한 것이 트레버로서는 몹시 두려운 일들 중 하나였다. 사실 나는 트레버를 두렵게 할 의도는 전혀 없었다.

트레버 눈에 눈물이 차오르면서 몸을 덜덜 떨기 시작했다. 뭐라고 말을 했지만, 무슨 말인지 알아들을 수 없었다.

나는 트레버의 어깨를 쓰다듬었다.

"자, 자, 아가. 괜찮다. 난 화나지 않았어."

아이는 못 믿겠다는 듯이 나를 쳐다보았다. 트레버는 얻어맞을 거라고 생각했는지 몸을 잔뜩 움츠렸다.

"트레버, 누구나 가끔 실례를 한단다. 아무렇지도 않은 일이야."

트레버는 여전히 믿기지 않는다는 눈초리로 날 보았다. 흐느낌을 참으려고 애쓰느라 아이의 어깨가 떨렸다.

"자, 이것 봐라."

나는 트레버의 손을 잡고 다용도실로 데려갔다.

"여기 세탁기 옆에 놔두는 양동이가 있어. 언제든 실례를 하면 속옷을 갖고 와서 세면대에서 헹구면 돼. 이렇게."

팬티를 비닐봉지에서 꺼내, 수돗물을 틀어 헹군 다음 양동이에 넣었다. 양동이에 물을 더 담아 팬티가 푹 젖게 했다.

트레버는 눈물을 참느라 홀쩍이며 말없이 지켜보았다.

"알겠지? 이건 네 전용 양동이야. 그리고 그렇게 하면 ……."

나는 둘만의 비밀이라도 되는 듯 몸을 숙여 속삭였다.

"네 속옷을 버릴 필요가 없어. 그렇게 버리면 돈이 많이 들잖니, 안 그래?"

트레버는 곰곰이 생각하더니 고개를 끄덕였다.

"자, 됐다. 이 양동이는 네 전용이야. 그리고 트레버 …… 다른 사람은 알 필요 없겠지."

아이는 무척 진지하게 나를 응시하더니 다시 고개를 끄덕였다. 트레버에게 그것은 미소를 짓는 것과 다름없었다.

그러니까 아이는 과거에 '실례'를 해서 창피했고, 겁을 먹었고, 벌을 받았던 게 분명했다. 트레버는 기를 쓰고 그 사실을 숨기려 했던 것이다. 적어도 이제 그 아이는 그런 실수를 해도 우리 집에서는 벌을 받지 않는다는 것을 알았다.

그 후 트레버와 관련된 모든 일이 잘 풀렸을까?

천만의 말씀이다.

성질부리기는 계속되었고 다른 아이들은 물건들이 없어진다고 불평했다. 감자칩, 샌드위치, 사탕, 과일 같은 것들이 식탁, 냉장고, 아이들의 도시락에서 사라지곤 했다. 나는 아이들이 착각한다고 생각했다. 그런데 어느 날 남자아이들이 같이 쓰는 방을 대청소하다가, 트레버의 침대 밑과 서랍장 안에서 포장지, 과자 부스러기, 굳은 빵, 오렌지 껍질, 심지어 포장을 뜯지도 않은 음식들을 잔뜩 발견했다. 이보다 상태는 덜했지만, 샤론이 어렸을 때도 똑같은 짓을 하곤 했다. 이는 영양실조와 굶주림을 겪어 본 아이들의 전형적인 행동이었다. 쓰레기를 치웠지만 트레버에게 아무 말도 하지 않았다. 내가 무슨 말을 할 수 있을까? '네가 전에 죽을 만큼 굶주린 건 알지만 이제 먹을 것 걱정은 그만해도 돼'라고 말할까? 나는 트레버가 충분한 음식에 익숙해지도록 내버려 두는 것이 그런 행동을 멈추게 할 최선의 방법이라고 생각했다. 그러기까지는 시간이 걸릴 터였다. 어쩌면 트레버는 방에 음식을 가져간다고 벌을 받은 적이 있고, 그런 이유로 먹을 것을 '훔쳐서' 숨겨야 했을지도 모른다.

트레버의 삶에서 나타나는 모든 끔찍한 행동이 전적으로 아이에게서만 비롯된 게 아닐 거라는 생각이 들었다. 어떤 끔찍한 짓이 어머니와 떨어져 '불안한' 환경에서 산 이후 트레버에게 가해졌을 것이다.

이 가설이 분명하게 확인된 것은 두 주가 더 지나서였다. 트레버의 위탁 양육 가족은 우리에게 크리스마스 휴가 기간에 아이를 데리고 있어 주겠느냐고 물었다. 이 사람들은 트레버를 포기하고 있었다. 나는 담당 사회복지사에게 전화를 걸어 당분간 트레버를 데리고 있겠지만 새해가 되면 아이가 계속 살아갈 새 가정을 찾아야 할 거라고 말했다.

한편 나는 트레버의 잘못된 행동을 통제하려고 안간힘을 썼다. 한 번은 트레버가 한 아이를 욕실에 가두었다. 또 한 번은 트레버가 한 아이에게 헛간 지붕에 올라가라고 하고는 뛰어내리라고 소리치는 것을 보았다. 나는 누구든 지붕에서 뛰어내리면 무사하지 않을 거라고 설명했지만, 트레버는 듣지 않았다.

언젠가 저녁 식사 때 양배추를 먹었다. 이 일이 상황을 파악하는 데 도움이 되었다. 트레버는 양배추를 잘 먹었지만, 어떤 여자아이는 먹기 싫어했다. 그 아이는 접시에 양배추를 남겼고 우리는 식탁을 치우려고 했다. 그때 트레버가 성질을 부렸다.

"양배추 다 먹어! 다 먹으라고!"

처음에는 장난인 줄 알았다. 사실 나는 트레버가 농담을 한다고 생각했고, 그랬다면 그것은 처음 있는 일이었다.

그러나 그 순간 트레버는 여자아이의 팔을 잡고 소리를 질렀다.

"지랄하지 마! 지랄하지 마! 양배추 당장 먹어!"

또다시 떼쓰기가 시작되었고, 이참에 버르장머리를 고치기로 마음먹었다. 나는 한 손을 트레버의 어깨에 올렸다.

"트레버, 줄리엣이 양배추를 먹고 싶지 않다면 안 먹어도 괜찮아. 여기서는 아무도 먹기 싫은 걸 억지로 먹게 하지 않는단다."

이제 트레버는 흥분해서 목이 멜 지경이었다. 하지만 내가 화를 내지 않고 접시에 담긴 양배추를 치우는 것을 보자, 마침내 가라앉는 기미가 보였다. 하지만 그러기까지 시간이 다소 걸렸다. 이것은 분명히 떼쓰는 것과 관계가 있었고, 도대체 어디서부터 시작된 일인지 궁금하기 짝이 없었다.

나는 담당 사회복지사로부터 소년의 집에서 일하는 여인에 대해 들은 적이 있었다. 트레버가 다른 사람과 정을 나누는 일은 거의 없는데, 키이라라는 사람이 트레버와 제법 친하게 지냈다고 했다. 나는 키이라와 이야기를 나누기로 했다.

다음 날 트레버를 학교에 보낸 후, 소년의 집에 들러서 키이라와 대화를 나누었다.

그녀는 몇 년째 소년의 집에서 열심히 근무하는 사람이었다. 자기 일터를 좋아하고 아이들을 사랑했지만, 수녀들이 일하는 방식이 전적으로 마음에 들지는 않는다는 낌새를 내비쳤다.

"수녀님들이 트레버에게 너무 심했다는 생각이 들어요."

"그래요? 무슨 뜻이지요?"

나는 슬며시 화가 치밀어 오르는 기운을 억눌렀다.

"음, 수녀님들은 아이들이 언제나 순종하기를 바라죠. 그런데 트레버가 어떤 아이인지 아시잖아요."

"떼쓰는 게 환영받지는 않았겠지요."

키이라는 주위를 둘러보았다. 맙소사, 그녀는 아이들과 똑같이 수녀들을 무서워했다. 키이라는 목소리를 낮추어 소곤대듯이 말했다.

"제가 트레버를 도와주려고 했어요. 수녀들이 눈치채지 못하게 옷을 빨도록 도와주려고 했지요."

"아, 그렇게 해 주셨다니 고마워요."

그녀는 고개를 저었다.

"아니요, 항상 돕지는 못했어요. 그게 아니라 다른 일도 있었어요."

"어떤 일이요?"

"수녀님들은 식사 시간에 아이들이 접시에 담긴 음식을 다 먹어야 한다고 엄격하게 굴어요. 몇몇 아이들이 문제를 일으킨다니까요. 양배추가 나오면 특히요."

그녀는 다시 주변을 흘끔대며 말을 이었다.

"양배추를 좋아하지 않는 애들이 많아요. 사실 저도 그렇고요. 그런데 누구도 접시에 담긴 음식을 남기지 못하게 되어 있어요."

"음식을 남기면 어떻게 되나요?"

키이라는 무척 서글픈 표정을 지었다.

"비안니 수녀님의 사무실에 끌려가 벌을 받아요."

"회초리를 맞겠네요?"

그녀가 고개를 끄덕였다.

"네, 보통은 종아리를 맞아요. 하지만 경우에 따라서는 도가 지나칠 때가 있어요."

"어떤 경우인데요?"

"어떤 아이들은 사무실에 질질 끌려가요. 그러는 걸 본 적이 있어요. 복도에 카펫이 깔려 있는데, 트레버가 카펫 위로 질질 끌려가는 걸 봤어요. 반바지 차림이라 뻣뻣한 카펫이 다리에 닿아 마구 긁혔을 거예요."

수녀들은 아직도 벌주기, 때리기, 회초리질의 효과를 믿고 있었다. 모질고 야만적이고 불필요한 짓이지만 그런 일이 실제로 벌어졌다. 그들이 가하는 감정적, 신체적, 심리적 학대는 어느 정도인가? 도대체 어떤 종자들이기에 여섯 살짜리 애한테 그런 짓을 하나?

"세상에나! 누구한테 이런 말을 한 적이 있어요?"

키이라의 얼굴이 창백해졌다.

"트레버가 떠날 때 그동안 어떤 일이 벌어졌는지 위탁부모들에게 간단히 말했지요. 하지만 ⋯⋯."

그녀는 정말 걱정스럽게 주변을 흘끔대며 말했다.

"도와줄 수 있는 일은 해도 직장을 잃을 수는 없어요."

나는 고개를 끄덕였다. 그녀가 이러지도 저러지도 못할 상황인 것은 맞았다. 키이라는 뭔가 하고 싶지만 먹여 살릴 자식들이 있고, 내부 사정을 폭로했다가 일터에서 쫓겨날까 봐 두려워했다. 나는 그녀의 처지를 이해했다.

착잡한 심정으로 집에 돌아왔다. 이런 폭력의 악순환을 누군가는 끊어야 했다. 하지만 어떻게 진행할지 확신이 들지 않았다. 여기에는 두 가지 문제가 있는 듯했다. 가능한 한 트레버가 입은 피해를 해결해야 했고, 그 비참한 곳의 다른 아이들이 계속 그런 꼴을 당하는 것을 막아야 했다.

한편 크리스마스가 가까워 오자 우리는 명절 준비 과정에 트레버도 참여하게 했다. 트리를 세운 다음, 나는 아이들이 직접 장식을 달도록 전구와 장식품, 금실이 담긴 상자들을 꺼내 왔다.

상자 하나를 여는데 샤론이 손을 넣어 장식품 한 개를 집어 들었다. 그러자 장식품들이 모두 흩어졌다. 트레버가 벌컥 화를 냈다.

"안 돼, 안 돼! 건드리지 마! 건드리지 말라고! 내려놔, 내려놔, 그걸 내려놓으라니까!"

트레버는 눈 깜짝할 사이에 격분해서 제정신이 아니었다.

샤론은 반짝이는 물건을 손에 들고 서서, 세상에서 가장 덜떨어진 사람을 보듯이 트레버를 쳐다보았다. 나는 상황이 좋지 않게 돌아간다는 것을 직감했다.

"내가 내 맘대로 집는다는데 무슨 상관이야? 나는 또 하나 집을 거야! 내 맘대로 집을 거라고!"

샤론은 장식품을 계속 머리 위에서 늘어뜨렸다.

트레버의 눈이 밖으로 튀어나오지나 않을까 걱정스러웠

다. 나는 트레버가 발끈해서 억지를 부리는 게 아님을 알아
차렸다. 사실 트레버는 샤론이 무슨 일을 당할까 봐 겁이 난
것이다. 쌍둥이 자매 중 하나인 케이티가 재미있는 일에 끼
어들기로 결심했다는 듯 장식품 하나를 집어 들었다.

그러자 트레버는 더는 참지 못하고, 여자아이 손에 든 장
식품을 빼앗으려고 팔을 휘둘렀다.

"안 돼, 안 돼, 안 돼! 그걸 만지면 악마가 네 손가락을 불
태운다고! 네 손가락을 다 태워 버려!"

그 순간 방에 있는 사람들 모두 입을 다물었다.

샤론과 케이티는 무엇을, 어떻게 해야 할지 몰라 그 자리
에 얼어붙었다.

나는 트레버에게 다가가, 상자에서 빨간 유리 장식품을
집어 건넸다. 트레버는 눈물을 줄줄 흘리며 멀거니 보기만
했다.

"트레버, 누가 너한테 크리스마스 장식품에 손을 대면 벌
을 받을 거라고 했구나."

누가 그랬는지 충분히 상상이 됐다. 비안니 수녀는 내 '공
공의 적' 명단의 일 번이 되었다. 내가 말을 이었다.

"하지만 여기 우리 집에서는 얼마든지 장식품을 만져도
된단다. 그리고 그거 아니?"

트레버는 이제 무슨 얘기가 나오나 하는 표정으로 나를
올려다보았다.

"장식품이 깨져도 괜찮단다."

그날 나머지 저녁 시간은 크리스마스트리 장식보다는 치료 시간으로 바뀌었다. 다른 아이들이 장식품을 만지는 걸 걱정하지 않아도 된다는 것을 트레버에게 깨우쳐 주는 시간이었다. 우리는 장식품을 만져도 악마가 손가락을 태우지 않는다는 것을 트레버에게 증명해 보였다. 트레버는 어안이 벙벙했다. 어처구니없는 이야기로 들리겠지만 누군가 그 아이 머릿속에 그런 생각을 아주 깊숙이 심어 놓았던 것이다.

우리 집에서 장식품을 건드려도 무사하다는 것을 알게 된 것이 트레버에게는 큰 발견이었다. 수녀들이 어떤 헛소리를 해서 아이 머릿속에 공포를 퍼뜨려 놓은 걸까? 난 궁금해지기 시작했다.

크리스마스 휴가가 끝났다. 나는 사회복지국에 전화를 걸어 트레버가 필요한 만큼 우리와 지내도 좋다고 알렸다. 아마 끝까지 있게 될 거라고 나는 짐작했다. 그리고 다른 계획의 실행에도 착수했다.

트레버는 과거에 소년의 집에서 당한 경험 때문에 여전히 마음의 짐을 짊어지고 있었다. 나는 문제가 있는 아이들을 여럿 겪으면서 '마침표'의 개념에 대해 알고 있었다. 그 마침표를 찍는 것이 트레버에게 득이 될 것 같았다.

우리는 트레버가 예전에 살던 곳을 방문했다. 나는 그곳 책임자인 악명 높은 비안니 수녀와 트레버가 만나도록 미리 약속해 두었다. 소년의 집 정문 앞에 차를 세우자, 트레버는 쭈뼛거리기 시작했다. 현관문을 쳐다보는 것만으로도 아이는 공포에 휩싸였다.

나는 트레버의 어깨에 손을 올렸다.

"괜찮아, 트레버. 그냥 우리가 이야기했던 것만 정확히 말해. 그리고 그 사람이 너한테 무슨 말을 하건 걱정할 게 없어. 내가 여기 있으니까. 너는 일을 끝내고 문 밖으로 나오기만 하면 돼."

트레버가 고개를 끄덕이고 걸어갔다.

트레버는 현관문을 지나 비안니 수녀의 집무실로 들어갔다. 수녀가 일어나 책상을 빙 돌아 나왔다. 그녀는 키가 껑충한 깐깐한 여자로, 결코 미소가 번지지 않는 입가에는 잔뜩 주름이 잡혀 있었다.

"음, 트레버. 너구나, 맞지?"

트레버는 풀이 죽기 시작했다.

"네, 수녀님."

아이가 가까스로 대답했다.

"다른 위탁가정에서 지내고 있다면서? 맞니?"

"네, 수녀님."

"흠. 넌 어딜 가나 지독한 말썽쟁이구나. 새로운 위탁부모에 대해서는 조금 들어 봤다. 리오라고 하지? 아마 그 여자도 다른 위탁부모들처럼 널 안 좋아할걸?"

이 말에 트레버는 발끈했다. 아니면 마침내 뭔가 치유의 조짐이 싹트면서 용기가 생겼을지도 모른다. 아무튼 트레버가 속내를 내뱉었다.

"리오 아줌마는 내가 원하는 만큼 같이 지내도 된다고 했어요. 난 그곳이 마음에 드니까 수녀님은 그냥 꺼지시죠!"

그 말과 함께 트레버는 몸을 돌려 밖으로 나왔다.

아이가 달음질친 것은 잘한 일이었다. 수녀가 뒤쫓아 나오며 목이 터져라 소리를 질러댔으니까.

트레버가 정문을 빠져나올 때, 키가 큰 무시무시한 괴물 같은 여자가 보였다. 평범한 점퍼에다 얌전한 구두 차림으로 트레버 뒤를 바짝 쫓아왔다. 아이가 자동차 앞좌석에 올라타 잠금 장치를 눌렀다. 수녀는 운전석 문으로 달려와 창을 쾅쾅 두드렸다.

그녀가 쏟아 내는 말은 대부분 알아듣지 못했다. 내가 창문을 조금 내렸을 때 그녀는 이 일을 보고하겠다고 짖어 댔다. 또 아이의 행동이 얼마나 비열하며, 내가 다른 아이를 돌보지 못하게 단단히 조치를 취하겠다고 떠들었다.

나는 그녀를 오랫동안 쳐다보다가 입을 열었다.

"아이들하고 멀어져야 할 사람은 바로 당신이에요. 난 이 시설이 폐쇄되는 것을 볼 때까지 소란을 피울 거예요."

비안니 수녀의 입이 다물어졌다. 그러더니 말했다.

"말도 안 되는 헛소리."

나는 차의 기어를 넣고 소리쳤다.

"두고 봅시다!"

그리고 출발했다. 백미러로 보니 그녀는 입에 거품을 물고 소리를 지르면서, 차에 대고 삿대질을 퍼부었다.

트레버도 몸을 돌려 그 광경을 보고는 다시 나를 바라보았다. 우리는 마주 보며 킥킥 웃었다.

나는 그 소년의 집에 대해 모든 사람에게 알리기 시작했다. 할 수 있다면 교황에게라도 알렸을 것이다. 트레버를 완전히 가정위탁하기로 한 뒤로, 우리 집은 미어터질 것 같았다. 나는 위탁부모로서 도움을 받을 자격이 있었기에, 사회복지국에 가정 도우미를 요청했다. 분명히 말하거니와 그것이 큰 도움이 되었다. 덕분에 나는 오랫동안 소년의 집에서 자행된 조직적인 학대에 관한 자료를 모으기 시작했다. 트레버 말고도 수녀들의 소름끼치는 행동에 마음의 상처를 입은 아이가 많았다.

내가 어떤 일을 진행하는지 소문을 들은 사람들이 연락해서 자기가 아는 내용을 말해 주었다. 정말이지 추악하기 짝이 없는 그림이 그려졌다.

거의 두 해나 걸렸지만 문제가 된 소년의 집은 폐쇄되었고 다시는 문을 열지 못했다.

비안니 수녀는 조기 은퇴했다. 그녀는 아이들 관련 일을 금지당했다.

그날 트레버가 수녀에게 한 말 때문에 내가 속상해했냐고? 천만의 말씀이다. 사실 그것은 내가 트레버에게 말하라고 일러 준 내용이었다. 나는 심리치료사는 아니지만, 마침표를 찍는 것에 대해서는 좀 안다.

늘 그렇듯,
인생은 모험의
연속인 것을

✕ ✕ ✕ ✕ ✕ ✕ ✕ ✕

내 삶에도 웃음과 눈물이 다 있었다. 웃음은 노래, 여행, 기쁨과 함께 솟구쳤고, 눈물은 상실, 이별, 슬픔과 함께 흘러내렸다. 인생의 묘미란 이런 것. 한바탕 야단법석을 피우고 난 다음이면 입가에 미소가 떠오르며 이런 생각이 든다. 다음에는 또 무슨 일이 터지려나?

아일랜드 사람이라는
이유만으로

내가 평생 일만 하고 아이들만 돌본 것은 아니다. 여름휴가는 연중 최고의 행사라 할 만했다. 여럿이 어울려 떠나는 휴가 여행은 결혼하기 전부터 시작되었는데, 각자 배우자와 아이들이 생긴 뒤에도 죽 이어졌다. 친구들, 친척들이 시끌벅적하게 어우러지는 우리 여행단은 마치 순회 서커스단과도 같았다.

어느 해 여름이었다. 어른 일곱과 아이 다섯이 승합차 두 대에 악기 세 가지를 싣고 길을 떠났다. 운전은 도리스와 나, 남편 휴이가 번갈아 했다. 무계획이 우리의 계획이었고, 그게 가장 효과가 좋은 것 같았다. 어느 금요일 오후에 우리는 바다가 있는 서쪽으로 달렸다. 카운티 클레어에 도착해 계속 서쪽으로 달려, 마침내 둘린이라는 동화에나 나올 법한 곳에 도착했다.

우리는 밤마다 술집을 찾아 연주자들과 어울려 합주를 했다. 낮에는 멋진 풍경 속을 거닐고, 아이들은 양 떼를 몰고 해변에서 물장구를 쳤다. 수평선에는 신의 무너진 꿈 조각들이 떠 있었다. 이니시모어, 이니시만, 이니시어로 이루어진 아란 제도. 나는 그 섬들을 보자마자 거기 가 보고 싶었다. 물론 쉬운 방법은 여객선을 타는 것이리라. 하지만 그것은 비용이 가장 많이 드는 방법이기도 했다.

어느 날 저녁, 몸집이 하도 커서 작은 술집에는 들어가지도 못할 것같이 생긴 독특한 사람과 함께 어울리게 되었다. 그는 그 술집에 있는 모든 사람과 아는 사이였고, 아일랜드어로 왁자지껄하게 이야기를 늘어놓았다. 사내는 우리가 타지 사람들이라는 걸 알아보고는 인심 써서 영어로 이야기를 들려주었다. 이윽고 우리는 앞에 있는 사내가 자칭 '이니시어의 왕' 로리라는 것을 알았다.

로리에 따르면 그의 나라는 작지만 강력한 왕국으로 대부분의 '주민'은 양과 나귀였다. 그는 외로운 기색이 역력했다. 그의 신성한 통치권을 인정해 주는 사람은 본인뿐이었으니 그렇지 않겠는가? 로리는 몇 가지 농사를 짓고 물고기를 잡아 생활을 꾸렸다. 나는 곧 그의 호쾌한 성격과 중독성 강한 유머 감각에 이끌렸다. 더 끌리는 것은 그가 우리에게 말한 멋진 코라클을 가졌다는 사실이었다.

도시 사람인 우리는 처음에 무슨 말인지 몰랐다. 사실 그가 말하는 품으로 봐서 무슨 제안인가 생각되었지만, 코라클은 일종의 배였다. 전통적인 아일랜드 섬의 배로, 작은 카누 모양이고 나무 틀 위에 가죽을 씌웠다. 하긴 로리가 전통을 충실하게 지켰을 것 같지는 않다. 요즘 세상에 배에 가죽을 씌우는 사람은 없고 대개 방수 캔버스를 썼다. 그래도 코라클은 보통 배와는 아주 달랐다. 우선 발밑에 두꺼운 판자가 없었다. 로리는 날씨에 따라 코라클에 돛을 달거나 노를 저어 자기가 사는 섬에서 둘린까지 왔다 갔다 한다고 했다. 그 말은 내 귀에 퍽 근사하게 들렸다. 어느 날 오후, 나는 로리에게 나와 도리스를 배에 태워 달라고 졸랐다.

비가 내리지는 않았지만 잔뜩 찌푸린 하늘에는 일그러진 구름이 끼어 있었다. 로리에 따르면 바다는 살짝 험한 정도였다. 다행이었다.

우리는 신발을 벗고 바다에 들어가 코라클에 올라탔다. 바람이 거셌지만 돌풍은 아니었고, 로리는 돛을 올렸다. 배는 해안가에서 멀어졌고 우리는 섬으로 향했다.

로리는 가는 내내 수다를 떨었다. 물고기, 고래, 바닷새, 난파선까지 이야깃거리가 무궁무진했다. 덕분에 시간이 획획 흘렀다. 어느 지점에서 유난히 성난 파도가 우리를 옆에서 덮쳤고, 도리스와 나는 배의 가장자리까지 아슬아슬하게 떠밀렸다.

"거기 조심해요! 꽉 잡아요!"

왕이 명령을 내렸다.

"걱정 마세요. 수영할 줄 알거든요."

내가 대답했다.

로리가 콧방귀를 뀌었다.

"아무짝에도 쓸모없지."

"수영이요? 코라클에 탄 사람한테 가장 필요할 텐데요."

그는 또 한 번 당당하게 콧방귀를 뀌었다.

"코라클을 타는 사람은 수영 따위를 배우느라 시간 낭비하지 않을 거외다."

나는 그가 일부러 까다롭게 군다고 생각했다. 하지만 그가 내게 물어보라고 미끼를 던진 거라면 얼마든지 응해 줄 수 있다.

"정말이요? 그런데 왜요?"

나는 그 말 뒤에 '덩치만 큰 멍청이 아저씨'라고 덧붙이고 싶은 걸 간신히 참았다.

로리는 고대부터 내려오는 지혜라도 전해 주듯이 우리에게 몸을 굽히고는 배의 가장자리를 탁 치며 말했다.

"왜냐하면 이런 귀요미가 뒤집힐 만큼 바다가 험하다면, 그때는 수영이고 나발이고 할 수 없다는 얘기니까. 그럴 땐 버틸 것 없이 그냥 익사하는 게 장땡이죠."

나는 침을 꼴깍 삼켰다. 이후로는 배를 꽉 붙들고 있었다.

우리가 닿은 해변은 바위가 많고 잿빛이었다. 멋진 오후였다. 우리는 섬을 한 바퀴 돌면서 농부와 어부들을 만났고, 말 그대로 가슴 벅찬 바다 경치를 보았다. 로리의 농장으로 가니 그곳은 온통 돌투성이였다. 우리는 부엌 난롯가에 오붓하게 앉아, 김이 오르는 따끈한 찻잔을 들고 이야기를 나누었다. 정말 아름다운 한때였다.

하지만 폐하께서는 우리를 위한 특별 접대를 아껴 두고 있었다. 그가 선언하듯이 말했다.

"영광스러운 손님들, 술 한잔할 시간이외다."

도리스와 나는 셰리주이거나 좋은 위스키일 거라고 기대했다. 그가 사치스러운 사람이라면 브랜디일 수도 있다. 하지만 왕은 다른 계획을 갖고 있었다. 그는 그릇장으로 가더니 작은 유리잔 몇 개를 꺼냈다. 그의 동작이 진중한 것을 보자 돌이킬 수 없는 일에 휘말렸다는 기분이 들었다. 그는 병을 들고 탁자로 돌아왔다. 상표가 없는 병에는 투명한 액체가 담겨 있었다.

아니, 이것은!

그가 병의 코르크 마개를 뽑으며 말했다.

"자, 숙녀들. 모유를 맛보지 않고는 내 섬을 못 떠나지요."

액체가 유리잔에 쏟아지는 순간, 증기 때문에 눈이 얼얼했다. 도리스는 개구리를 먹으라는 지시라도 받은 것처럼 나를 쳐다보았다.

"저게 설마 내가 생각하는 바로 그건가요?"

내가 물었다.

"그렇소, 당신이 생각하는 게 아일랜드인에게 신이 주신 선물이라면."

로리는 잔 세 개를 채운 다음, 한 개를 들고 빛에 비추어 보았다.

"내가 집에서 담근 파틴(아일랜드의 독한 밀조 위스키_옮긴이) 이요!"

일반적으로 파틴은 사람이 마시는 것보다 카뷰레터를 닦는 데 더 적합하다고 간주된다. 나는 술이 약하지는 않았지만 파틴은 피해 왔었다. 그 술에 얽힌 이야기들이 기를 죽였기 때문이다.

로리는 술잔을 쳐들었고 우리가 똑같이 하기를 기다리는 눈치였다. 나는 도리스를 힐끗 보고는 힘내라는 뜻으로 고개를 끄덕였다. 우리는 술잔을 쨍하고 부딪쳤다. 로리는 '건배!'라고 외치더니 단숨에 술을 들이켰다. 그의 머리통에서 불꽃이 일어나지 않는 걸 보고, 나도 손님의 예의를 차리는 뜻에서 똑같이 하기로 마음먹었다. 눈을 질끈 감고 손목을 꺾어 단숨에 술을 삼켰다.

벌겋게 달궈진 뜨거운 부지깽이가 목구멍 속으로 파고들어 번개 치듯이 명치까지 찔러 댔다. 이글이글 타는 뭔가가 내 눈 뒤에서 터졌다. 내 뇌였을 거라는 생각이 든다.

혀 꼬부라진 소리가 들리는 걸로 봐서 도리스도 술을 마셨다는 것을 알았다. 겨우 숨을 내쉬며 눈을 떴더니, 그녀가 머리를 뒤로 젖히고 테이블을 두드리는 게 보였다. 나는 말을 하려고 애썼다. 하지만 내 입술에서는 작은 파란 불꽃만 뿜어져 나왔을 것 같다. 로리는 우리를 보며 함박웃음을 지었다. 도리스는 여전히 손으로 테이블을 두드리고 있었다. 나는 눈에 초점을 맞추려고 애썼다.

"첫 경험치고는 나쁘지 않구먼. 괜찮은 워밍업이었소."

그는 다시 세 개의 잔에 술을 부었다.

나는 '워밍업이요?'라고 반문하고 싶었으나 내 입에서 나온 것은 양이 음매 하고 우는 듯한 소리였다.

로리는 미소를 짓고 있었다. 내 눈에는 그의 반짝이는 눈빛이 악마의 영혼이 빚어낸 불꽃이 붙은 것처럼 보였다. 맙소사! 그는 진짜로 불붙은 성냥을 손에 들고 있었다.

로리가 말했다.

"이제 술을 제대로 마시는 법을 배울 때요."

그가 성냥을 술 위로 흔들었다. 그러자 술잔에 은빛 불꽃이 일었다.

그는 불꽃이 이는 술잔을 들고 우리에게 환한 미소를 짓더니 눈을 찡긋했다. 그다음에 아일랜드 말로 의미심장할 것 같은 말을 상당히 길게 하고는 잔을 들이켰다.

첫 잔이 이미 내게 강력한 영향을 미치고 있었다.

"그걸 그냥 마신 거예요?"

내가 호들갑을 떨며 물었다.

도리스가 거들었다.

"술에 불이 붙었는데 …… 불꽃이 타올랐는데 ……?"

그녀는 양손을 위로 뻗었다.

로리는 성냥에 다시 불을 붙여 우리 술잔 위에 흔들었다.
그는 술잔을 우리에게 밀며 말했다.

"이렇게 마시는 것이 파틴을 즐기는 최고 방법이요. 하지
만 속임수가 있지."

나는 속으로 중얼댔다. 뇌가 없는 것? 그게 가장 좋은 방
법일 거야.

로리가 몸을 숙였다.

"진짜 불이 붙은 동안에는 결코, 절대로 술을 마시면 안
돼요."

그는 손가락 하나를 코 옆에 대며 덧붙였다.

"술을 삼키기 직전에 불을 끄는 거지, 이렇게."

로리는 내 잔을 들고 느린 동작을 보여 주듯이 잔에 입술을 가져갔다. 그러고는 숨을 크게 들이마시고 잔 위쪽에 내뱉더니 술을 들이켰다.

"멋져요."

내가 말했다.

그가 다시 내 잔에 술을 채우고 불을 붙였다.

"이제 해 봐요."

그는 자기 잔에 술을 따르고 '건배!'를 외쳤다.

그 뒤의 일은 별로 기억나지 않는다.

다음 날 아침 도리스와 나는 코라클에 올라타고 둘린으로 돌아갔다. 도리스는 상태가 좋지 좋았다. 나는 그녀를 담요로 감싸 편안하게 해 주었다. 하지만 난 놀랄 만큼 기분이 좋았다. 머리가 맑지는 않았어도, 그런 독주를 마신 것을 고려하면 무척 상태가 좋았다.

로리는 내가 타고난 술꾼이라고 말했다. 내 간이 분명히 튼튼하기는 한 것 같다. 아무튼 우리는 둘린으로 돌아갔고 그곳에서 음악을 연주하며 마지막 밤을 보낸 후 이틀날 짐을 꾸려 더블린으로 돌아갔다. 우리는 떠나고 싶지 않았지만, 그 후 하루나 이틀쯤 짬이 나면 둘린으로 달려갔다. 가끔 나는 신이 있다고 믿는다. 그 마법 같은 곳을 우연히 발견한 것이 신의 선물이 아니고 무엇이겠는가!

그때의 술 '공부'가 나중에 큰 도움이 되었다. 도리스와 나는 춤 외에도 더블린 음악 공연에 깊이 관여해서 루크 켈리, 로니 드류 같은 사람들과 어울렸다. 우리는 가수로 유명해졌고, 더블린 주변의 여러 공연장에서 정기적으로 공연했다. 거기서 알게 된 션은 도리스와 내가 다른 친구 몇 명과 함께 뉴욕의 아이리시 바에 가서 공연하도록 주선했다. 우리는 노래와 춤을 비롯해 평소에 하던 우스운 짓을 보여 주기로 했다.

뉴욕에 처음 발을 디뎠을 때 그 도시의 휘황찬란함에 입이 쩍 벌어졌다. 웅웅대는 소리가 끊이지 않고 사람들의 에너지와 물건을 사고파는 술렁임이 모든 것을 흠뻑 적셨다. 생기 넘치고 활력에 찬 분위기는 더블린의 한적함과는 영 딴판이었다. 어딜 가나 사람들은 아일랜드인을 좋아하는 것 같았다. 다들 우리가 따뜻한 환대를 받는 기분을 느끼게 해 주었다. 우리는 잘 적응했고 노래, 이야기, 춤으로 이루어진 공연을 했다. 밤마다 사람들이 공연장을 가득 메웠다.

노래 외에 내가 주로 한 것이 이야기 구연이었다. 매일 밤 나는 아일랜드 민담에 나오는 요정 레프러콘, 아일랜드 신화에 나오는 젊음의 땅 티르나 오그 같은 것을 소재로 이야기를 펼쳤다. 처음에는 어릴 적에 들은 이야기를 하다가, 어느덧 상상력이 날개를 달며 새로운 이야기가 흘러나왔다. 언제나 반응이 좋았고, 몇 주가 지나자 전에 왔던 손님들이 다시 찾아왔다. 그들은 예전에 한 이야기를 다시 들려 달라고 청하곤 했다. 그런데 나는 그 이야기를 하나도 기억하지 못했다. 알려진 민담으로 이야기를 시작했다가도 그다음에는 내 머릿속에서 즉흥적으로 만들어 낸 이야기가 흘러나왔으니까 말이다. 하지만 손님들이 요청하면 나는 다시 이야기를 시작했고, 전에 만들었던 내용과 비슷한 이야기를 하려고 애썼다. 당연히 사람들은 왜 아일랜드 민담이 돌연변이해서 다른 이야기가 되었는지 의아해했다.

일을 쉬는 저녁이면 뉴욕의 밤문화를 즐기곤 했다. 어느 날 밤, 우리는 다른 아이리시 바를 찾아가게 되었다. 우리야말로 '진짜' 아일랜드 사람 아닌가! 아일랜드에서 왔다는 이유로 공짜 술을 대접받을 수 있다는 것도 신나는 일이었다.

그날 밤 우리가 간 술집도 예외가 아니었다. 우리의 억양을 듣자마자 바텐더 앞에서 술을 마시던 덩치 큰 남자들이 자기들도 아일랜드계 미국인이라며 우리 모두에게 술을 샀고, '고국'에 대해 대화하고 싶어 했다. 평소처럼 우리는 아일랜드인의 전설적인 주당의 면모들을 이야기했다. 우리 일행 중 두어 사람은 늘 하던 대로 주량에 대해 허풍을 떨었다. 미국인들은 그런 말을 너그럽게 받아 주었다.

그러나 레이라는 몸집 근 사내는 아일랜드인들의 과시욕

이 못마땅했나 보다. 그가 바텐더를 불렀다.

"이봐, 빌! 좋은 걸 내 오라고!"

술집 안이 조용해졌다. 우리를 제외하고 모든 손님이 그 말이 무슨 뜻인지 아는 듯했다.

바텐더가 투명한 액체가 담긴 거무스름한 병을 들고 나타났다. 저것은 설마……!

"이제 어른이랑 애송이를 구분해야지!"

레이가 술병을 높이 들며 말을 이었다.

"여기 진짜 파틴이 있소. 그리고 난 내기를 걸겠소. 당신들 중 누구도 술 내기에서 나를 이기지 못할걸!"

그러면서 아일랜드 사람들을 쭉 둘러보았다.

레이는 얼핏 봐도 키가 백구십 센티미터는 되고 몸무게도 백오십 킬로그램 아래로는 안 보였다. 사람들 표정을 보니 그들도 레이의 말에 수긍하는 것 같았다.

"자, 덤벼 보시지!"

레이는 주머니에서 지갑을 꺼내 이십 달러짜리 지폐 다섯 장을 앞에 놓았다. 그가 다시 말했다.

"아일랜드 술을 아일랜드 떨거지들보다 내가 더 잘 마신다는 데 백 달러 걸지."

동료들은 지폐를 봤지만 아무도 나서지 않았다. 파틴을 마시면 어떻게 되는지 잘 알고 있었다. 바로 그 순간 사람들이 내 등을 찔러 댔고, 도리스가 나를 앞으로 떠밀었다.

"이 친구가 내기를 할 거예요!"

처음에 레이는 재미있다는 듯이 빙긋 웃었다. 그러다가 다른 미국인들이 낄낄대기 시작하자 화가 난 것 같았다. 레이가 화난 모습을 보는 것은 결코 유쾌하지 않았다.

나는 도리스에게 속삭였다.

"도대체 무슨 짓이야?"

"리오, 넌 할 수 있어."

이제 나는 레이와 마주 섰다. 그가 내게 몸을 숙였다.

"당신이?"

그가 윽박질렀다.

"맞아요."

나는 활짝 웃고는, 팔꿈치로 그를 찌르며 덧붙였다.

"쫄지 말아요. 잘 봐줄게요."

사람들이 더 크게 낄낄거렸다. 뒤에서 동료들이 뭐라고 말하는 소리가 났지만, 도리스는 자기가 무슨 짓을 했는지 안다며 그들의 입을 다물게 했다. 흠, 잘 안다니 다행이구먼.

이제 레이가 체면을 구기지 않고 물러날 방도가 없었다. 바텐더는 작은 술잔 두 개에 투명한 액체를 부었다. 사람의 두개골을 녹일 것처럼 생긴 술이었다.

나는 잔으로 손을 뻗었다.

"아, 아니지. 아직은 아니요."

레이가 술잔을 빼앗았다.

애들아, 우리 집으로 와

그는 라이터를 꺼내 술의 표면에 불을 댕겼다. 우리를 지켜보는 사람들이 숨을 멈추었다가 환호하며 소리를 질렀다.

"내 백 달러는 여기 있는 숙녀가 이렇게는 마시지 못할 거라는 뜻이지."

그가 선언하듯 말했다.

레이는 술잔을 들고 나를 향해 비열한 미소를 짓더니 술을 들이켰다. 사람들이 소리를 지르며 손뼉을 쳤다.

레이는 발갛게 달아오른 얼굴로 나를 노려보더니 라이터를 켜서 내 술잔 위에 불을 붙였다.

"이게 규칙이요. 파틴은 진짜 아일랜드 방식으로 마셔야 제맛이지."

그러더니 친구들에게 몸을 돌리고 말했다.

"이제 다 끝났네, 친구들."

내 뒤에서 누군가 말했다.

"리오, 그만둬. 마실 필요 없어."

하지만 도리스가 그를 입 다물게 했다.

나는 눈도 깜빡하지 않고 계속 레이를 주시했다. 잔을 들고 깊이 숨을 들이마신 후 순식간에 내뱉어 불꽃을 껐다. 그런 다음 술을 입속에 털어 넣고 빈 잔을 탁 소리가 나게 내려놓았다.

내가 다시 그에게 빙긋 웃었다. 레이의 친구들은 깜짝 놀라더니 웃음을 터뜨리며 그의 등을 때렸다.

"계속해, 친구."

그들이 소리쳤다. 나는 백 달러에 손을 뻗었다. 레이가 낚아챘다.

"아니, 그렇게는 안 되지. 당신이 한 잔 더 못 마신다는 데 백 달러 더 걸겠소."

이제 내 동료들은 나를 응원했다. 내가 확 달아오르지도, 기절하지도, 취한 망나니처럼 지껄이지도 않으니 더욱 그랬다. 아직까지는 그렇다!

"자, 리오. 할 수 있어요!"

술집 전체가 경기장으로 바뀌고 레이와 내가 오늘의 경주마가 되었다. 그랬다. 게임은 계속되었다.

미국인들은 돈을 바에 내려놓았고 바텐더는 술을 따랐다. 레이가 술잔에 불을 댕겼고, 그러면 우리는 소란스러운 환호와 응원 속에서 술을 들이켰다. 어느 순간 누군가 나에게 의자에 앉고 싶은지 물었다. 그건 실수하는 짓이라는 것을 알았다. 끝까지 서 있어야 했다. 내 발로 버티지 않으면 다시는 일어나지 못할 것이다.

레이는 두세 잔 정도면 나를 이길 걸로 생각했던 것 같다. 하지만 우리는 벌써 다섯 잔을 마셨고, 그의 이마에는 땀이 송골송골 맺혔다.

여섯 잔을 마시자, 파틴에 불을 댕기는 그의 손길이 떨리기 시작했다.

여덟 잔째에서는 그의 친구 한 명이 불을 붙이는 일을 맡아야 했다.

마침내 바에 구백 달러가 쌓였다. 그 액수가 적정한 것 같았다. 내 머릿속에 남은 살아 있는 뇌세포가 구백 개쯤으로 느껴졌으니까 말이다.

나는 레이의 땀방울 맺힌 눈썹을 쳐다보며 아홉 번째 잔을 털었다. 우리 두 사람은 탁 소리가 나게 술잔을 내려놓았다. 나는 레이에게 미소를 지으려고 애썼다. 입술이 약간 비틀리는 기분이 들었는데, 침도 조금 흘렸을지 모른다.

모두 환호하는 중에 누군가 소리치기 시작했다.

"넘버 텐! 넘버 텐!"

세상이 흐물흐물 녹아내리는 것 같았다. 아니, 녹아내리는 건 레이였다.

그는 잠시 빈 잔을 들고 가만히 서 있었다. 바에 탁 하고 내려놓고도 여전히 잔을 잡은 채였다. 그러더니 산사태를 느리게 보여 주는 화면처럼, 여름 해수욕장에서 아이스크림이 녹듯이 바닥으로 쏟아져 내렸다. 쿵 소리가 났고, 집채만한 몸뚱이가 충성스러운 지지자들의 발치에 쓰러졌다.

어마어마한 고함이 터졌다. 주로 아일랜드 사람들의 소리였다. 환호성과 고함과 등 두드리는 소리가 요란했다. 도리스는 똑똑하게도 내 등을 두드리지 않았다. 등을 두드리면 무슨 일이 벌어질지 안 것이다. 그녀가 내게 다가와 돈을 거뒤들이기 시작했다.

"멈춰요!"

레이의 친구였다. 몸집 큰 친구가 그야말로 퍼져 버렸으니 자기가 대신 나선다는 투였다. 그가 말했다.

"당신이 두 발로 저 문을 걸어 나가야 해요. 그래야 돈이 당신 차지요."

그의 친구들이 수선스럽게 맞장구를 쳤다.

나는 도리스를 보았다.

"우리 일행 중 한 명에게 돈을 맡겨. 너는 밖에 나가 문에서 날 기다리고."

"괜찮겠어?"

나는 고개를 끄덕였다. 머리가 빙빙 돌았다. 도리스 눈이 세 개에다 입이 거꾸로 붙은 것처럼 보였다.

나는 미국 사람들에게 몸을 돌리고 말했다.

"좋아요! 이제 나가요. 술 잘 마셨어요."

나는 레이를 밟지 않으려고 조심스럽게 바에서 물러섰다. 그는 친구의 발치에 웅크리고 누워 있었다. 마치 엄지손가락을 빠는 것처럼 보였다.

그의 친구 한 명이 내 팔을 붙잡았다.

"가기 전에 잠깐, 그렇게 마시는 법을 어디서 배웠소?"

나는 빙긋 웃으며 집게손가락을 코에 대고 외쳤다.

"왕한테서!"

나는 미소를 머금은 채 문으로 향했다. 문까지 삼 킬로미터는 되는 것 같았다. 만일 내 힘으로 걸어 나가지 못하면 두둑한 돈다발이 미국인들 주머니로 도로 들어갈 터였다. 왼발, 오른발, 왼발, 오른발 ……. 속으로 되뇌었다. 그러나 문은 좀처럼 가까워지지 않았다.

테이블에 앉은 구경꾼 옆을 지나는데, 그들이 말하는 소리가 들렸다.

"왕이라니? 엘비스 프레슬리를 말하는 거야?"

나는 그에게 이니시어의 왕 로리에 대해 설명할 시간이 없었다. 이제 엘비스처럼 위대한 인물이 된 사나이! 계속해서 발을 차례로 움직였다. 그러다가 문고리. 마침내 나는 바깥으로 나왔다.

바 안에서 고함과 환호성, 그리고 신음 소리가 터져 나왔다. 모든 게 끝났음을 알리는 소리였다. 내가 해냈다.

도리스가 다가와 내 팔꿈치를 잡았다. 그 순간 무릎이 휘청하며 내 몸은 아스팔트 위에 쓰러졌다.

이후의 일은 아무것도 기억나지 않는다. 동료들이 밖으로 나와 우리가 머무는 아파트로 나를 데려가 눕혔다고 들었다. 우리는 기분 좋게 미국 돈을 주머니에 챙길 수 있었다.

사람들 말마따나 쇼는 계속되어야 했다. 나는 숙취를 벗어나자마자 뉴욕 공연으로 돌아갔다.

저녁 때 한 남자가 바에 들어왔다. 여느 평범한 손님과는 다르다는 것이 한눈에 보였다. 남자는 덩치가 집채만 한 사내 둘과 같이 왔고, 그들은 누가 다가올세라 남자의 몸을 가렸다. 남자는 자그마한 체구에 머리숱이 적었는데, 상당히 비싸 보이는 양복을 입고 있었다. 몸집 큰 사내 한 명은 남자와 함께 테이블에 앉았지만 먹거나 마시지 않았고, 끊임없이 실내를 훑어보았다. 다른 사내는 출입자를 일일이 확인할 수 있는 뒤쪽 벽 근처에 자리를 잡았다.

근처 테이블에 앉은 다른 손님들이 그 남자를 보며 수군거렸다. 하지만 아무도 감히 그에게 다가가지 않았다. 남자와 같은 테이블에 앉은 덩치 큰 사내의 재킷 아래 불룩 튀어나온 것은, 그가 다른 사람들이 얼씬거리는 걸 못마땅하게 여긴다는 뜻인 것 같았다.

우리는 평소처럼 쇼를 했고 우리의 귀빈께서는 엄청나게 즐기면서 환호하고, 손뼉을 치고, 몇 곡을 따라 불렀다. 그는 노래를 아주 잘했다.

마지막에 그가 우리를 찾아왔다. 덩치 큰 사내 한 명이 그의 어깨 옆에 붙어 서서 우리를 쳐다보았다. 해충 구제업자가 살충제를 뿌리기 전에 바퀴벌레 떼를 쳐다보는 듯한 눈길이었다. 남자는 공연을 얼마나 즐겁게 봤는지 연신 말했다. 또 우리가 저녁 식사를 했느냐고 물었다.

션이 안 했다고 한마디로 대답했다. 우리의 귀빈은 모두에게 만찬을 사겠다고 했다. 테이블 몇 개가 붙었고, 그는 우리와 앉았다. 우리는 접시를 싹싹 비우며 맥주를 들이켰다. 그는 아일랜드인은 아니지만 아일랜드 음악과 민담을 좋아하고, 시간을 즐겁게 보내는 방법에 도가 튼 사람이었다. 우리는 테이블에 둘러앉아 더 많은 노래를 불렀고, 온갖 우스갯소리를 주고받았다. 그 사이 몸집 큰 사내 두 명은 처음 들어왔을 때와 똑같이 조각상처럼 서 있었다.

마침내 식사가 끝났고, 손님은 거구들을 데리고 떠날 채비를 했다. 그가 조용히 나가기 전에 나는 겨우 다가갔다.

"정말 친절하게도 우리에게 저녁을 대접해 주셨네요."

나는 거구들이 암살자로 오해하기 전에 얼른 중얼댔다.

사내가 내게 고개를 돌리고, 파란 눈을 반짝이며 말했다.

"천만의 말씀이오. 근사한 시간을 보냈소. 멋진 저녁을 만들어 준 여러분 모두에게 감사합니다."

"아니요, 아닙니다. 선생님께 감사드립니다, 시나트라 씨."(20세기 미국 대중음악을 대표하는 음악인 중 한 사람으로 꼽히는 프랭크 시나트라를 말한다 _옮긴이)

내가 답례의 말을 건넸다.

그는 눈을 찡긋해 보였고, 거구들에 둘러싸여 떠밀리다시피 하며 그 자리를 떠났다.

평생의 벗 도리스를
잃고서

우리를 아는 사람들은 도리스와 나를 한 쌍처럼 생각했을 것이다. 우리가 떨어져 있는 경우는 드물었고, 함께 나누지 않은 인생사는 별로 없었다. 두 아가씨는 더블린의 댄스홀을 휘젓고 다녔고, 대서양을 건너가 같이 노래하고 이야기를 구연했다. 둘은 산전수전 겪으며 함께 일했고 우리 아이들 때문에 함께 절망하면서도 유머와 꿈을 나누었다. 우리는 떨어지지 않았다. 그러면서도 각자의 공간을 인정한 덕분에 그렇게 가깝게 지낼 수 있었다. 도리스만큼 나를 웃게 만들고 도리스만큼 내가 기댄 사람은 없다. 그만큼 도리스는 내게 중요한 존재였다.

그렇게 삼십 년 넘게 하나로 연결되어 지내다가, 나는 죽이고 싶을 정도로 그녀에게 분노했다. 내 손으로 죽였을 것이다, 도리스가 이미 죽어 가고 있지 않았다면 ……

내 분노가 엉뚱한 방향으로 향했다는 것은 안다. 하지만 나는 완전히, 억제할 수 없을 만큼 화가 났다. 도리스에게, 신에게, 모든 사물과 모든 사람에게. 왜냐하면 그들 모두가 나를 엿 먹이려고 작정한 것 같았기 때문이다.

도리스가 암에 걸렸다. 그 사실을 몇 달 전부터 알았으면서도 내게 말하지 않았다. 남은 수명은 고작 몇 달이었다.

그녀는 나한테 폐를 끼치고 싶지 않았단다. 그래서 혼자 몇 달을 감당했던 것이다. 어쩌면 그것이 내게 가장 큰 아픔을 주었을 것이다. 모든 일을 함께 나누며 살았는데, 그토록 오랜 세월 서로의 일에 시시콜콜 참견하며 지냈는데, 내가 기댄 사람은 오직 그녀뿐이었는데, 이번 일에서는 우리가 함께하지 못했다.

마지막에 도리스는 병원에 있었다. 그 무렵 병원에서 할 수 있는 조치란, 지속되는 통증을 그나마 견딜 수 있게 하는 것밖에 없었다. 나는 틈나는 대로 병문안을 갔는데, 도리스의 본래 모습은 시시각각 사라져 갔다. 꼬챙이처럼 몸이 마르고, 모르핀 기운 때문에 아스라한 기억의 구름에 휩싸여 먼 풍경들을 상상했다. 이따금 도리스는 나를 알아보았다. 하지만 대부분 머릿속을 스치는 정신 나간 넋두리만 늘어놓았다. 그녀가 무슨 말을 쏟아낼 때나, 열에 들떠 헛소리를 내뱉고 중얼거릴 때나, 나는 늘 곁에 앉아 있었다.

도리스가 조용해지는 짧은 순간이 오면 나는 예전 일을 말하곤 했다. 함께한 일들을 이야기하며 그녀가 건강했던 시절에도 제정신이 아니었다는 점을 일깨워 주었다. 도리스는 그런 기억을 떠올리는 것을 좋아했다.

도리스가 없는 내 삶이 어떤 것일지 상상해 보려 했다. 그러나 도무지 떠올릴 수가 없었다. 그것은 마치 하늘이 없는 것을 상상하려는 것과 비슷했다. 발밑에 땅바닥이 없다는 것을 상상하는 것과 다름없었다.

그녀가 세상을 뜨던 날 나는 그 옆을 지키지 못했다. 집안에 중요한 행사가 있어서 자리를 비운 참이었다. 도리스가 떠날 때 곁을 지키며 작별 인사도 못 했다니, 이런 나를 어떻게 해야 할까? 살아오는 동안 슬픔에 젖은 사람을 수없이 마주쳤다. 나는 항상 그들의 사별이 안타깝고 애처로웠다. 어떻게 그러지 않겠는가? 그런데 막상 도리스를 잃게 되자 그동안 내가 알던 애통함이 헛것이라는 생각이 들었다. 내 심장이 있던 자리에 흔적도 없이 빈자리만 남을 수 있다는 걸 처음 알았다.

처음 며칠간은 기계처럼 움직였다. 이미 정해진 매일 해야 할 일들이 있었고, 그것은 내가 생각할 필요도 그냥 해 버리면 된다는 뜻이었다. 당시에 아이들 몇 명을 데리고 있었다. 릴리, 트레버, 쌍둥이 여자아이들과 샤론. 도리스의 쌍둥이 아들은 다 커서 오래전부터 독립해서 살았다. 그들은 젊은이다운 유연성을 발휘해 슬픔을 감당했다. 그러나 나는 진이 다 빠진 것 같았다. 병원의 무균실에서 도리스 곁에 앉아 있으면서 하루하루 기운이 빠져나갔다. 이제 내게는 아무것도 남지 않았다. 나를 의지하고 나를 필요로 하는 사람들이 있는데도 아무도 없는 것같이 느껴졌다. 내 상실감이 얼마나 큰지 아무도 이해하지 못할 것 같았다. 도리스는 내가 한계의 끝에 대롱대롱 매달려 있을 때 거기 있던 유일한 친구였다. 식구들이 북적거리는 집에서, 이곳저곳 다니고 이런저런 일을 하면서 그렇게 혼자라고 느껴 본 적이 없었다.

아이들이 나를 필요로 하는 동안에는 부산한 일상이 나를 움직이게 했다. 하지만 밤이 오면 텅 빈 아픔이 무겁게 내려앉았다. 누워서 눈을 감으면 눈물이 쉬지 않고 흘러내렸다. 그렇게 몇 시간이고 흐느꼈고, 아침이면 퉁퉁 부은 눈으로 일어났다. 걸핏하면 화가 치밀고, 슬픔과 자책감으로 나 자신을 잃어 갔다.

처음에 아이들은 내가 예민해진 것을 알고 주위를 살금살금 걸어 다녔다. 하지만 아이들은 나보다 빨리 치유되었고, 앞으로 뻗어 나가는 삶의 관성에 의지해 나아갔다. 그들은 내가 혼자만의 상심의 늪에 빠져 있다는 것을 이해하지 못할 터였다. 아이들을 생각해서 나도 움직이는 시늉을 했다. 하지만 시간이 흐를수록 점점 더 어려워졌고, 편안히 쉴수가 없었다. 건망증이 나타나고 신경이 날카로워져 내가

언제 또 잔소리를 늘어놓을지 아무도 몰랐다. 나는 유리창
이 깨지는 것 같은 큰일은 대수롭지 않게 넘겼다. 그러나 계
단 밑에 신발 한 짝이 굴러다니면 불같이 화를 냈다.

내가 미쳐 가고 있다는 것을 알았다.

인질이 되었던
기나긴 하루

내가 평소에는 얼크러진 타입이 아니라는 것을 여러분이 모른다면, 내가 얼마나 얼크러졌는지 말한들 소용없을 것이다.

예를 들어 보자. 잘나가는 노점상 시절의 어느 일요일 아침, 도리스와 나는 평소처럼 일찍이 시장에 도착했다. 우리 승합차에는 물건이 잔뜩 실려 있었다. 빠르게 회전될 품목들이었다. 화장실용 휴지, 키친타월, 약간 찌그러진 무른 콩 통조림, 다양한 접시와 조리 도구 등등.

짐을 풀면서 나는 지만치 있는 낸과 테스를 봤다. 낸은 테이블 뒤에 서 있었다. 테이블은 꽃무늬 비닐 커버가 씌워졌지만 텅 비어 있었다. 낸은 금 간 사기 주전자 두어 개와 플라스틱 컵을 올려놓으며 테이블이 꽉 찬 것처럼 보이게 하려고 애쓰고 있었다. 그 뒤로는 낸의 아들 로버트가 휠체어에 탄 모습이 보였다. 보온병에서 차를 따르는 테스의 손이 떨렸다. 테스가 몇 년째 당뇨병으로 고생한다는 것을 나는 알았다. 그래도 테스와 낸은 일요일마다 시장에 나왔다. 여기서 버는 돈이 그들에게는 생명줄이었지만, 그날 아침 상황은 암담해 보였다.

나는 그쪽으로 가서 인사를 건넸다.

낸이 힘없이 미소를 지었고, 테스가 손에 든 찻잔을 내게 건넸다.

"리오 언니, 몸 좀 녹여."

테스가 말했다.

나는 찻잔을 다시 테스에게 주었다.

"괜찮아, 난 충분히 따뜻해. 짐 푸는 걸 도와줄게. 로버트, 이번 일요일 아침엔 기분이 어떠니?"

로버트가 미소를 띠며 어깨를 으쓱했다. 그 아이 나름대로 '안녕하세요'라고 말하며 손을 흔드는 동작이었다. 로버트는 근위축증 때문에 양팔을 거의 못 썼지만 늘 해맑았다.

테스가 찻잔을 내려놓았다.

"걱정 마. 짐은 다 풀었어."

듬성듬성 비어 있는 테이블이 딱하기 짝이 없었다.

나는 다시 테스를 보았고, 그녀는 내가 무슨 생각을 하는지 정확히 읽어 냈다.

"승합차가 고장 나서 이번에 물건을 별로 못 샀거든."

"'레이든'에도 못 들른 거야?"

레이든은 더블린 북쪽에 있는 도매상이었다. 그들은 대용량 제품을 제법 좋은 값에 넘겼다. 생산자한테서 물건을 직접 사는 것만큼 이윤이 남지는 않아도, 레이든에는 빨리 회전시킬 수 있는 품목들이 늘 있었다.

테스가 고개를 젓는 걸 보고 내가 말했다.

"나한테 승합차가 있는데 우린 물건을 다 내렸거든. 지금 레이든에 가서 물건을 떼 올래?"

테스가 테이블 뒤에 놓인 가방을 들었다.

"좋은 생각이야, 리오 언니. 고마워."

낸이 내 손을 붙잡았다.

"진짜 고맙다. 고마워."

"별일도 아닌걸. 가자, 테스. 물건이 다 빠지기 전에."

우리가 도착했을 때 레이든은 북적거렸다. 많은 상인들이 물건을 사러 거기 와 있었다. 주중에 도매상에서 물건을 다 구해 놓은 나는 서두를 필요가 없었다. 테스가 청소 세제를 살펴보는 사이, 나는 다른 물건을 살피며 돌아다녔다.

화장지 더미 주위에 몇 사람이 웅성대고 있었다. 이곳의 도매가가 내가 구입한 가격보다 오 센트 비싸다는 것을 알자, 기분이 우쭐했다.

그때 후다닥 뛰는 발소리와 고함 소리에 기분이 잡쳐 버렸다. 그 소리가 상점에 있는 사람들 위로 굴러 오는 것 같았다.

몸을 돌렸더니, 귀까지 덮는 털모자를 얼굴에 눌러쓴 사람 셋이 보였다. 그들은 사람들을 밀치고 계산대로 뛰어 올라가, 뭐라고 외쳐 댔다.

처음에는 장난인 줄 알았다. 그중 한 명이 엽총을 흔드는 걸 보고서야 내가 잘못 생각했다는 것을 알았다.

비명 소리가 사방에서 터져 나왔다. 순간적으로 나는 총을 든 멍청이한테서 총을 맞는 것보다 겁에 질린 사람들한테 깔릴까 봐 그게 더 걱정스러웠다.

"모두 엎드려!"

총을 든 사내가 검은 총구를 위협적으로 들이대며 고함을 질렀다.

나는 다른 사람들과 한 덩어리가 되어 바닥에 주저앉았다. 테스를 찾으려고 고개를 살짝 들었지만 보이지 않았다.

총 든 사내가 계속 총을 흔드는 사이 다른 두 명은 바닥에 뛰어내려, 계산원들에게 자루를 내밀고는 금전 등록기에 든 돈을 쏟으라고 했다. 그 틈에 계산원 한 명이 소리 나지 않는 경보 버튼을 눌렀다는 것은 아무도 몰랐다. 얼굴을 가린 사내들이 이 계산대에서 저 계산대로 오가며 자루에 돈을 쓸어 담고 있었다.

강도들이 마지막 자루를 다 채우기도 전에, 사이렌 소리가 들려왔다.

이제 공포에 질린 것은 복면강도들이었다.

"빌어먹을!"

총을 든 강도가 소리를 질러 댔다.

경찰차 소리에 엎드렸던 사람들이 고개를 들고 두리번거렸다. 그러자 총을 든 강도가 겁을 먹었나 보다.

"모두 엎드려!"

그러나 그 목소리는 끝이 갈라져 엽총을 가진 사내가 줄만한 위압감은 어디에도 없는 것 같았다.

경찰관이 문을 두드렸다. 우리가 고개를 들자, 사내는 총구를 천장에 겨누고 방아쇠를 당겼다. 하지만 천장에서 쏟아진 석고 조각과 가루가 사내를 뒤덮는 바람에, 그가 우리에게 심어 주려 했던 공포감은 줄어들었다. 사내는 눈에 묻은 가루를 털려고 머리를 흔들었고, 코에 묻은 먼지를 닦다가 재채기를 했다.

나는 웃음이 나오려는 걸 가까스로 참고는 다른 사람들처럼 다시 바닥에 엎드려 고개를 묻었다.

문 두드리는 소리가 점점 커지자, 강도들은 모여서 어떻게 할 것인지 의논했다. 잠시 후 총을 든 사내가 몸을 돌리고 바닥에 엎드린 사람들을 가리키기 시작했다.

"저기, 그리고 저 사람."

그는 총구로 사람들을 가리켰다. 그러면 다른 강도 둘이 가서 지적받은 사람을 끌어냈다. 설마 저 사람들을 쏘려는 건 아니겠지?

그때 계산대 한 곳에서 전화벨이 울렸다. 옆에 있던 아가씨가 무서워서 움직이지 못하고 전화기만 쳐다보았다. 총을 든 사내가 그녀에게 총구를 흔들었다.

"받아!"

그녀는 벌떡 일어나 수화기를 들었다. 아가씨가 눈을 당구공만 하게 뜨고 속삭였다.

"여보세요?"

잠시 후 그녀는 고개만 끄덕이더니 수화기를 내밀었다.

"경찰이에요. 통화하고 싶대요."

총을 들지 않은 강도 한 명이 걸어가서 수화기를 낚아챘다. 험한 말이 들렸지만 우리에게 등을 돌리고 있어서 알아들을 수는 없었다. 마침내 그가 욕설을 퍼붓더니 쾅 소리가 나게 수화기를 내려놓았다. 그러고는 동료들과 몇 분간 대화한 후 바닥에 엎드린 우리에게 몸을 돌렸다.

"잘 들어! 방금 경찰에게 말했다. 우리가 돈을 갖고 여길 빠져나가게 해 주지 않으면 인질들을 죽이겠다고!"

한 군데로 몰린 사람들이 숨을 멈추었다. 누군가 흐느끼는 소리가 들려왔다.

엽총을 든 사내가 목소리를 높였다.

"몇 명 더 필요한데."

"알았어."

일당 중 한 명이 허리를 굽히더니, 바닥에서 젊은 남자를 끌어내 인질들 쪽으로 떠밀었다. 그는 또 한 사람을 고르려고 몸을 숙였는데, 이번에 붙잡힌 사람 얼굴을 보니 바로 테스가 아닌가!

테스는 몸을 바들바들 떨면서도 입술을 깨물며 울지 않으려고 애썼다.

그 모습을 보고 나는 벌떡 일어났다. 서부 영화에 나오는 카우보이처럼 양손을 들고 말했다.

"부탁이 있어요. 날 데려가고 그 사람을 빼 줘요. 그 사람 아파요."

강도가 움직임을 멈추었다. 다른 두 명은 분주하게 인질들을 점포의 다른 쪽으로 몰다가, 몸을 돌려 나를 보았다.

"뭐?"

"방금 고른 사람이요. 건강이 안 좋아요."

다행히 테스는 사람들의 눈길을 받자 훨씬 더 많이 떨었고, 그게 내 말을 증명하는 데 도움이 되었다.

첫 번째 강도가 내 쪽으로 걸어왔다.

"저 여자가 아픈 걸 어떻게 알지?"

"친구예요. 당뇨병이 있어요."

복면을 쓴 사내가 눈을 깜빡였다. 당뇨병이 뭔지 모르거나 아니면 심각한 병으로 여기지 않는 것 같았다. 나는 다시 시도했다.

"그리고 망막생사병증도 앓고 있어요."

사실, 아무렇게나 한 말이지만 대단히 심각한 병 같은 분위기를 풍긴다는 생각이 들었다.

사내는 한 번 더 눈을 깜빡였지만, 입술을 빠는 품새가 내 말에 약간 걱정이 되는 눈치였다.

지금까지 비교적 조용히 있던 세 번째 강도가 마침내 입을 열었다.

"제길, 그럼 당신이 와. 튼튼하게 생겼는걸."

그들은 바닥에 엎드린 사람들 틈새로 테스를 거칠게 떠밀고는 내 팔을 잡았다.

나는 물건을 살 생각도 없이 상점에 왔다. 그런데 이제 목숨이 걸린 인질이 되다니.

그들은 우리를 뒷문 너머 창고로 몰고 갔다가 골목으로 내몰더니 녹슨 고물 승합차 안으로 떠밀었다. 나는 더럽고 악취 풍기는 차에 다섯 사람과 함께 갇혔다. 차문과 창문이 모조리 닫혀 있었다. 강도 두 명은 같이 차에 타고, 세 번째 강도는 점포에 남아 경찰과 전화 통화를 했다. 어떤 협상을 하는 것 같았다.

나는 승합차에 같이 탄 사람들의 면면을 살폈다. 한 여자는 소리를 죽여 울먹이고 있었다. 얼굴이 파랗게 질린 한 남자는 잠시 후 땀을 비 오듯 흘렸다.

엽총을 든 사내는 앞좌석에 앉아 운전석 쪽으로 몸을 틀어 총구를 우리에게 겨누고 있었다. 내가 강도에게 말했다.

"여기 남자분이 토할 것 같은데요."

"뭐?"

사내가 머리를 홱 움직였고, 당혹스럽게도 총구가 나를 향했다.

"이분이 속이 안 좋아요. 토할 거예요."

파랗게 질린 남자는 내 말이 맞는다는 뜻으로 신음 소리를 냈다.

운전석에 앉은 강도가 몸을 돌렸다.

"젠장. 저놈을 끌어내. 내가 토한 것까지 치워야 되겠어?"

엽총 사내가 공범에게 쏘아붙였다.

"난 빌어먹을 총을 들고 있잖아! 네가 저놈을 끌어내!"

운전자는 못마땅한 기색을 보이며 차에서 내렸다. 그러고는 뒷문을 열고 파랗게 질린 남자의 목덜미를 잡아 끌어당겼다. 남자가 내 앞을 지날 때, 나는 그가 승합차에서 잘 내리도록 팔을 잡아 주었다.

복면한 강도에게 붙들린 것만으로도 사내는 제정신이 아닌 듯했다. 그는 곧장 허리를 굽히고, 아침에 먹은 음식을 땅바닥에 푸짐하게 토해 냈다. 복면을 한 강도는 질겁하며 뒤로 물러나 신발에 토사물이 묻는 것을 피했다.

그는 몇 마디 심한 욕설을 내뱉더니, 토한 남자를 차 안으로 떠밀고 문을 쾅 닫았다. 그가 운전석에 다시 타려고 문을 열었을 때, 나는 엽총을 든 사내에게 말했다.

"이 가여운 분에게 차 한 잔 줘야 해요."

그가 내 쪽으로 몸을 돌렸다. 총구가 내 얼굴을 정확히 가리켰다.

"뭐?"

"이분이 속이 안 좋아서 그런지 땀을 계속 흘려요. 차 한 잔이 필요해요."

복면의 열린 틈에서 침이 탁탁 튀었다.

"차 한 잔? 내가 얼어 죽을 주방장이라도 되는 거야?"

이때 그의 동료가 운전석에 엉덩이를 들이밀며 물었다.

"무슨 일이야?"

"이 여자가 우리더러 아픈 인간한테 차 한 사발 떠다 바치라는데."

"여잘 쏴 버려."

누가 더 놀랐는지 모르겠다. 나였는지, 총 든 사내였는지.

"아니, 안 쏴."

그러자 공범이 동료를 노려보았다. 분명히 소름 끼치는 눈초리였을 것이다.

"아직은 아냐. 지금은 안 돼. 누군가 쏘라는 명령을 받기 전까진 안 쏠 거야."

그의 동료가 양손으로 운전대를 탕탕 쳤다.

"저것들을 몽땅 쏴 버리고 여기서 나가자고."

인질 몇 명이 훅 하고 숨을 멈추었고, 총을 든 사내는 침묵을 지켰다.

토한 남자는 무릎 사이에 머리를 떨구고 신음했다.

"그럼, 차 대신 물 한 잔은요?"

내가 작은 소리로 물었다.

"닥쳐!"

강도 둘이 동시에 쏘아붙였다. 나는 입을 다물었다.

몇 시간이 지나는 동안, 강도들은 계속 분주하게 움직였다. 운전자로 보이는 사람이 점포로 뛰어가서 세 번째 강도와 의논을 했고, 엽총을 든 사내는 가끔씩 차에서 내려 승합차 주위를 돌았다. 하지만 우리에게서 한두 발짝 이상 떨어지지 않았다.

그가 승합차 밖으로 나가자, 인질 두 명이 소곤대기 시작했다.

"화장실에 가야 하는데."

"아, 제길. 나도요. 쌀 것 같구먼."

나는 그들이 아무 말도 하지 않기를 바랐다. 지금 내 머릿속은 오로지 내 방광뿐이었다.

엽총 사내가 다시 승합차에 올라탔을 때도 수군거리는 소리가 났다. 그는 우리 쪽을 돌아보지도 않고 총만 흔들며 소리쳤다.

"입 다물어!"

그러나 나는 할 말을 하기로 했다. 아니, 내 방광이 그러라고 재촉했다.

"혹시 화장실 좀 다녀오면 안 돼요?"

"내가 뭐랬어? 입 다물라고 했지!"

"알아요. 하지만 여길 지저분하게 만들지도 모르는데."

총구가 내 얼굴에 바싹 다가왔다.

"방아쇠를 당기면 당신 얼굴이 지저분해질 텐데."

"알았어요, 알았다고요."

나는 물러나 앉았지만 조심스러운 척, 말을 더 했다.

"당신들이 이길 패를 쥐고 있는 것 같은데, 왜 이렇게 시간을 끄는지 모르겠네요."

"빌어먹을, 무슨 말을 하는 거야?"

"저기, 당신들은 돈을 갖고 있죠?"

"그래서?"

"그리고 인질도 잡았어요. 그런데 인질은 건드리지도 않았고요."

"아직은 그렇지."

그의 말투가 좀 침울하다는 생각이 들었다.

"저, 그렇다면 경찰들이 뭘 어쩌겠어요? 돈을 돌려주고 우리를 무사하게 돌려보내면, 당신들이 한 짓은 강도 미수에 그칠 뿐이에요. 아주 간단하죠."

바로 그때 운전석 문이 열리며 다른 강도가 차에 탔다.

"뭐라고 지껄이는 거야? 아가리 닥치라고 해."

"저 여자가 그러는데, 지금 우리가 이길 패를 쥐고 있다는데?"

"저 여자, 누구?"

다시 총구가 나를 향했다.

운전자는 나를 흘끗 보더니 시선을 돌렸다.

"흥, 헛소릴 지껄이는군. 쏴 버려."

"안 쏠 거야. 아직은! 여자 말이 일리가 있어. 우리가 돈이랑 인질이랑 돌려주면 아무 잘못도 안 한 거잖아."

운전자가 그에게 대들었다.

"아무 잘못도 안 해? 우린 총을 들고 거길 들어갔고, 돈을 털었다고."

내가 끼어들었다.

"하지만 돈을 돌려주면 되죠. 돈이 아직 이곳을 벗어나지 않았잖아요."

운전자가 팔을 뻗어 엽총을 빼앗으려 했다.

"그것 좀 줘 봐. 내가 콱 쏴 버릴 테니까."

다행히도 그의 동료는 안간힘을 써서 운전자의 손을 뿌리치며 말했다.

"그만해, 자식아. 생각해 봐. 지금까지는 강도짓을 시도만 한 것뿐이잖아."

"법의 잣대로 따지면 아주 차이가 크죠."

나는 거들지 않을 수 없었다.

"닥쳐!"

두 사람이 입을 맞춰 똑같이 소리쳤다.

다른 인질 한 명이 나를 발로 찔렀다. 그는 내게 고개를 저으며 차 바닥을 눈짓으로 가리켰다. 정체 모를 액체가 가느다란 리본처럼 흐르는 게 보였다. 아! 처음에는 구토, 이제는 이것. 다음에는 무슨 일이 벌어질지 겁났다.

총을 든 사내가 말했다.

"내가 말하는 건 이거야. 우리는 아무도 해치지 않았어. 돈도 그대로 있어. 감옥살이도 별로 안 할 거야. 여기서 빠져나갈 길이 없으니까 하는 말이야."

"우리가 감옥에서 썩지 않으리란 걸 어떻게 알아?"

내가 나섰다.

"좋은 변호사만 쓰면 돼요. 한 사람을 알아요. 그 변호사가 잘해 줄 거예요."

총을 든 사내가 나를 쳐다봤다.

"전화번호 있어 ……?"

"닥쳐!"

운전자 한 사람 목소리인데도 어찌나 큰지 앞창이 덜컹 댈 것 같았다.

"아이쿠, 알았어."

총을 든 사내는 잠시 가만히 있다가 다시 입을 열었다.

"무슨 냄새지?"

여섯 시간이 지나서야 세 번째 강도가 승합차로 돌아왔고, 제복 차림의 경찰관 여럿이 뒤따라 왔다. 경찰관을 보고 이렇게 반가웠던 적은 이전에도, 이후에도 없었다. 강도들은 결국 적절한 결정을 내렸다. 포위되었고 무사히 도망갈 희망도 없었기에 돈을 돌려주고 인질들을 풀어 주겠다고 한 것이다.

경찰 조사를 받고 간단한 의료 처치를 받은 후 (의료진이 주로 한 일은 더러운 것을 닦아 주는 것이었다), 우리는 가게 정문으로 나갈 수 있었다. 밖으로 나가자마자 카메라 플래시와 시끄러운 소리가 일제히 터졌다. 자동차, 카메라, 마이크가 잔뜩 몰려와 있었다.

기자로 보이는 사람들이 풀려난 인질들에게 마이크를 들이댔다. 그러나 인질들은 지쳐서 집에 가고 싶은 마음밖에 없었다. 모두를 손사래를 치며 기자들을 피해 달아났다. 그 틈으로 손을 흔들며 소리치는 테스와 도리스가 보였다. 그

쪽으로 가려고 할 때, 마이크를 든 남자가 다가왔다.

"한 말씀 부탁드립니다. 아주 힘드셨을 텐데요."

나는 눈을 깜빡거렸다.

"예, 그렇죠. …… 기나긴 하루였죠."

"압니다. 하지만 방송이 될 수 있도록 이야기 좀 해 주시면 좋겠습니다. 다른 분들은 다 싫다고 하셨습니다만, 부탁드립니다."

그 남자 뒤로 카메라를 든 사람과 조명 기구를 든 사람이 보였다. 나는 한숨을 쉬었다.

"그러죠."

나는 카메라에 대고 미소를 지었다.

그 뒤에서는 도리스가 나를 향해 숙녀답지 못한 손짓을 하고 있었다.

그리움이 쌓여
무너진 자리를 털고 일어나

우리, 다시 도리스 이야기를 해 보자. 그녀는 언제나 나와 함께였다.

그녀가 세상을 떠난 후 가끔씩 나는 눈을 감고 인생에서 정말 크고, 정말 중대하고, 정말 충격적이고, 정말 겁나거나 정말 들뜬 순간을 떠올려 보았다. 그때마다 늘 도리스가 거기 있었다. 그러다 다시 눈을 떠 그녀 없이 계속되는 인생이 보이면, 내가 감당하지 못하도록 큰 빈자리가 느껴졌다.

밤에 나는 집에서 벗어나 보았다. 그게 약간 도움이 되었다. 음악이 있는 곳이면 어디든 가서 노래와 수다 속에서 시간을 보냈다. 우리 패거리들은 모두 도리스를 그리워했다. 하지만 언제까지나 상실감에 젖어 있을 수 없다는 것도 알았다. 우리는 인내하며 사는 것으로 도리스의 죽음을 승화

시켜야 했다. 그래서 노래는 이전보다 더 활기를 띠었다. 웃음소리는 더 커졌다. 대화는 더 활활 타올랐다. 어느 한순간도 도리스를 그리워하지 않은 적이 없지만, 아린 통증이 점점 무뎌져 갔다.

그리고 거기 내 친구들 틈에서 구세주이자 저주인 것을 발견했다. 바로 술이었다.

이전에도 놀러 갈 때면 다른 사람들처럼 술을 즐겼다. 하지만 그때는 마셔도 그만, 안 마셔도 그만이었다. 술을 도피처로 생각한 적은 없었다. 그런데 어느 날 밤, 심장이 돌덩이처럼 느껴졌을 때 누군가 내게 브랜디를 권했다. 그리고 그 따뜻한 불길 속에서 머릿속의 악마들을 입 다물게 할 만큼 많이 마실 수 있다는 것을 알게 되었다. 어둡고 텅 빈 곳으로 기어 들어가 내 자신의 무의식을 발견할 수 있었고, 거기서 적어도 조금은 쉴 수 있었다.

처음에는 잠깐씩 그렇게 마시다가 완전히 무너지도록 마시는 밤이 점점 더 많아졌다. 모든 게 기분 좋게 멍했고 추억들의 뾰족한 가장자리가 뭉툭해졌다. 그럭저럭 집에 들어가 침대에 쓰러져 비몽사몽 중에 있다가, 일어나서는 아이들을 챙겼다. 아이들이 눈치채지 못할 거라고 믿었다.

하지만 밤마다 술집에 갈 수는 없는 노릇이니 집에 머무는 밤에도 아픔을 해소할 길을 모색해야 했다. 매일 밤 술속으로 기어들 수 있도록 집에 브랜디를 들여놓은 게 바로 그 시기였다.

　나는 새로운 습관이 생겼다. 하루가 끝나고 아이들과 남편이 잠자리에 들고 나면, 식탁등을 제외한 온 집 안의 불을 다 껐다. 라디오나 텔레비전을 틀어 놓고 안락의자에 앉아 브랜디를 홀짝이기 시작했다. 처음에는 무거운 고통의 발톱이 심장을 긁는 것을 멈출 때까지 앉아서 마셨다. 그러다가 몽롱한 상태에 젖어든다고 느끼면, 몸을 일으켜 계단을 올라가 침대로 가곤 했다.

　하지만 시간이 흐르면서 아픔이 무뎌질 때까지 한두 잔 홀짝이는 정도로는 양에 차지 않았다. 통증을 깡그리 지워 버리고 싶었다. 그래서 의식을 잃고 의자에 널브러질 때까지 술잔을 기울였다. 한동안은, 아이들이 아래층으로 내려오기 전에 잠에서 깨어났다. 하지만 전날과 똑같은 옷을 입은 채 의자에 널브러져 있는 날이 많아지면서 아이들도 눈치를 채는 것 같았다.

　모든 게 지옥으로 떨어지지 않았다면, 오늘도 나는 무감각하게 술을 마시고 있었겠지. 지금 이 순간에도 그때와 다름없이 도리스가 보고 싶으니까. 나는 제대로 사는 게 아니었다. 낮에는 가까스로 생존을 하고, 밤이면 나 자신을 죽이며 보냈다. 내가 적응하고 있다고, 아무도 고통받지 않는다고 자신을 설득했다. 하지만 하느님과 천사들은 알고 있었다. 나를 통째로 삼킬 구멍으로 내가 기어 들어가고 있다는 것을. 그래서 그들은 내게 메시지를 보냈다.

밤 외출이 불쾌한 결과로 이어지는 일이 점점 더 많아졌다. 간밤에 무슨 일을 했는지 전혀 기억나지 않는 아침들이 있었다. 친구들이 말을 해 주면 우습거나 당황스러웠다. 그러다가 간밤에 집에 돌아온 것도 기억이 안 나기 시작했다. 운전한 것도 기억하지 못했다. 문으로 들어온 것도 기억하지 못했다. 침대까지 못 가고 소파에 쓰러져 있는 날도 있었다.

결국 죽을 뻔한 일이 생겼다.

그날 밤이 다른 날과 뭐가 달랐는지 지금도 모르겠다. 누구랑 같이 있었는지, 얼마나 마셨는지, 왜 정신이 나갔는지. 그런데도 나는 차를 직접 운전해서 집에 왔고, 그 생각을 하면 지금도 아찔하다.

깨어 보니 눈앞은 뿌옇고 다리에 쥐가 나고 추웠다. 입에서는 더러운 양말을 삼킨 것 같은 맛이 났다. 주위를 둘러보니 도저히 믿기지 않았다. 동이 틀 무렵이었고, 나는 우리 현관 앞 잔디밭에 웅크리고 누워 있었다. 바로 옆에 차가 있고 운전석 문이 열려 있었다.

나는 공포에 휩싸였다. 내가 무엇을 치지는 않았을까? 나무를 치었나? 다른 차를 치었나? 세상에, 사람을 치었나? 혹시 아이를? 머릿속이 새하얘졌다. 집까지 운전한 기억을 전혀 떠올릴 수 없었다. 아무것도.

나는 비틀비틀 일어서 차를 살펴보았다. 겉으로 보아서는 별 흔적이 없었다. 열쇠는 점화 장치에 꽂혀 있었다. 그런데 내 옷은 비에 젖은 것처럼 축 늘어져 있었다.

상황이 좀 더 명확해졌다. 나는 엉망진창이었다. 내 몸에 구토를 했다. 그리고 오줌도 지렸다.

계단에 앉자, 흐느낌이 터져 나왔다. 오랫동안 뭉쳤던 혹독한 슬픔이 울음이 되어 쏟아져 나왔다. 나는 눈물이 줄줄 흐르도록 나를 내버려 두었다.

천천히 마음을 추스른 다음 집으로 들어갔다. 가족들이 깰까 봐 소리를 죽이고 뜨거운 물에 샤워를 했다. 그리고 부엌으로 내려와 커피를 한 주전자 만들었다. 머그잔에 가득 따라 한 번에 한 잔씩 그 커피를 다 마셨다. 구역질이 일었지만 커피를 마저 따라 마셨다.

그다음에는 다시 차로 가서 출발했다. 어디로 가야 하는지 잘 알았다.

아침 출근 차량이 밀려들 때 마운트 아구스에 도착했다. 전에는 그런 생각을 꿈에도 한 적이 없었다. 마운트 아구스는 나 같은 문제를 가진 사람이 가는 곳이었다. 교회 문이 다 잠겼기에, 수도원의 안내석으로 가서 거기 있는 수도사에게 단주 서약을 하고 싶다고 말했다.

수도사는 가만히 나를 바라보더니 고개를 끄덕였다. 그는 나를 작은 대기실로 데려갔다. 잠시 후 신부가 들어왔다. 우리는 몇 분 동안 대화를 나누었다. 나는 어떤 일을 겪었고

무슨 짓을 했는지 간추려서 말했다. 그런 다음 한 손에는 묵주를, 다른 손에는 성경을 들고 맹세했다. 하느님과 하늘과 모든 천사에게, 내 말을 들은 모든 이에게 평생토록 술은 한 방울도 입에 대지 않겠노라 맹세했다.

신부님은 나이가 지긋하고 친절한 분이었다. 서약을 마치자 그는 내 손을 잡고 말했다.

"이것이 시작에 불과하다는 것을 아실 겁니다. 이제 자매님은 술을 마시게 한 상처를 먼저 치유해야 합니다."

그러면서 명함 한 장을 건넸다. 심리치료사의 이름과 연락처가 적혀 있었다.

나는 나중에 버리겠거니 하고 명함을 받았다. 그때까지 카운슬러, 정신과 의사, 심리치료사, 심리 분석가를 좋게 생각한 적이 없었다. 내 생각에 그들은 남의 머릿속에 들어가고 싶어 하는 사람들이었다. 침대에 누워서 어린 시절 이야기나 주절대며 시간을 보내는 것이 무슨 치료가 될까 의심스러웠다.

하지만 그날 밤 또다시 술을 마시고 싶은 욕구가 내 영혼에 뜨거운 기름을 부었다. 다음 날 아침, 나는 도움을 받지 않으면 서약을 지킬 수 없으리란 것을 알았다. 그래서 명함에 적힌 번호로 전화를 걸었다. 루스라는 여자였다.

초기 상담은 금주 못지않게 고통스러웠다. 쓸데없는 일인 것 같아서 낙담했고, 술을 다시 마시는 것과 술을 다시는 안 마시는 것, 둘 중 어느 쪽이 더 힘든지 몰라서 고통 속에 살았다. 그러다가 무엇이 계기가 되었는지 모르겠지만, 내가 억지로 외면했던 고통이 한꺼번에 터져 나와 내 얼굴에 밀려들었다. 나는 슬픔에 무너졌다고 생각했지만, 그 순간 깨달았다. 슬픔을 거부하는 행동이 나를 파괴했다는 것을. 아픈 가슴을 안고 사는 법을 배워야 하며, 거기서 물러서지 말아야 한다는 것을. 안전하게 숨을 곳은 어디에도 없었다. 술은 나를 구원할 수도 없고, 내 친구가 될 수도 없으며, 내게 어떤 종류의 도움이나 치료도 줄 수 없었다. 이 모든 것을 나 자신 안에서 찾아야 할 터였다.

그렇게 루스는 내가 잃은 것들과 대면하게 만들었고, 내 삶을 건져 올렸다.

언젠가 내가 저쪽 세상으로 넘어갈 때가 올 것이다. 도리스가 거기서 나를 기다리고 있을 것이다. 그녀를 만나면 내게 이런 고통을 안겨 준 그녀를 먼저 한 대 갈기려고 한다. 하느님, 그녀를 사랑해 주소서. 그때까지 저는 거기에만 빠져 있을 시간이 없나이다.

가정위탁을 하면서
느낀 것은

2010년 우리 동네에 변화가 생겼다. 인근에 테라스 하우스 두 채가 딱 붙은 건물이 있는데, 오랜 세월 어느 수녀회 사택으로 쓰던 건물이었다. 나는 과거에 수녀들과 부딪치기도 했지만, 이곳에 살던 수녀들은 아주 점잖으며 이 동네의 축복이다 싶은 주민들이었다. 그런데 그 집이 수녀들이 살기에는 너무 크다는 이유로, 수녀들은 다른 곳으로 옮겨 갔다.

건물이 비자, 지방의회가 마약 중독자와 알코올 중독자의 그룹홈으로 쓰려고 한다는 사실을 알고 지역 주민들은 깜짝 놀랐다. 이 집은 초등학교와 아주 가까워, 많은 아이들이 그 앞을 하루 두 번씩 지나다닌다.

사람은 누구나 인생에서 한 번쯤 기회를 얻을 자격이 있다. 필요하다면 두 번, 세 번 얻어도 괜찮다. 그러니 마약 중독자와 알코올 중독자들에게도 집이 생긴다는 것은 정당한 일이다. 그러나 나와 우리 이웃들 입장에서 보면, 특정 지역에 특정한 거주 공간이 생긴다는 것이 문제였다.

이유가 뭐냐고?

우리는 이곳이 알코올와 마약을 '금지'하는 집이 아니라는 소식을 들었다. 금지하는 집이라면 입주자들이 술과 약물에 손대지 못하도록 단속한다. 금지하는 집에서 입주자가 술을 마시거나 약에 취하면 거기 사는 게 허용되지 않는다. 하지만 지방의회는 수녀회 사택으로 쓰던 집을 술과 약물을 '허용'하는 그룹홈으로 쓰려 했고, 그렇다면 이곳의 입주자들이 술과 약물을 사용하건 말건 단속하려는 노력을 안 하겠다는 얘기다. 중독에서 회복하는 것은 개인의 의사에 달려 있다. 내게는 그것이 가장 큰 문제였다.

두 번째 문제는 그 집에 살게 될 사람들이 어디서 오느냐는 점이었다. 우리 지역의 중독자 비율이 높은 점을 고려할 때, 일부 입주자는 근처에 가족이 있을 확률이 높았다. 나는 어린 조나 샐리가 학교를 오가며 '문제'가 있는 사람들이 산다고 알려진 집 밖에서 친엄마나 친아빠의 모습을 보는 게 적절한 일이라고 생각할 수가 없었다. 여러 측면에서 가정에 영향을 끼치는 요소가 너무 많았다.

이웃들과 내가 그런 이야기를 나눌수록, 계획을 백지화해야 한다는 공론이 힘을 얻어 갔다. 마침내 조나선이라는 젊은 이웃과 나는 우리 부엌에서 정기적으로 회의를 열고, 관심 있는 사람들을 받아들였다. 우리가 지방의회에 쳐들어가 아무 대안도 제시하지 않고 계획을 중단하라고 말한다면 아무 소용도 없을 터였다. 그래서 중독자들이 거주하며 보살핌을 받을 다른 방법을 다각도로 조사했다. 또한 우리가 하는 일을 널리 알릴 목적으로 반대 집회와 행사를 마련했다. 포스터와 펼침막을 만들어 가두행진을 벌이고 교통을 마비시켰다.

어느 날 회의를 마친 후, 우리는 이 일을 국회의원과 상의하는 것이 어떨지 이야기했다. 그때 내 머리에 한 사람이 떠올랐다. 프랜시스 피츠제럴드였다.

프랜시스는 더블린 남동 지역의 국회의원을 지냈고 현재는 상원 의원이었다. 이번에는 더블린 중서부 지역에서 국회의원에 출마할 생각을 하고 있었다. 그 전에는 사회복지사였으며 어린이와 가족들을 위해 일하는 활동가였다.

더 이야기할 것도 없이 우리는 밤 열 시에 전화번호부를 뒤져, 그녀의 집 전화일 거라고 짐작되는 번호를 찾아냈다. 프랜시스가 직접 전화를 받았다.

나는 단도직입적으로 우리가 하는 일에 대해 말했다. 다행히 우리의 가두시위가 언론에 보도된 적이 있어서 프랜시스도 상황을 알고 있었다. 나는 우리가 정확히 어떤 일을 하고 있으며 왜 그 일을 하는지 설명했다. 또한 우리가 인정머리 없고 잇속만 차리는 속물 집단이 아니라는 점도 말했다. 중독자들에게 더 적합한 지역과 주거 시설을 조사하고 있다는 점도 밝혔다. 우리도 이 사람들이 도움을 받을 자격이 있다고 여기지만, 다만 우리 동네가 그런 도움을 주기에 적합한 곳이 아니라고 생각할 뿐이었다.

프랜시스는 주의 깊게 들으며 이것저것 물었다. 그리고 그날 밤 통화를 마치기 전에 우리를 돕겠다고 약속했다.

프랜시스 피츠제럴드는 약속을 지켰다. 여러 번 회의에 참석했을 뿐 아니라 우리와 함께 행진을 벌였다. 그러자 우리에게 쏠리는 관심도 커졌다. 우리와 비슷한 처지에 놓인 다른 사람들이 접촉해 오기까지 했다.

누군가 물었다. 지방의회는 왜 부유한 지역이 아닌 우리 같은 근로자 계층이 사는 지역을 목표로 삼았을까?

답은, 우리 같은 지역이 가장 '고분고분하게' 있을 거라고 생각했기 때문이다.

우리는 클론달킨에서 열린 지방의회 회의에 자주 참석해서 활발하게 토론했다. 프랜시스도 우리를 위해 항상 그 자리에 있었다. 우리는 다른 공동체에서 효과를 거둔 중독자 주거 계획을 조사하고 있었고, 이런 대안들을 지방의회가 검토하기를 바랐다. 그러나 전체 계획안은 흐르는 모래가 담긴 거대한 상자 같았다. 한 가지 문제를 붙들고 가능한 해결책을 마련하면, 그 '문제'에 변화가 생겼다는 소식이 들려왔다. 그룹홈의 구성원은 애초 계획안보다 중독자 비율이 줄고 노숙자 비율이 늘어났다. 노숙자들을 거리에서 안 보이게 하는 방안에 점점 무게가 실렸다.

그것이 상황을 진정시키려는 의도였다면 어마어마한 계산 착오였다. 나는 노숙자에 대해 좀 아는데, 중독자들과 이들을 함께 두는 것은 최악의 발상이다. 조나선과 나는 돌아다니면서, 셋집 건물을 노숙자 숙소로 개조해 큰 효과를 거둔 곳들을 살펴보았다. 노숙자 중에는 술이나 마약에 관심 없는 사람이 많다. 그들은 대부분의 사람들이 경험하는 것보다 훨씬 힘든 인생의 바닥을 찍어 노숙자가 되었을 뿐이다. 그들에게 나쁜 영향을 끼칠 사람들과 한 그룹으로 묶이는 꼴을 당할 이유가 없다.

나는 지방의회 회의에 참석해 목청을 높여 이런 상황을 설명했다. 회의 참석자들에게 지나친 부담을 주지는 않았지만 내가 한평생 해온 가정위탁에 대해 간단히 소개했다. 그

시기에 더블린 거리에서 거칠게 사는 사람들 중에는 과거에 가정위탁을 받은 경우가 많았다. 가정위탁을 받던 아동이 열여덟 살이 되면 그때까지 받던 사회복지국과 가정위탁의 보살핌을 빼앗기는 제도가 진짜 큰 문제였다. 열여덟 살이 되면 모든 게 끝이 났고, 위탁가정에서 더 지낼 수도 없었다. 대학 진학이나 직업 교육에 필요한 지원을 받을 수는 있지만, 그런 기회를 얻지 못하면 홀로 서야 했다.

나는 아이들이 아직 독립할 준비가 되지 않으면 열여덟 살이 넘었어도 계속 데리고 있었다. 사회복지국의 재정 지원을 받지 못해도 내 돈으로 아이들을 보살폈다. 하지만 다른 위탁부모들은 그럴 형편이 안 되는 경우가 많았다. 그리고 대학 교육이나 직업 교육을 못 받거나 그것과 맞지 않는 아이들은 할 일도 없이, 갈 곳도 없이 남겨졌다. 그러니 노숙자 문제는 내가 상당히 절감하고 있었다.

마침내 탈라트에 있는 지방의회 사무실에서 최종 결정이 내려질 거라는 소식을 듣고, 우리 모임 사람들은 그곳으로 향했다. 하지만 그곳의 회의는 우리 지방의회의 회의와 달랐다. 권위 의식과 속물 근성이 넘치는 자리였고, 유권자이자 납세자인 우리는 회의장 위쪽 방청석에 앉아 있어야 했다. 회의가 진행되는 동안 방청인으로 전락한 우리는 말하거나 끼어드는 것이 허용되지 않았다. 그들이 최소한으로 한 일은, 프랜시스를 회의에 받아 준 것이었다.

내가 거기서 아무 말도 하지 않고 앉아 있는 것이 잘 상상되지 않을 것이다. 그들은 거리를 떠도는 사람들의 실질적인 문제와 욕구를 전혀 이해하지 못한 채 그들을 위한답시고 계획을 떠들어 댔고, 근처 학교와 집 앞을 지나다닐 아이들의 숫자도 고려하지 않은 채 우리 이웃을 위한답시고 각종 대책을 늘어놓았다. 그 말도 안 되는 소리를 들으며 가만히 앉아 있자니 속이 숯검정이 되는 것 같았다.

마침내 '높은' 사람이 노숙자들을 그룹홈에 넣는 것이 얼마나 훌륭한 아이디어이며, 그 개념이 얼마나 효과적인 것으로 입증되었는가 떠들기 시작했다.

나는 참을 수가 없었다. 예의 따위는 개나 줘 버리라지.

벌떡 일어나 소리쳤다.

"말도 안 되는 소리 좀 작작하시죠! 탈라트에서 어떻게 했는지 똑똑히 보세요. 그곳에서는 아파트 건물 한 블록을 노숙자들을 위해 개조했어요! 그게 대단한 성공을 거두었고요."

아래 있는 작자들의 표정들이라니! 누가 보면 내가 방청석에서 몸을 내밀어 그들의 머리에 요강이라도 쏟은 줄 알았을 것이다.

소란이 일고 부산스러워지며 수위 한 명이 방청석으로 올라왔다. 그는 내게 자리에 앉아 입을 다물라고 말했다.

알았다니까. 나는 일을 망치고 싶지 않아 자리에 앉았고 조용히 하겠다고 약속했다. 그리고 그렇게 했다. 다음 멍텅구리가 바보 멍청이 같은 말을 하기 전까지는.

나는 다시 벌떡 일어나 장광설을 퍼부었다. 허 참, 우리 의견을 표현하고 관심사를 말하지 않을 거라면 왜 거기 있겠어?

그들은 나를 복도로 쫓아냈다.

하지만 우리 모임은 지방의회가 간과했던 문제점들을 설명할 수 있었다. 수녀들이 살던 집은 늙은 수녀가 많이 살았던 터라 휠체어가 드나들기에 편리했다. 만일 그곳을 장애자 가족들의 거주지로 쓴다면? 그렇다면 우리는 지지했을 것이다. 결국 지방의회는 그 지역에 중독자도, 노숙자도, 어느 누구의 그룹홈도 만들지 않겠다고 발표했다.

흐뭇한 승리였다. 프랜시스를 비롯해 많은 사람이 긴 시간을 쏟으며 발품을 팔았다. 여러 면에서 나는 프랜시스와 비슷한 점이 있다고 느꼈다. 그녀는 어떤 문제를 보면 파고들어 고치고 싶어 했다. 그러면서도 나와 달리 정치적으로 기민하고 결코 무모하지 않았다. 두 사람의 상이한 접근 방식이 합해지면 문제를 해결하는 데 강력한 도구가 될 거라는 생각이 들었다.

우리가 멋진 승리를 거둔 그해 8월, 나는 승합차에 친구들과 아이들을 잔뜩 태우고 카이르시빈으로 음악 축제 여행을 떠났다. 늘 하던 대로 옷을 챙기고, 아이들을 먹이고, 개들을 산책시키고, 승합차에 연료를 채우고, 가끔씩 휴게소에 들러 화장실에 다녀왔다. 다들 꾸물거리는 통에 일정이 늦어졌고, 운전대를 잡고 있노라니 배가 고프고 마음이 다급했다.

내 휴대전화가 울렸다. 아이들 중 한 명이 나 대신 전화를 받아 스피커폰에 연결했다. 상냥한 여자 목소리가 들렸다. 중독 치료 시설, 장애인을 돕는 아일랜드 자선 협회, 방송사와 9월에 진행하는 대형 쇼 등 알아듣기 힘든 이야기를 늘어놓았다. 매년 수여하는 올해의 인물상도 말했다. 그 상에 대해 들어 본 적은 있었다. 그런데 그녀가 이런 말을 하는 까닭을 짐작할 수가 없었다.

마침내 그녀가 말했다.

"리오 호가티 부인. 프랜시스 피츠제럴드가 부인을 추천해서, 9월에 열리는 올해 시상식에서 상을 받게 됐어요."

그녀가 '달이 초록색 치즈로 만들어졌고 당신은 생쥐 여왕에 뽑혔습니다'라고 말했다면 더 납득이 됐을 것이다. 그러나 그때 마침 차가 교차로에 있어서 조심해야 했기에 그녀가 하는 말에 별로 주의를 기울이지 못했다.

"미안하지만, 뭐라고 하셨지요?"

"부인이 '올해의 어머니상'을 받게 됐다고요."

그 순간, 누군가 나를 놀린다는 기분이 들었다.

"다른 사람을 찾아보세요. 이만 끊을게요."

나는 통화 종료 버튼을 눌렀다.

이후 며칠 동안 같은 곳에서 두어 차례 더 전화가 왔지만, 나는 받지 않았다. 누군가 장난치는 줄로만 알았고, 나는 무척 바빴다.

몇 주가 금세 지나갔다. 나는 대형 연회장에 있다. 화려하게 차려입은 사람들로 실내가 북적인다. 그중에는 성공한 사람도 있고, 유명 인사도 있다. 우리 가족이 앉은 테이블에 프랜시스도 와 있다. 그녀가 진짜로 나를 추천해서 나는 진짜로 상을 받게 되었다. 하지만 시상식이 진행되는 것을 지켜보는 동안에도 현실이 아닌 것 같다.

남편 휴이, 아들 패트릭과 며느리, 딸 그웬과 사위, 그리고 손주들이 같이 있다. 또 그웬의 딸이 자기 딸을 데리고 왔으니, 그 아이는 내 첫 증손주다. 내가 맡아 키웠던 여섯 아이도 어엿한 성인이 되어 참석했다. 그리고 도리스, 도리스도 거기 있으리라는 것을 나는 안다.

주최 측은 내 삶과 아이들을 소개하는 간단한 필름을 보여 준 뒤 내 이름을 불렀다. 나는 일어나 무대로 갔다. 테이블에서 무대까지 가는 거리가 무척이나 멀게 느껴졌다. 돌아보면, 그 계단을 올라 무대에 이르기까지 참으로 긴 여정이었다는 생각이 든다.

상을 받은 후 내 생활은 회오리바람이 부는 것 같았다. 평소 내 삶에 불던 회오리바람과는 다른 종류의 바람이었다. 각종 언론 매체에서 인터뷰 요청이 쏟아졌다. 텔레비전 방송사와 인터뷰할 때는 촬영 팀이 우리 집 부엌에서 나의 하루를 촬영했다. 감자 깎고 그릇 닦는 것을 그렇게 수준 높은 볼거리로 여기다니 나로서는 어리둥절할 따름이었다.

이제는 어디를 가나 사람들이 다가와 우리 아이들의 안부를 묻는다. 아니면 자기 아이들에 대해 조언을 구한다. 특히 어떻게 하면 위탁부모가 될 수 있느냐고 묻는다.

세상에는 좋은 위탁부모들이 더 많이 필요하므로 잘된 일이다. 내가 늘 하는 조언은 이것이다. 가정위탁을 하는 이유가 그 아이를 돕고 싶은 마음 때문이어야 한다. 아이가 당신을 친부모로 생각하기를 기대하는 것이 이유여서는 안 된다. 또 아이가 평생 당신을 사랑하기를 바라는 것이 이유여서도 안 된다. 아이들은 위탁부모를 사랑하지 않을지도 모른다. 하지만 위탁부모는 언제나 아이들을 위해 온 힘을 쏟아야 한다. 아이들은 당신을 부모로 여기지 않을 공산이 크다. 대부분의 아이들은 이미 어딘가에 친엄마나 친아빠가 있고, 아이들이 친부모와 건강한 관계를 유지하도록 도와주는 것이 우리의 임무이기도 하다. 가정위탁은, 그 일을 하는 사람의 역할이 필요 없게 되는 것을 궁극의 목표로 삼는 드

문 일 중의 하나다. 가정위탁을 그 이상의 무엇으로 생각한다면 엉뚱한 이유로 그 일을 하고 있는 것이다.

올해의 인물상은 내 삶을 다방면으로 바꾸어 놓았다. 나는 예전보다 더 많이 눈에 띄는 사람이 되었다. 사람들은 나를 아동 인권 옹호자로 생각하고, 나는 그와 관련된 공공사업에 관여하며 사람들에게 조언을 한다. 그리고 어떤 일에 대해 의견을 달라는 요청도 자주 받는다. 사람들은 내 말에 귀를 기울인다. 바로 힘겨운 시간에 대해!

이 책에서 아이들 백마흔 명의 사연을 전부 말한 것은 아니다. 자신의 이야기가 밝혀지는 것을 꺼리는 아이들도 있다. 또 차마 말할 수 없는 사연도 있다. 하지만 가장 중요한 아이들의 이야기, 나를 가장 힘들게 하거나 많이 웃게 한 모험담은 여기 다 풀어 놓았다.

예전에 보살핀 아이들과 계속 연락하느냐, 아직도 그들이 나를 '가족'으로 여기느냐는 질문을 받는다. 글쎄, 그 아이들이 나를 어떻게 생각하는지는 모르겠다. 그러나 아이들 대부분이 종종 소식을 전해 온다.

릴리는 지금도 나와 같이 살며 대학에 다닌다. 릴리의 자매 둘은 아주 잘 자라서 한 아이는 변호사, 다른 한 아이는 사회복지사가 되었다. 찰리는 결혼해서 아이 셋을 낳고 그리 멀지 않은 곳에 산다. 로즈는 뉴질랜드로 이주해서 일 잘하는 응급실 간호사가 되었다. 로즈의 엄마인 내 친구 재닛은 딸과 지내려고 그곳으로 이주했다. 지니는 대학을 졸업하고 커리어 우먼이 되었다. 프랑스 형제 중 한 명한테서도 이따금 연락이 온다. 형제 모두 결혼했고 한 명은 포르투갈에, 한 명은 프랑스에 산다. 트레버는 늠름한 청년으로 자라나, 더블린에서 좋은 직업을 가졌고 예쁜 여자 친구와 사귄다.

샤론은 어느 날 저녁 친구들과 영화를 보러 간다고 나가 두 해가 지나도록 돌아오지 않았다. 여기저기 알아보니 남자친구의 집으로 들어간 것이었다. 나는 샤론에게 어디 있는지 안다고 알렸으나 그 아이는 개의치 않는 것 같았다. 두 해에 걸친 모험이 끝나자 샤론은 우리 집에 다시 나타났다. 그 아이는 돈이 필요했다. 그러다가 여섯 달쯤 후 다시 떠나버렸다. 샤론은 나갔다 들어왔다 하는 행동을 몇 해 반복하더니 자기 엄마인 그레이스와 살겠다며 캐나다로 갔다. 모녀가 어떻게 재결합했을지 상상이 잘 안 된다. 마지막으로 들은 소식으로는 알래스카에 있다고 했다. 어느 날인가 무엇이 정말 필요하고 갈 데가 없으면, 샤론은 내게 다시 소식을 전해 올 것이다. 그 애는 늘 그런 식이었다.

두어 해 전, 한밤중에 전화를 받았다. 오스트레일리아에서 온 전화였다. 핑글라스를 떠돌다가 내게 와서 몇 주 동안 지낸 아이들 중 한 명이었다. 그는 일자리를 찾아 오스트레일리아에 갔다가 술을 마시며 가진 돈을 다 써 버리고 부랑자로 체포되었다. 그가 가진 전화번호 중 도와줄 만한 사람은 나밖에 없었다. 나는 구치소에서 나오도록 돈을 넉넉히 보내고, 그곳에 있는 친구들에게 연락해 돕도록 했다. 그가 오스트레일리아에서 일하며 잘 정착했다는 것이 내가 마지막으로 들은 소식이었다.

그러니까 나는 많은 아이들과 소식을 나누며 지내고 어떤 아이들과는 그렇지 않다. 그래도 괜찮다. 그들이 자립할 발판을 마련하도록 돕는 게 목표였으니까 말이다.

프랜시스 피츠제럴드도 일을 잘해 나갔다. 그녀는 2011년 국회의원에 당선된 후 내각에 들어가 초대 아동복지부 장관에 임명되었다. 프랜시스는 지금도 아동 인권을 위해 싸우는 투사 노릇을 한다. 앞으로도 그럴 것이다. 그녀는 위탁 양육아가 스무 살이 될 때까지 재정 지원을 받도록 법을 개정하는 데 중요한 역할을 했다. 우리 둘은 손발이 잘 맞는 짝이라고 할 수 있겠다.

그리고 우리 지역 지방의회는 수녀들의 사택을 그룹홈으로 바꾸지 않았을 뿐 아니라 가옥 두 채로 분리했다. 그곳에는 지금 장애아가 있는 두 가족이 산다. 그들은 우리 동네에 기쁨을 주는 이웃이다.

사람들은 가끔 내가 은퇴라도 한 것처럼 묻는다. 요즘은 무슨 일을 하세요? 사실 난 지금도 다섯 아이를 데리고 산다. 이제 아가씨로 자라난 릴리가 있고, 한동안 나와 살다가 떠났다 돌아온 남자아이가 있다. 예전에 내 위탁아였던 아이의 딸도 같이 산다.

그러고 보면, 나는 그들의 사연을 아직 다 말하지 않았다. 아이들의 이야기는 지금도 계속된다. 몇 년이 흘러 누군가 다시 묻는다면 그때 또 들려주겠다.

일흔 여섯,
운전면허 갱신하는 날

일흔여섯 생일날, 나는 운전면허증을 갱신해야 했다.

시간을 내서 운전면허 관리 사무소에 들러 시력 검사와 이런저런 절차를 거쳤다. 모든 과정을 마쳤다고 생각하는 순간, 카운터의 젊은 직원이 떠나는 나를 불러 세웠다.

"여기 대형 트럭 면허도 갖고 있다고 나왔네요."

그는 이 정보가 착오라도 되는 듯이 말했다.

"맞아요."

그가 나를 올려다보았다.

"설마요. 부인이 대형 트럭 면허가 있다고요?"

"사실이에요. 난 사십 년 넘게 대형 트럭을 운전했어요."

그가 키보드를 두드렸다.

"저, 그 면허는 갱신이 안 되겠네요. 오늘은 일반 자동차

면허만 갱신됩니다."

무슨 씨알도 먹히지 않을 소리. 그렇게 쏘아붙이고 싶었다. 화가 치솟는 것을 애써 눌렀다.

"도대체 트럭 면허는 왜 갱신할 수 없다는 거지요?"

"부인께서 일흔여섯 살이니까요."

"아니, 그게 무슨 상관이에요?"

직원은 어처구니없다는 표정을 지었다.

"그 연세에 대형 트럭을 운전하실 순 없지요."

딱하기도 하지. 그 젊은 직원은 지금 누구를 상대하고 있는지 전혀 감을 못 잡고 있다.

"난 그 면허를 받지 않고는 여기서 한 발자국도 안 움직일 거예요. 그러니 그럴 생각은 접어요."

나는 자화자찬하는 사람이 아니고, 그를 겁먹게 했다고도 생각하지 않는다. 하지만 젊은이는 내가 고집불통이라는 것을 분명히 깨달았을 것이다.

"감독관을 불러 와야겠습니다."

"흠, 가서 모셔 오세요."

직원은 무슨 생각을 한 걸까? 상사와 이야기하라면 내가 겁낼 줄 알았을까?

몇 분 후 젊은 직원은 상사를 데리고 나타났다.

감독관이 말했다.

"호가티 부인, 그 연령대에는 대형 트럭 운전면허를 갱신할 수 없습니다."

"잘 들어요. 사십 년 전, 난 그 면허를 따려고 벨파스트까지 갔어요. 여기서는 여자한테 트럭 운전면허를 주지 않았으니까요."

주위 사람들이 우리 대화에 귀를 기울였다. 나는 말을 계속했다.

"그래 놓고 이제 당신들이 나한테서 이 면허를 빼앗으려 한다면 난 가만있지 않을 거예요."

"부인, 현실적으로 생각해 보시지요. 마지막으로 십이 미터짜리 대형 트럭을 운전하신 게 언제였습니까?"

나는 머뭇거리지 않았다.

"삼 주 전이요."

감독관은 꿀밤이라도 맞은 것 같은 표정을 지었다.

내 말은 거짓이 아니었다. 나는 지금도 대형 트럭을 운전한다. 남동생이 꽃과 묘목 사업을 하는데, 물건 나를 때 거들고 있었다.

감독관과 나는 일 분쯤 서로를 쳐다보았다. 그는 컴퓨터로 눈길을 돌리고 뭔가를 두드리더니 말했다.

"대형 트럭 운전면허를 갱신하려면 시험을 봐야 됩니다."

그는 순진하게도 내가 재시험에 겁먹고 물러날 줄 알았나 보다.

"좋아요."

그가 당황했다.

"좋다고요?"

"그래요, 좋아요. 시험을 치르죠. 어디로 가면 되나요?"

감독관이 놀라는 꼴을 보니 얼마나 깨소금 맛이던지.

그는 다시 컴퓨터로 가서 모니터에 뜬 내용을 세심히 살폈다.

"열두 시 전에 가시면 오늘 시험을 볼 수 있겠네요."

"잘됐군요. 어디로 가죠?"

감독관은 꼬장꼬장한 노인에게 질렸을 것이다. 내가 시험을 보러 가면 적어도 다른 사람에게 골칫거리를 떠넘길 수 있을 것이다. 그가 시험장을 알려 주었고, 나는 서^西더블린 외곽에 있는 대형 트럭 면허 시험장으로 차를 몰았다.

나는 여태껏 운동복 바지 차림으로 외출한 적이 없다. 심지어 신축성 좋은 니트 바지도 안 입는다. 외출할 때는 외출복다운 차림을 한다. 가게에 가거나 멍청한 얼간이와 입씨름을 벌이러 갈 때도 우아하게 차려입는다. 그날 나는 자수를 놓은 갈색 원피스에 재킷을 입고, 긴 진주 목걸이를 걸고 있었다. 머리는 컬을 말고 핀을 꽂았다. 누가 봐도 멋진 모습이었다.

잘 어울리는 손가방을 팔에 걸고 키 백오십팔 센티미터인 내가 대형 트럭 운전면허 사무소로 당당히 들어가 시험을 보러 왔다고 밝혔다.

거기 있는 젊은 직원이 빤히 쳐다보더니 빙그레 웃었다.

"일흔여섯 살 여성이 시험을 보러 온다는 소식을 들었습니다. 그분이신가요?"

그는 짜증스러운 게 아니라 즐거워 보였다.

내가 시험을 볼 채비를 마치자, 한 무리의 사람들이 모여 주행 코스로 가는 우리를 구경했다. 제정신이 아닌 자그마한 노인네가 대형 트럭을 운전할 거라는 소문이 쫙 퍼졌다.

나는 부탁을 하나 했다.

"여러분, 내가 새파랗게 젊지 않아서 말이지요, 예전처럼 민첩하진 않네요. 내가 운전석에 올라타게 도와줄 수 있겠어요?"

젊은이 둘이 뛰어나와 내가 트럭 운전석에 올라가는 것을 도와주었다. 물론 나이 때문만은 아니었다. 하이힐과 예쁜 스커트가 운전석에 오르는 데 거추장스러웠다. 지금까지 시험을 보러 온 사람들 중 가장 잘 차려입은 수험생이었을 것이다.

차에 시동을 걸었다. 시험관은 아무 말 하지 않았지만, 내가 기어를 넣고 시험 구역으로 향하자 미소를 지었다. 처음에는 모든 것이 아주 수월하게 풀렸다.

그러다가 어느 구간으로 들어가자 시험관이 말했다.

"여기서 좁아집니다. 너무 바싹 붙이거나 후진하려다가 장벽을 건드리면 자동 탈락이에요."

"알았어요."

나는 아무 문제 없이 여유 있게 구간을 통과했다.

코스를 마치고 출발점으로 돌아오니 아까보다 더 많은 사람들이 모여 있었다. 운전석에서 내리자, 시험관이 사람들에게 엄지손가락을 치켜들었고, 박수갈채가 터져 나왔다.

젊은 여자가 외쳤다.

"고맙습니다, 부인!"

나는 그녀에게 뭐가 고마우냐고 물었다.

"부인이 성공하나 못 하나 내기했거든요. 덕분에 제가 돈을 땄어요!"

누군가는 '텔레비전에 나왔던 분' 아니냐고 물었다. 그것으로도 내기를 했나 보다. 나는 그렇다고, 아이들을 키운 사람이라고 대답했다. 그들은 내 대답에 기뻐했다. 그러더니 커피를 사겠다고 고집을 부렸다. 커피가 점심식사가 되었고, 나는 오랜 세월 대형 트럭을 몰고 아이들을 키우면서 겪은 일을 이야기했다. 운전면허 갱신에 삼십 분이면 될 줄 알았는데 결국 반나절이 걸렸다.

대형 트럭 운전면허증을 손에 쥐자 그 감독관에게 가서 면허증을 코밑에 대고 흔들고 싶었지만 참았다. 미니 승합차를 몰고 집으로 향했다.

솔직히 말하면 멋쩍었다. 트럭 운전면허 사무소에서 벌어진 소동은 예상치 못한 일이었고, 사람들 시선이 달갑지 않왔다. 왜 나는 다른 사람들처럼 평범하고 태평한 하루를 보낼 수 없을까?

올해의 인물상과 그 덕에 빚어진 유명세가 원망스러웠다. 라디오 인터뷰, 신문 기사, 텔레비전 출연 때문에 사생활이 침해당했다. 솔직히 말하자면 나 자신이 안쓰러웠다.

만약 내 옆에 도리스가 있었다면 무슨 말을 했을까?

그녀는 먼저 내 어깨를 한 대 철썩 때릴 것이다.

"이것 봐, 상까지 받아 놓고 왜 그래. 네 인생이 늘 그렇지 뭐. 평범하거나 예사로운 일이 하나도 없잖아? 네가 무슨 일을 하든 늘 모험이지. 남 탓하지 말고 너 자신을 탓하셔. …… 으이그, 다음엔 또 무슨 일이 터지려나?"

나도 모르게 미소가 떠올랐다. 맞아, 다음에는 또 무슨 일이 터지려나? *end.*

언제나 달려가 안길 수 있는
아일랜드 엄마의 넉넉함

공경희

리오라는 아일랜드 여성에 관한 책이라는 말만 듣고 원고를 펼치자 나도 모르게 눈이 감긴다. 소리 나지 않게 아일랜드라고 입술을 달싹이면 눈이 시릴 정도로 푸른 풍경과 푸근하게 웃는 사람들이 떠오른다. 십육 년 전 처음으로 아일랜드를 여행하면서 그 따뜻한 봄날 같은 풍경에 반했고, 구 년 전에는 아일랜드 전역을 여행하면서 아일랜드 출신 작가들의 흔적을 더듬고 문화를 소개하는 텔레비전 프로그램 제작에 참여했다. 취재와 촬영을 하면서 문학을 중심으로 아일랜드의 문화, 역사, 사람들에 대해 더 많이 알게 되었고, 추상적으로 느끼던 것들을 구체적으로 알아 가면서 깊이 매료되었다. 특히 촬영 중에 만난 아일랜드 사람들은 대부분 느긋하고 친절해서 마음이 편했다. 이제 그렇게 좋은 느낌으로 기억하는 그곳을 리오 호가티의 이야기로 다시 만날 기회가 생겨 행복했고, 번역 작업이 진행될수록 그 행복감은 더욱 짙어졌다.

리오는 대형 트럭을 몰고 아일랜드 전역을 누비며 도매로 생활용품을 구입해서 장사를 한 씩씩한 여성이다. 결혼해서 자기 자녀들을 키우면서도 피치 못할 형편 때문에 자식을 키울 수 없는 친구의 아이를 자식처럼 받아들여 같이 키운다. 더블린의 주말 시장 근처를 배회하는 어린 노숙자들에게 따뜻한 차와 샌드위치로 요기를 시키고, 장사하는 동안 트럭의 침상에서 잠을 자게 해 준다. 갈 데 없이 떠도는 아이들은 집에 데려가서 보살피고, 부모의 보살핌을 받지 못하는 이웃 아이들을 기꺼이 받아들이기도 한다. 그렇게 아이들에게 따뜻한 가정의 사랑을 주며 평생 살아온 그녀는 2010년 아일랜드에서 올해의 어머니상을 받았고, 아이들을 시설로 보내기보다 부모와 가정에서 살 수 있게 지원하는 법안 통과를 위해 온 힘을 기울였다.

이 책은 리오가 소외된 아이들을 받아들이게 된 사연, 그 과정에서 겪는 다양한 에피소드와 어려움을 그리지만, 리오 자신을 천사처럼 묘사하지는 않는다. 아이를 가정위탁하는 일을 선의를 품고 '착한 일'을 하는 것으로 보지 않고, 함께 살아가는 삶의 일부로 본다. 아이들을 만나고 사랑을 주려 하지만, 모든 아이가 그 넉넉한 품에 온전하게 머무는 것은 아니다. 오랜 세월을 두고 리오의 집을 떠났다 몇 년 만에 돌아오고 떠나기를 반복하다가 불행하게 생을 마감한 아이가 있는가 하면, 성인이 되어 독립한 후에도 여전히 자녀처럼 지내는 아이도 있다. 리오의 오랜 벗이자 삶의 파트너와도 같은 도리스의 이야기를 읽으면서 함께 웃고 울고 실망하고 가슴앓이를 하다 보면, 결국 무엇이 이들의 가슴을 그토록 넓게 만들까 하는 궁금증과 함께 나를 돌아보게 된다.

아일랜드의 아름다운 정경을 생각하며 이 책의 번역을 시작했다가, 세상을 보살피는 리오가 뿜어내는 활기와 그 넉넉함에 위로를 받으며 작업을 마쳤다. 사는 게 버겁다는 말을 입버릇처럼 내뱉는 우리에게 리오 호가티는 누구나 넓은 마음으로 세상을 품을 수 있다고 말한다. 리오의 이야기를 듣다 보면 어느덧 내 마음이 너그러워지는 신비로운 경험을 하게 된다. 좀 더 여유를 가지고 주위를 보살피면서 살아야겠다는 각오도 하게 된다. 무엇보다도 어른이 되어서도 아이처럼 불안하게 서성이는 나에게 언제나 달려가 안길 수 있는 아일랜드 엄마가 생긴 것 같다. 나도 누군가에게 그런 엄마가 되어 주고 싶다.

아이 140명을 가정위탁한 할머니의 유쾌한 감동 실화

애들아,
우리 집으로 와

초판 1쇄 찍음	2015년 10월 5일
초판 1쇄 펴냄	2015년 10월 10일

지은이	리오 호가티
엮은이	미건 데이
옮긴이	공경희
펴낸이	정용수
펴낸곳	도서출판 예문사

박지원이 편집장을, 아침노을이 책임편집을, COD가 표지 꾸밈을, 이진미가 내지 꾸밈을 맡다.

출판등록	1993. 2. 19. 제11-76호
주소	경기도 파주시 직지길 460(출판도시) 도서출판 예문사
대표전화	031-955-0550
대표팩스	031-955-0605
이메일	yms1993@chol.com
홈페이지	http://www.yeamoonsa.com
단행본 사업부 블로그	http://blog.naver.com/yeamoonsa3

ISBN	978-89-274-1494-0 03810